悲欢离合动诗词

陈以滨 编著

海天出版社（中国·深圳）

图书在版编目(CIP)数据

悲欢离合动诗词 / 陈以滨编著. —— 深圳：海天出版社，2016.3
ISBN 978-7-5507-1479-3

Ⅰ.①悲… Ⅱ.①陈… Ⅲ.①古典诗歌－诗集－中国 Ⅳ.①I222

中国版本图书馆CIP数据核字(2015)第247601号

悲欢离合动诗词
BEIHUANLIHE DONG SHICI

出 品 人	聂雄前
责任编辑	万妮霞
责任校对	方　琅
责任技编	蔡梅琴
封面设计	龙墨文化 0755-83461000

出版发行　海天出版社
地　　址　深圳市彩田南路海天综合大厦(518033)
网　　址　www.htph.com.cn
订购电话　0755-83460202(批发)　0755-83460293(邮购)
设计制作　深圳市龙墨文化传播有限公司 (0755-83461000)
印　　刷　深圳市希望印务有限公司
开　　本　787mm×1092mm　1/16
印　　张　18.25
字　　数　258千
版　　次　2016年3月第1版
印　　次　2016年3月第1次
定　　价　29.00元

海天版图书版权所有，侵权必究。
海天版图书凡有印装质量问题，请随时向承印厂调换。

前　言

"人有悲欢离合，月有阴晴圆缺，此事古难全。"苏东坡在《水调歌头》这首名词中，道出一条千古不变的真理："悲欢离合"是自古以来任何人都无法逃避的一种生活历程和情感体验，有如月亮的阴晴圆缺是不变的自然规律一样。

我研读古体诗词，感到有很多传世名篇，都是在人们处于悲欢离合的境况下写出来的。流传千古的《离骚》，就是屈原在倾诉自己悲苦之情；汉高祖"归故乡"的《大风歌》，楚项羽"别虞姬"的《垓下歌》，用三四句歌词，就传达出了他们的大喜大悲。古往今来，不少名诗妙词背后往往蕴含着人们悲欢离合的传奇故事，好像"悲欢离合"与"诗词"有不解之缘。现将我感兴趣的这些诗词和有关故事收集整理出来，编成一本书，取名为《悲欢离合动诗词》。

为什么我在书名中将"悲欢离合"和"诗词"这两组词之间用一个"动"字？主要是认为这样能更好地反映我所收集诗词的实际。这个"动"字包含三层意思：一是动用，二是推动，三是感动。首先是动用，我认为书中所收集的诗词，都是人们遇到悲欢离合的时候，情绪激动，便动用诗词这一文艺形式抒发和表达出来。也就是《诗·大序》中所说的："情动于中而形于言，言之不足故嗟叹之，嗟叹之不足故咏歌之……"其次是推动，即人们的悲欢离合，推动诗词的发展。《礼记·檀弓》中说"人喜则斯陶，陶斯咏……"，即所谓"喜怒哀乐寄于诗"。从本书所收集的诗词中可以看出：由于各人所处时代、生活环境、遭遇不同，加上个人禀赋、素质、文化及至年龄性别差异，对待悲欢离合的感受的不同等等，反映在所创作诗词的形式和内容上也就丰富多彩，这也是诗词发展的重要标志。再次是感动，即诗词能教育人、感动人。古人提倡诗教，孔子说："《诗》可以兴，可以观，可以群，可以怨。""不学诗，无以言。"（《论语》）也就是说：诗，可以使人排遣情感，振奋精神；观察社会，了解人情世故；联络感情，团结人民；批评错误，纠正缺失。学了诗更有利于表达自己的思想感情，也可以教育群众。本书收集的诗词中，有很多实例证明：有的人用诗词去感动人、教育人，有的人读了诗词后，被感动得痛哭流涕，从而改变自己原来的一些错误思想，纠正自己的一些不当行为。

　　一提到"悲欢离合"，人们很快就想到夫妇、爱情。诚然这是一个重要的方面，其实悲欢离合牵涉到人生的各个层面。本书将收集的诗词分为国家兴亡、骨肉分合、手足亲疏、夫妻恩怨、爱情纠结、丧偶悼亡、友朋聚散等七章，每章选列十篇，要求诗词中有故事、故事中也有诗词，把故事同诗词结合起来，同时对诗词作者的经历作适当介绍，读者可从诗词故事和作者生平中，看到古人勤政爱民、靖国安边、忠臣全节、志士身捐、父慈子孝、兄弟同根、夫妻情义、爱侣缠绵、死生依恋、挚友情牵等等，从社会各个层面去学习理解中华优秀传统、道德情操，领会为人处世的正道品格，同时也学习一些中华古典诗词知识，从这些思想性、艺术性融合比较完美的作品所反映的凄美、激情、离奇、沧桑的故事中，去畅想，去漫步，去玩味，从中得到享受、启发和感悟。

　　由于水平和资料所限，缺失在所难免，还祈读者方家指正。

陈以滨

2014年8月于武汉武昌水果湖寓所

目录

第一章　国家兴亡

一、安得猛士守四方　002
二、只为今来宇宙平　007
三、宁无一个是男儿　011
四、故国不堪回首中　015
五、家山何处梦胡沙　020
六、收拾山河志未酬　025
七、留取丹心照汗青　030
八、国破家亡妇女悲　034
九、为国捐躯无愧心　038
十、逋臣捧日诉金阙　041

第二章　骨肉分合

一、孝子长悲蓼莪诗　048
二、狂痴只在别儿时　050
三、娇女任其孺子意　053
四、百年惭痛泪阑干　057
五、寸心难报三春晖　060
六、家贫父子别离悲　064
七、北定中原嘱后生　067
八、游子铭心父母恩　070
九、临刑犹赋勉儿诗　073
十、临别依依勉子诗　076

第三章　手足亲疏

一、诗吟萁豆感胞兄　082
二、赠答依依手足情　085
三、郢人逝矣与谁言　088
四、有弟无家问死生　094
五、把酒看花想诸弟　097
六、双垂别泪越江边　101
七、弟兄终老不相离　105
八、弟兄千里共婵娟　109
九、姊弟情深见性灵　112
十、恻恻遥抒兄妹情　114

第四章　夫妻恩怨

一、浣妇歌惊百里奚　118
二、悲歌垓下别虞姬　121
三、随君白首不相离　125
四、生当归来死相思　129
五、喜得镜圆人亦归　133

六、佳偶天成喜一诗　　136
七、随风杨柳终堪折　　139
八、薄命红颜误惜才　　143
九、生同衾枕死同椁　　147
十、月圆偏照别离愁　　151

第五章　爱情纠结

一、寻春爽约失良缘　　158
二、怨诗一首动侯门　　161
三、此生难得有情郎　　164
四、花开堪折直须折　　169
五、夺姬之痛岂能忘　　172
六、相将未肯分连理　　176
七、风尘似被前缘误　　181
八、两处沉吟各自知　　185
九、小簟轻衾各自寒　　189
十、恨不相逢未剃时　　194

第六章　丧偶悼亡

一、怀佳人兮不敢忘　　200
二、穷泉重壤永幽隔　　203
三、夜长开眼报平生　　207
四、十年梦顾泪千行　　211
五、香消卅载吊遗踪　　216
六、憔悴年年愁独归　　220
七、怎一个愁字了得　　225
八、一生凄绝在招魂　　230
九、青衫湿遍怎相忘　　234
十、剪烛西窗少一人　　239

第七章　友朋聚散

一、征帆一片绕蓬壶　　246
二、生离死别梦中悲　　250
三、跋涉三千访翰林　　254
四、挚友心源无异端　　258
五、西出阳关无故人　　262
六、寻芳惜与故人违　　266
七、到处逢人说项斯　　269
八、志士情倾唱和词　　273
九、对床夜语怀今古　　276
十、一诺千金救友人　　281

后　记　286

第一章

国家兴亡

- ◎ 安得猛士守四方
- ◎ 只为今来宇宙平
- ◎ 宁无一个是男儿
- ◎ 故国不堪回首中
- ◎ 家山何处梦胡沙
- ◎ 收拾山河志未酬
- ◎ 留取丹心照汗青
- ◎ 国破家亡妇女悲
- ◎ 为国捐躯无愧心
- ◎ 逋臣捧日诉金阙

一、安得猛士守四方

大风歌

汉·(高祖)刘邦

大风起兮云飞扬,
威加海内兮归故乡,
安得猛士兮守四方。

　　这首流传千古的《大风歌》,是刘邦在建立西汉王朝后顺路回家乡沛县,以极其喜悦的心情写的一首诗歌。这首歌一、二两句是述说自己的经历,最后一句表达自己的愿望。从这首歌中可以看出刘邦在兴奋、踌躇满志的同时,内心深处隐藏着极度忧虑和不安。

　　刘邦,字季,生于公元前247年,沛邑(今江苏沛县)人,早年在家务农,为人豁达大度,但并不本分去务农和治理产业,而且"好酒及色"。三十岁后,当了沛县乡村的泗水亭长,是秦朝最小的官吏。他曾多次到过秦国首都咸阳服役,见到秦始皇出巡的场面感叹道:"大丈夫当如此也。"说明他很向往帝王的威仪。秦朝末年,罪徒相望于道,徭役太甚,人心思叛。刘邦在一次押送徒隶去骊山服役时,徒隶不堪折磨,在路上陆续逃亡,刘邦害怕遭到惩罚,干脆将全部徒隶释放,并与要求同他一起活动的十几个徒隶,亡匿于芒砀(今安徽砀山东南)山间。

秦二世元年（前209）七月，陈胜、吴广揭竿起义。刘邦被沛县主吏萧何、狱掾曹参及樊哙、周勃等人拥戴，杀了沛县令，自立为沛公，投身反秦行列。他迅即集合沛县两三千子弟，攻占胡陵（今山东鱼台东南）、方与（今鱼台西）等县。此时项梁、项羽在江苏吴县起义，杀会稽守殷通，聚精兵八千余人，打到山东境内，兵力增加到六七万人。

公元前208年6月，陈胜被害，项梁在薛地采纳谋士范增的建议，将流落民间的楚怀王之孙心，拥立为王，仍称楚怀王，以统率各路义军。刘邦也率部到薛，往见项梁，项梁拨五千众给刘邦，增强了刘邦的实力。7月，项梁因不断获胜，骄傲起来，疏于防范，在定陶（今山东定陶县）被秦将章邯偷袭所杀，此时项羽、刘邦军队正向陈留（今河南陈留东北）进攻，后又向东与各路军一道在彭城（今江苏徐州）集结，重新部署力量，加强统一指挥。此时刘邦军集于砀郡（今河南永城东北），楚怀王即命刘邦为砀郡长。

秦将章邯在定陶袭杀项梁后又进军赵地，将赵王歇（起义军之一）的人马围困在巨鹿（今河北平乡县）城中，赵王派人向楚怀王求救。楚怀王就任命宋义为上将军，项羽为副将，率二十万楚军去救赵，同时命刘邦带所部乘隙西进，并与项羽相约："先入关中者王之。"

刘邦没有什么武艺，也不懂兵法，但他知人善任，手下有萧何、张良等谋士和周勃、樊哙等勇将，并善于收买民心，所以起兵后投奔他的老百姓很多。入楚后，楚怀王很信任刘邦，把西进夺取关中的任务交给了他，在西进路上，他注意收编陈胜的余部和项梁手下的散兵及地方上小股反秦武装，同时听萧何、张良建议，严格约束手下士兵，不准毁坏庄稼、抢掠百姓财物，得到百姓的热烈拥护，部队很快由几万人增至十万人，一路攻城拔寨，直逼关中，迫降宛城，攻占武关（今陕西丹凤县东南）。刘邦步步进逼，秦朝内部人心惶惶，赵高乘机杀死昏庸的秦二世，立子婴为秦王，充当傀儡。一月后，秦王子婴又设计杀死赵高，并组织军队企图阻止汉军进攻，结果都被汉军消灭。刘邦于公元前206年进军灞上（今陕西西安东），派人命令子婴投降，仅仅当了四十六天皇帝的秦王子婴乘素车白马，脖子上系上丝带，捧着玉玺，向刘邦投降。刘邦将子婴软禁起来，认为他是主动投降，杀他不好。始皇建立的秦朝，不到十五年，就此灭亡。刘邦《大风歌》的第一句"大风起兮云飞扬"大概是指以上这一历史时期。这一年，史称汉高祖元年，但国家并未统一，特别是项羽的势力，此时大大超过刘邦，占有中原广大土地，此后就开始了楚汉之争。

秦亡，刘邦进入咸阳，见华丽的秦宫，美女数千，金银珠宝无数，便想留宿宫中不出来。樊哙、张良以秦亡的教训谏阻刘邦说，这些珠宝、美女是秦亡的一大原因，要他胸有大志，不要迷恋一时的享乐。刘邦听了，随即还军灞上，令人查封宫殿府库。这年11月，刘邦宣布废秦苛法，并召集关中各县父老豪杰约法三章："杀人者死，伤人及盗抵罪"，受到人民欢迎。关中老百姓送牛羊酒饭犒劳刘邦军队，刘邦一一拒收。这样老百姓更加爱戴，都希望他做关中王。不久，项羽在巨鹿击溃秦军之后，也引兵入关，进驻新丰鸿门（今陕西临潼东）。当时刘邦兵十万，而项羽兵号称四十万，两军对峙在咸阳城郊。被项羽称为亚父的谋士范增建议项羽在鸿门设宴请刘邦来，在宴会上趁刘邦不备刺杀他，以剪除日后争夺天下的对手。刘邦因不敌项羽，便听张良之计，亲自至鸿门卑辞请罪言好，表示没有做关中王的野心，同时，有项伯掩护及樊哙的勇敢和胆识，刘邦得以脱身，项羽欲杀刘邦的计划落空。项羽随即处死已投降的秦王子婴和秦贵族八百多人，并下令烧毁阿房宫。

次年正月，项羽自称西楚霸王，分封十八个诸侯，刘邦被封为汉王，僻处巴蜀。他接受萧何、张良、韩信等人建议，以巴蜀为基地，招贤纳才、与民休息，后来"明修栈道，暗度陈仓（今陕西宝鸡东）"击降三秦守将章邯、司马欣和董翳，迅速"还定三秦"。而项羽在分封诸侯后，便罢兵回彭城。由于分封不均，齐、赵等国举旗反楚，项羽不得不带兵东征，在击杀齐王田荣后，又指使英布杀死义帝。刘邦见此认为这是出兵东进的好机会，便在平定三秦出关后，为义帝发丧、布告天下诸侯，指责项羽不义行为，以争取民心。此后，楚汉便进入了全面战争阶段。

公元前205年，刘邦乘项羽东征机会，率五路诸侯共五十六万人，很轻易地攻占彭城，进城"收其宝货、美人，日置酒高会"，被胜利陶醉，麻痹轻敌。项羽得悉彭城失守，自率三万精兵从鲁南下，出胡陵至萧（属泗水郡）与汉军激战，汉军大败，主力被楚军围困，几乎全军覆没，仅刘邦等十数骑突围而出，退至荥阳。此时项羽虽收回彭城，但仍未能摆脱两线作战的困境。刘邦得到萧何及时给予补充兵力和粮食的支援，便守住了荥阳，形成楚汉相持局面。刘邦在坚守荥阳成皋一带的同时，迅速在楚军后方和侧翼开辟战场，韩信在8月至10月间接连平定魏、赵、燕等地，矛头直指齐地，形成对楚军包围态势。此时项羽向刘邦提出议和，楚汉约定以鸿沟为界，鸿沟西为汉、东为楚。9月，项羽率兵东归，刘邦则乘机追击楚军于固陵（今河南太康南）。经过四年多，楚汉之间大战七十余次，小战四十多次，刘邦终于取得胜利。公元前202年，刘邦、韩信、彭越等人率军围歼项羽于垓下。项羽本人在"四面楚歌"中别了自刎而死的爱人虞姬，带了十多名卫士和八百名忠心耿耿的士兵，趁着夜色突围至乌江，仍然摆脱不了汉军的追杀，最后举剑自刎而死，死时年仅三十岁。项羽死后，刘邦于这年2月，接受大将韩信、丞相萧何、谋士张良的上书，在定陶即位称帝，建立了汉朝，原定都洛阳，不久迁至长安，即史称西汉王朝，刘邦就是汉高祖。

刘邦击败项羽统一中国后，仍衣不解甲、马不停蹄，继续进行了七年之久的平叛、削藩战争，消灭了在楚汉战争中权宜而封，有图谋反叛嫌疑的韩信、彭越、陈豨、英布等异姓侯王，捍卫了西汉的统一。一方面，政治上"汉承秦制"，大体上继承了秦时实行的中央集权的国家制度和官僚政治体制，同时在地方上吸收秦亡在孤立的教训，采取实行郡县制的同时分封同姓诸侯王的郡国平行体制。另一方面，顺应民心，采取"顺流而与民更始"的改革，重点是"约法省禁"和蠲除苛法，并实行轻徭薄赋、重农抑商的经济政策。这些政策措施，使社会稳定下来，很快医治了战乱的创伤,有力地发展了社会生产。

以上自楚汉相争以来,刘邦取得军事上的胜利、政治上的统一、经济上的发展,使西汉王朝得以稳定和巩固。在《大风歌》中用"威加海内"四个字来概括,是再恰当不过了。

汉初国内政权基本稳固,并不等于没有危机。由于秦末汉初的连年战争,漠北匈奴的势力乘机南下,重新占领了河南地(今内蒙古河套地区)。西汉初年,匈奴大举南侵,与汉相持于今甘肃兰州、宁夏固原、陇西榆林、内蒙古托克托一带。公元前202年,刘邦亲自率兵征讨,在白登(今山西大同东)被匈奴二十余万骑兵围困了七天七夜,后以陈平计,重贿冒顿单于的阏氏,才得脱险。由于当时无力消除匈奴之患,刘邦不得不用娄敬之计,对匈奴采取和亲政策,把宗室公主嫁给匈奴单于,每年赠大量絮缯酒食给匈奴,开放匈奴关市,缓和与匈奴的关系。但"和亲"并没有根本消除匈奴的侵扰,他们仍不断在边地掳掠人畜,对汉王朝造成威胁。在南方,西汉初年,南越王赵佗都番禺(今广州),闽越王无诸都东冶(今福州),东海王(又称瓯王)摇都东瓯(今浙江温州)。这三个越王,名义上臣属西汉王朝,而实际是三个独立的割据政权。这些边患,在刘邦的心中自然占据很重要的地位,也是他极度忧虑的根源。所以在《大风歌》中自然发出了"安得猛士兮守四方"的愿望。

《大风歌》是汉高祖十二年(前195)在击败英布叛乱军后,路经沛县时写的,当时他回沛县邀请家乡故人、父老、子弟共饮,酒过三巡,他乘兴击筑自歌。据说在高唱这首《大风歌》的同时,他还慨然起舞,伤怀泪下。这首歌虽只三句二十三字,但词语精、气魄大、概括广、含义深。雄气凌云,用词直率,回顾自己戎马一生,显露出他对自己创建汉王朝的喜悦心情,向故乡人民回报自己的丰功伟业;同时,面临内忧外患也有期待故乡父老子弟和全国人民继续支持他巩固国内统一、加强国防和保卫国家安全而共同努力的希冀。

二、只为今来宇宙平

还陕述怀

唐·（太宗）李世民

慨然抚长剑，济世岂邀名。
星旗纷电举，日羽肃天行。
遍野屯万骑，临原驻五营。
登山麾武节，背水纵神兵。
在昔戎戈动，今来宇宙平。

　　这是唐太宗李世民在平定天下后，回到陕西时写的一首五言排律述怀诗。前八句是写过去征战生活，从大处着眼，说过去激昂慷慨挥舞长剑平定天下，是为了"济世"，而不是为了个人邀取名利；回想当时饰有星月的军旗，纷然如电光一样飞快奔驰；仪仗队中画有太阳并用羽毛装饰的旌旗，肃穆庄重地在天空中向前推进；山野上屯有大量骑兵，平原上驻有五校尉所统领的部队；登到高处挥起调动部队的符节，指挥着军队如神兵一样，有进无退地击败和消灭了敌人。最后两句说：过去拼死拼活地大动干戈，最终的目的是为了今日的天下太平。李世民在这首诗中明确指出征战是为了"济世"，为了"宇宙平"，自己戎马半生，目的是为了救民于水火，让老百姓能过上天下太平的好日子。作为一国之君，具有这种思想和胸怀是难能可贵的。

　　李世民即唐太宗，是唐高祖李渊第二个儿子。李渊有四个儿子：长子建成，次子世民，三子元霸不幸早逝，四子元吉。李世民聪明英武，除统帅军队指挥作战外，还会吟诗，《全唐诗》录其诗一百首。

隋炀帝昏庸无道，嫉贤妒能，猜忌大臣，李渊时任晋阳（今太原）留守，也在被猜忌之列。公元616年，以瓦岗军为主力的各地农民纷纷起义，反对隋炀帝的残暴统治，天下大乱。

公元617年7月，李渊在晋阳举兵反隋，进攻长安，当时长子建成和四子元吉都派出在外，只有世民留在李渊身边，帮他策划举事和调兵攻战事宜，此时李世民才十九岁。李渊与李世民一道进军长安时，军纪严明，沿途开仓赈济饥民，并许诺关中地主前来投附的人都加官进爵，得到了关中地主、农民和李姓亲族的支持，声势越来越大，到长安城下时，队伍已扩大到二十万。同年11月，攻下长安。

公元618年3月，隋炀帝被卫士宇文化及杀死。公元617年，李渊兵入长安，立隋炀帝的孙子杨侑为帝，次年逼杨侑让位，建立唐朝，改年号为武德，李渊便成为唐朝开国皇帝唐高祖。

李渊称帝后，仍按古制立长的原则，立长子建成为太子。世民被封为秦王，元吉被封为齐王。此后太子建成留在长安帮父亲处理政务，很少领兵打仗。元吉在留守太原时，畏惧刘武周进攻，弃城逃跑，声望不振。一些重大战役，多由李世民指挥。李世民具有卓越的军事才能，破薛仁杲、败刘武周、擒窦建德、降王世充、消灭刘黑闼等隋朝残余势力和割据武装，使其威信一天比一天高。同时他积极搜罗人才，其周围聚集了一大批如房玄龄、杜如晦、秦叔宝、尉迟敬德等谋士和骁勇将领，势力越来越强，大有超过太子之势。太子与秦王之间矛盾渐渐激化，双方都有所准备。齐王元吉也妒忌秦王世民，站在太子建成一边，反对秦王世民。秦王属下，积极促成李世民下定决心，消灭对方。

武德九年（626）六月初四日，李世民安排手下在进皇宫必经的玄武门设好埋伏，待建成、元吉骑马上朝时，攻杀建成、元吉，随后派人进宫。高祖见来人手持兵刃，心下明白是怎么回事。三天之后，高祖立秦王李世民为太子，八月初九，禅位给李世民，是为唐太宗。史称这次政变为"玄武门之变"。次年，唐太宗改年号为贞观，此后，励精图治，成为历史上一位贤明而有作为的皇帝。

唐太宗即位之初，由于隋末连年战乱，全国人口减少，生产无力，经济萧条。太宗为了实现他诗中所说的"济世"和"宇宙平"的目的，采取了一系列的改革措施：推行均田制、租庸调制和府兵制，改革吏治，以发展生产、巩固封建统治。

首先，减轻人民的负担。他合并州县，精简官吏，经过整顿，中央一级官吏由两千五百人减至六百四十人，只有隋朝的四分之一，并派正直大臣到全国各地考察官吏政绩。

其次，改变隋末严刑给百姓带来的痛苦，放宽刑法，对死罪判刑更是慎重，下令全国死刑案件要经过三次审核，后改为五次审核，最后规定由皇帝亲自批准，才能执行。贞观四年，全国才判二十九人死刑，古今未有，传为佳话。

再次，要求保持简朴作风。太宗以古为鉴，认为奢靡是亡国的根源。在《帝京篇》五言诗（十首）序中写道："至于秦皇、周穆、汉武、魏明，峻宇雕墙，穷奢极丽。征税殚于宇宙，辙迹遍于天下，九州无以称其求，江海不能赡其欲，覆亡颠沛，不亦宜乎。……释实求华，以人从欲，乱于大道，君子耻之。故述《帝京篇》以明雅志云尔。"他除了写诗明志，教育世人外，在位二十多年以身作则，提倡节俭。贞观初年，前后放免宫女三千余人，既给宫女们自由和幸福，也节约了宫廷开支。大臣们也纷纷仿效，讲求生活朴素。

最后，也是最重要的一条为从善如流，求贤若渴，知人善任。太宗认为："致安之本，惟在得人"，"为官择人，唯才是与，苟或不才，虽亲不用"。他手下的军事统帅李靖，骁将薛万彻，名将王珪、魏徵等，都是原来曾反对过自己或是太子李建成的亲信，欲加害自己的人。太子被除掉之后，这些人都被重用，特别是宰相魏徵，本来是太子建成的心腹谋士，多次劝太子要早为计。太宗除掉太子后，对魏徵不仅未加迫害，反而提拔他为谏议大夫。魏徵是位有名的敢于犯颜直谏的诤臣，在职期间，先后陈谏二百余事，多次劝太宗以"隋亡为鉴"，提出"兼听则明，偏听则暗"，强调"君，舟也；人，水也。水能载舟，亦能覆舟"。要太宗"居安思危，戒奢以俭"，对太宗在贞观期间推行的善政，有很大影响。魏徵死后，太宗难过地说："以铜为鉴，可正衣冠；以古为鉴，可知兴替；以人为鉴，可明得失……今魏徵逝，一鉴亡矣。"

经过唐太宗二十多年的悉心经营，唐朝生产力大大提高，人民生活安定，国家财富也大大增加了，实现了历史上妇孺皆知的"贞观之治"。据《贞观政要》（政体第二）记载：太宗"深恶官吏贪浊，有枉法受财者，必无赦免；在京流外有犯赃者，皆遣执奏，随其所犯，置以重法。由是官吏多自清谨。制驭王公、妃主之家，大姓豪猾之伍，皆畏威屏迹，无敢侵欺细人"。同时记载当时社会已是"商旅野次，无复盗贼，囹圄常空，马牛布野，外户不闭。又频致丰稔，米斗三四钱，行旅自京师至于岭表，自山东至于沧海，皆不赍粮，取给于路。入山东村落，行客经过者，必厚加供待，或发时有赠遗。此皆古昔未有也"。这些都使大唐帝国威名远扬。

在隋末唐初，北方突厥强盛起来。隋文帝时，突厥分为东突厥和西突厥，分别占有阿尔泰山东西广大地区。东突厥首领是始毕可汗，中原战乱给始毕可汗扩充势力的绝好机会，他招集各地逃难的百姓，拥兵百万。李渊晋阳起兵时，也不得不向突厥暂时称臣，得到突厥的兵力帮助，并许诺攻克长安后，金银玉帛归突厥，土地归唐。始毕可汗死后，他的兄弟颉利可汗做首领。颉利又封始毕可汗的儿子为突利可汗。他们经常派兵南下掳掠。武德九年（626），太宗初登位，颉利可汗乘玄武门之变唐王朝政局不稳之机，率二十万骑兵，长驱直入要袭长安。尉迟敬德领军交战，虽有小胜，仍挡不住进攻，颉利兵到渭水桥北，逼近长安郊外。唐太宗以惊人胆略，只带六名亲信出玄武门到渭水之上，隔河斥责对方背信弃义，并严阵以待，后独自一人留下与颉利对话，终于取得和解结盟，使颉利退兵。此后唐太宗一直为消除突厥威胁做准备。贞观三年（629），突厥内部矛盾重重，又有天灾，实力大减。利用这一时机，太宗派大将李靖、李勣、薛万彻、宗室柴绍、李道宗等人，率兵攻打颉利可汗，策反了突利可汗。贞观四年（630），击败颉利可汗，并在碛口将其活捉。经过这一战役,阴山以北大漠地区都被唐军控制。突厥无力再与大唐抗衡。

唐太宗派兵击败突厥后,彻底消除了突厥连年南下抢掠扰边害民的隐患,此后西北各少数民族政权都改向大唐称臣纳贡,派使者来唐表示友好,丝绸之路畅通无阻,唐太宗被各族首领尊称为"天可汗",真正达到了《还陕述怀》诗中所说的"济世"的愿望和"宇宙平"的局面。

三、宁无一个是男儿

述亡诗

后蜀·花蕊夫人

君王城上竖降旗,妾在深宫那得知。
十四万人齐解甲,宁无一个是男儿。

这是后蜀被宋灭亡后,宋太祖宴请亡国之君孟昶和其贵妃花蕊夫人时,花蕊夫人按宋太祖要求,即席做的一首诗。诗中明显带着不服和叛逆情绪:我的国君在城楼上插了投降的旗子,这些举动,臣妾在后宫不得而知。这头两句就表明亡国非我之责,降宋非我之意。接着说:我国十四万雄兵都放弃了抵抗,这些人中简直没有一个是铮铮铁骨的男子汉。这里既批评了本国的君王与将士,同时寓意:如果我是男人,就会带领将士抗击到底,你赵匡胤就不可能轻易地取得天下!这四句诗二十八字,出自一个女子之口,当时在座的男子,包括胜利者赵匡胤和亡国者孟昶听了,恐怕心里都不是滋味。

花蕊夫人,本姓徐,别号花蕊夫人,是一位才貌双全的女子,善作宫词,作为贵妃,她常同国君孟昶一道在成都摩诃池上填词消遣。其词多写宫人生活，玲珑剔透，清新艳丽："春风一面晓妆成，偷折花枝傍水行。却被内监遥觑见，故将红豆打黄莺。"她写的词多已散佚，苏东坡著名的《洞仙歌》词，就是从孟昶与花蕊夫人在摩诃池上写的词中残存的"冰肌玉骨，自清凉无汗"两句补足而成。花蕊夫人当时写的宫词与亡国后写的这首《述亡诗》，风格大不相同。《述亡诗》具有沉着昂扬的气概。

花蕊夫人的丈夫孟昶，是后蜀的后主。唐末五代的后唐庄宗派郭崇韬灭了前蜀王衍之后，于同光三年（925）授孟知祥为西川节度副大使、知节度事，入据成都。不久，后唐发生变故，孟知祥见蜀中险塞，乃布置心腹，扩充军队，有王蜀之意。在击败后唐石敬瑭对蜀进攻，并派人攻取夔州东川、尽并西川之地后，便正式称帝于成都，建元明德（933）。孟知祥称帝不到一年而死，其子孟昶年方十六岁，继位为蜀后主。此时正当后晋灭后唐，契丹南下之时，后晋雄武军节度使何建以秦成阶三州归附后蜀。孟昶又遣军攻取凤州，于是后蜀占有王衍时代前蜀之地。孟昶初时虽曾扩张一些土地，但不久后周强盛，秦成阶三州又转为后周所得。孟昶本人又不恤政事，而且好打球走马，喜信方士，君臣荒嬉，风气淫侈。此时中原处于多事之秋，只是蜀地边远，得以苟安。但到公元960年，赵匡胤取代后周，建立宋朝政权之后，国力强盛，有伐蜀之意，并伺机而动。适逢蜀相王昭远献策，劝孟昶遣使联络北汉，南北夹攻宋朝，可建奇勋以收关中之地。孟昶欣然采纳，便潜遣赵彦韬为使，往约北汉，不料赵彦韬反而叛降宋太祖，献书报密。宋太祖大笑说："我西讨有名矣。"于乾德二年（964）派六万大军，由王全斌、崔彦进为北路，曹彬、刘光义为南路，两路夹攻后蜀。孟昶命王昭远为都统，领兵迎敌。昭远出发时大言，"我此行何止克敌，取中原如反掌耳"，并自比诸葛亮，不料，一战大败，本人被俘。宋兵两路会师成都，孟昶抵挡不住，于乾德三年（965）春，上表投降。宋师出发到受降仅花了六十六天。

据说灭蜀时，士兵奉命去后蜀宫里收拾财物，发现一件"宝物"，呈给宋太祖赵匡胤，没想到赵匡胤看后大怒，将宝物打得粉碎。原来这镶珠嵌玉亮白玲珑的"宝物"只是一个溺器，即俗称"夜壶"。赵匡胤叹道："以七宝饰此物，将用何器贮食？所为如此，不亡何待。"后蜀自孟知祥为节度使，到后主孟昶降宋，仅历二主，四十年而亡。

蜀亡之后，还有一段余波：因为主将王全斌、王仁瞻占领成都后，纵兵掳掠，擅杀后蜀降兵，激起蜀民和降兵叛乱，在乾德三年（965）三月，变兵聚众至十余万，拥文州刺史全师雄为帅，攻占城池，自称兴蜀大王，历时两年。至乾德五年（967），终被宋兵剿平。这一事故给了宋朝统一大业一个重要教训。

花蕊夫人是位有血性的女子。当其与孟昶一起被俘，押往宋朝京都，途经剑门时，她想到痛别国土，想到过去与孟昶相处快乐的日子，同时想到自己过去曾主动劝谏夫君要勤于朝政，励精图治，不要总是图安逸，讲享乐，否则就有可能保不住国家平安，但孟昶不听，总以为蜀国地势险要，易守难攻，无须多虑，结果这种担心变为现实，感到十分伤心，随即赋了一首《采桑子》词：

初离蜀地心将碎。离恨绵绵，春日如年。马上时时闻杜鹃。

就是以上几句，已将亡国的悲伤和惨痛，深刻地体现出来。可惜此词只写完上阕，就被宋军催着上路了，于是这一泣血含泪之作，永远不见下阕。因为此词感人，又出自女子之手，所以后来续作很多。其中一首是看到花蕊夫人入宋后宫，被宋太祖宠爱有加的现象，意断地续作道：

三千宫女皆花貌。妾最娟娟，此去朝天。只恐君王宠爱偏。

这种续作，与花蕊夫人后来在宋太祖宴会上的《述亡诗》的思想脉络背道而驰，可以说是对花蕊夫人的一种侮辱。所以明代杨慎在《词品》中对这种续作评论为："词之鄙，亦狗尾续貂矣。"

孟昶被押至宋京开封，被宋封为秦国公，并予重赏。孟昶被封赏后，携母亲和妻子花蕊夫人等家眷入宫谢恩。宋太祖当然热情接纳，设宴款待，宴会上宋太祖知道花蕊夫人会诗，便要她赋诗，可能是希望她赋歌颂宋朝、向自己谢恩之类的诗，再不然赋些艳诗也可。谁知花蕊夫人赋了《述亡诗》："君王城上竖降旗……"从诗的内容看：花蕊夫人对国家灭亡的态度与丈夫孟昶的态度截然不同，孟昶是曲意奉承，忍辱偷生，卑微地活下去，毫无反抗之意。而花蕊夫人却用诗句来反抗和顶撞宋太祖。但宋太祖读诗后，并未因此而难为花蕊夫人，根本原因可能是宋太祖早就知道花蕊夫人的才貌，并有心将她收入自己的后宫，这在后来已经有了证明。

据说宴会后不几天，孟昶暴死。史家推测孟昶之死与宋太祖不无关系。孟昶死后，母亲李氏闻其子死，不哭，以酒酹地道："汝不死社稷，贪生以至今日，我所以忍辱偷生，以汝尚生，今汝既死，我何生为。"遂绝食而死。孟昶死后，花蕊夫人没得选择，要么和孟昶的母亲一样绝食而死，要么只能听从命运的摆布。她还年轻并不想死，只好遵宋太祖之命，充实后宫。

花蕊夫人的才貌，宋太祖早就心中有数，入宫侍寝不久，便被升为贵妃。宋太祖的英雄气概和真情仗义，对已经国破家亡的女子花蕊夫人来说，也不失为是种新的寄托和依靠。但花蕊夫人心里仍然止不住对结发丈夫孟昶的思念。她在后宫闲时，亲手绘制一幅孟昶的画像，供于室内，夜半无人，私下拜祭，暗自流泪。不料有次宋太祖未经通报进入房间，撞见花蕊夫人正在祭拜，询问之下，她谎称拜的是可以求子的神仙。宋太祖听了不仅没再追问，反而高兴起来。

花蕊夫人被宋太祖纳入后宫，过了十二年贵妃的生活，到开宝九年（976）十月，太祖卧病后宫，突然死去。晋王即宋太祖之弟赵光义即帝位，是为宋太宗。对于这次皇位继承问题，时人盛传"斧声烛影"，疑太祖是被其弟赵光义害死而夺其位。事情真相如何，成为历史一大疑案。宋太祖死后，便无花蕊夫人的消息。

对花蕊夫人之死，历史上也是众说纷纭。据唐宋史料笔记《铁围山丛谈》记载：太祖十分宠幸花蕊夫人。有次射猎时，赵光义引弓调矢，仿佛是要射走兽，结果转身忽回射花蕊夫人，一箭而死，射后顿足捶胸，失声痛哭，说花蕊夫人乃红颜祸水，皇兄沉迷其间，必定耽误国事，兄弟愿为天下百姓请命，一人承担射杀花蕊夫人罪责。太祖听后，虽然痛心，但感到女人已死，不想以此伤了兄弟之情，故未责怪其弟。也有说宋太祖生病时，花蕊夫人侍寝，遇赵光义探病，见灯下美人便动手动脚，结果惊动太祖，第二天太祖离奇死去，花蕊夫人此后便无消息。还有说花蕊夫人后来失宠，抑郁而死。有的小说演义认为花蕊夫人冠宠后宫，遭到皇后的嫉妒，被皇后毒死。如此等等，无法考证。只可惜这位才貌双全，在国破家亡情况下，敢于在新君面前进行嘲讽和反抗的女子，最后不知所终，也可能未得善终。

四、故国不堪回首中

虞美人

南唐·（后主）李煜

春花秋月何时了，往事知多少？小楼昨夜又东风，故国不堪回首月明中。

雕栏玉砌应犹在，只是朱颜改。问君能有几多愁？恰似一江春水向东流。

这是南唐后主李煜的一首绝命词。此词通俗易懂，明白如话。李煜作为一位被俘的亡国之君，写此词后不久就被人毒死。

李煜，字重光，初名从嘉，号钟隐，生于公元937年，徐州人。祖父李昇，是南唐开国君主，父李璟是南唐中主。李煜是李璟的第六子（一说第九子），少时好读书，擅长诗词书画，通音律，在文艺上表现出卓越的才华。他的大哥太子李弘冀，知道自己才华不如六弟，担心这个弟弟夺走他的皇位，因而对他既嫉妒又猜忌。李煜察觉到大哥这种心态，怕祸延自己，因此在整个青年时代，不问政治，只是以读书和艺术活动自娱，为了表达他毫无非分之想，当时还写了两首《渔父》词：

浪花有意千重雪，桃李无言一队春。一壶酒，一竿身，世上如侬有几人。

一棹春风一叶舟，一纶茧缕一轻钩。花满渚，酒盈瓯，万顷波中得自由。

果然，他大哥李弘冀见此，也就放松了对他的猜忌。公元959年，太子李弘冀因故被父亲李璟斥责，父亲表示有传位给弟弟（李弘冀叔父）李景遂的意思，李弘冀知此，为维护自己的帝位继承权，阴谋毒死了李景遂，谁知李弘冀在毒死叔父一月之后，自己也死了。此时，李煜才二十三岁，他的二哥至五哥都已早逝，现在大哥又死了，轮到李煜最长，于是被封为吴王，并参与政事。两年后即公元961年，李煜被立为太子，这年6月，父亲李璟去世，李煜在金陵即位，史称南唐后主。

在南唐中主李璟统治时，由于与后周（史称五代之一）作战失败，割让了北方领土，并向后周称臣纳贡，每年费大量财物给后周，致使国库空虚，国力日衰。公元960年正月"陈桥兵变"，赵匡胤"黄袍加身"，后周被北宋取代。李煜继位后，北宋国力日强，南唐处于十分危急的境地，李煜本人既无做帝王的思想准备，又无富国强兵的政治才干。他对内政治宽容，但赋税很重，对外采取息事宁人的政策，对强敌北宋卑屈称臣，按时进贡。而本人平时把精力都用在儿女情长、寻欢享乐上，很少关心国家政治，从他这个时期写的词，便可看出他当时的生活情景：

玉楼春

晚妆初了明肌雪，春殿嫔娥鱼贯列。凤箫吹断水云闲，重按《霓裳》歌遍彻。

临风谁更飘香屑，醉拍阑干情未切。归时休放烛花红，待踏马蹄清夜月。

词中反映：打扮漂亮的嫔娥多得如鱼贯排列，《水云闲》的曲子奏完了之后，再将《霓裳羽衣曲》从头演唱一遍。空中飘香屑，酒醉后拍阑干，感到游兴还未尽，回宫时已经深夜了，不用再点红烛，骑着马儿踏着月光回去就可以了。

据说后主在宫廷中演奏的《霓裳羽衣曲》是他的皇后周娥皇在公元963年根据唐代教坊残谱重新编的，并且能以琵琶演奏出来。娥皇是南唐开国老臣周宗的长女，不仅美丽，而且懂诗文，通音律，并以弹得一手好琵琶而名闻天下。有这样的美人，李煜的宫廷欢乐生活就更丰富了。可惜娥皇在编出《霓裳羽衣曲》后不到一年（964），由于所钟爱的小儿子四岁的仲宣暴卒，伤心过度，加上知道李煜与自己妹妹有染而生气，不久就去世了，死时仅二十九岁。此时她的妹妹小周后已十五岁了。

公元968年，李煜娶小周后为皇后。与大周后着重于诗文歌舞、音律的艺术追求不同，小周后更多是着眼于生活中美的追求，她不仅生得美丽，也极其爱美会美，此后李煜日日与小周后不仅研究穿着，还研究各种香料和菜肴的制作。与此同时，宫中有个善舞的宫嫔窅娘，后主特地为她做了高六尺的金莲花，刻上五色祥云，将窅娘的脚用帛缠小，使之弯如新月，穿上白袜在金莲上跳舞取乐。据说中国女子缠足的恶习始于此时。

正值李煜在宫中过着悠闲自得、听歌观舞、饮酒作乐的生活时，北宋正在虎视眈眈，日夜筹划要灭南唐。一方面，派名叫小长老的僧人到南唐，用珍宝异物贿赂贵族，取得李煜信任，准其进出皇宫，收集情报，密送北宋，并蒙骗李煜相信"佛法无边"，认为请和尚念经，求佛祖保佑，可使北宋退兵，从而放松兵备。另一方面，利用南唐多次考进士不第的书生樊若水，假装钓鱼，将金陵附近长江宽度、江防等情况，绘制详图，投奔北宋向宋太祖献长江图的条件，下令造船，做好进攻南唐的充分准备。开宝七年（974），宋太祖以李煜不肯入朝拜见为借口，发兵十万攻打南唐，根据樊若水的长江图，在采石矶最狭处架起浮桥渡江，包围金陵。开宝八年（975），天真的李后主还派大臣徐铉向宋太祖求和，表示愿意取消"南唐"国号，改称"江南国主"，以为如此可以保住自家的宗庙社稷。谁知宋太祖不肯买账："天下一家，卧榻之侧，岂容他人酣睡。"议和大臣惶恐而归。

公元975年末，北宋大将曹彬攻入金陵，李煜被迫投降。曹彬让李煜带人入宫整理行装，并好心提醒他将金宝财物尽量多拿，以作将来计。开宝九年（976），曹彬将李煜全家及亲属、官员押到北宋首都开封，被宋太祖封为带侮辱性的"违命侯"，这一年李煜才三十九岁。小周后同时被封为"郑国夫人"，一直陪在李煜身边。二人双双被送入深宅大院软禁起来。

李煜是位不成器的皇帝，亡国之君。而他的词却成就很高，他的词风，降宋前后，有显著变化。前期作品，主要表现宫廷生活，或伤时怀人；后期作品则大多抒写"亡国之痛""故国之思"，对往昔生活的追恋和悔恨。无论前期或后期作品都带有帝王生活烙印。其词语言清新洗练，自然生动，清而不浮，艳而不淫，对于丰富和发展词的表现能力和艺术风格产生积极影响。在当时"花间词"在文人词坛占统治地位的情况下，他的作品前进了一大步，成为宋代婉约派的开山祖。后人把李煜和其父李璟的词，合刻为《南唐二主词》传世。

李煜当了十几年皇帝，享受惯了，一旦被俘囚禁，感到难以忍受，在每天"以泪洗面"的情况下，仍然以写词来表达感情，而且很多为人传诵的名篇，都是在被俘后写的。如他记述破城被俘，押送开封时情景的《破阵子》一词写道：

四十年来家国，三千里地山河。凤阁龙楼连霄汉，玉楼琼枝作烟萝，几曾识干戈？

一旦归为臣虏，沈腰潘鬓消磨。最是仓皇辞庙日，教坊犹奏别离歌，垂泪对宫娥。

此词上阕回忆南唐李家天下近四十年（937—975，共三十八年），有三千里锦绣山河和华丽的宫殿，从来未经过战乱。下阕叙述俘虏后的幽禁生活，消磨得腰围变小，消瘦如沈约，少年白发如潘岳。特别难受的是被俘离开金陵皇宫的情景：仓惶辞别祖庙，奏乐时自己哭着面对将要别离的宫娥。李煜在另一首《子夜歌》词中写道：

人生愁恨何能免？销魂独我情何限！故国梦重归，觉来双泪垂。

高楼谁与上？长记秋晴望。往事已成空，还如一梦中。

李煜还写有《相见欢》《浪淘沙》《望江南》《乌夜啼》等很多词，都和上词一样，用不同方式和语言来表达"亡国之痛""人生如梦"的苦情。

公元978年，李煜被俘第三年的7月7日，正是他四十二岁生日，他回想过去高贵繁华，歌舞享乐，而眼前冷冷清清，悲惨凄凉，不禁悲从中来，当即写了一首《虞美人·春花秋月何时了》，谁知词写好后，马上被人将词的内容向宋皇禀报。宋太宗赵光义很是不满，特别是读到"小楼昨夜又东风，故国不堪回首月明中""问君能有几多愁，恰似一江春水向东流"等句后，勃然大怒，借弟弟秦王赵廷美之手，赐他一瓶含有牵机毒药的酒，李煜当晚喝下，次日（7月8日）便身亡。李煜死后不久，小周后也服毒而死。这位亡国之君又是杰出词人，从此同其最爱的小周后，永远长眠在北邙山上，让后人在惋惜中凭吊。

五、家山何处梦胡沙

眼儿媚

宋·（徽宗）赵佶

玉京曾忆昔繁华，万里帝王家。琼林玉殿，朝喧弦管，暮列笙琶。

花城人去今萧索，春梦绕胡沙。家山何处，忍听羌笛，吹彻梅花。

这是北宋亡国之君赵佶被金人俘虏北去后作的一首词。这首词概括了北宋覆亡的史事，覆亡前的社会风貌，以及亡国后本人内心复杂的感情活动。上阕点明往昔玉京（汴京）的繁华已成回忆中的历史陈迹。"万里帝王家"是说自己的帝王身份。"琼林玉殿"是指皇城的各种宫殿，特别是模仿杭州凤凰山形势的"艮岳"等，这些都是赵佶同奸臣蔡京、朱勔等搜刮民财兴建而成。"朝喧""暮列"则是当时宫殿中的管弦笙琶乐器配合的游乐。如此等等都反映玉京的繁华和帝王当时沉湎声色和骄奢豪侈。下阕是说自己囚居北地的愁苦之情和故国之思。前两句是想象花城汴京，如今应是面目全非，宫中已是人去楼空，过去的繁华景象只能在梦中萦绕。最后几句是梦醒之后忽然听到羌笛之声，使自己回到受拘禁受侮辱的现实，不禁悲从中来，表示忍受不了羌笛吹的《梅花落》的乐声来加深心灵的痛苦。

赵佶即宋徽宗，是宋神宗第十一子，宋哲宗之弟，公元1082年出生，绍圣三年（1096）被封为端王。元符三年（1100）宋哲宗去世，向太后作主立赵佶为帝，当时宰相章惇告诫："端王轻佻，不可以君天下"，向太后不听。徽宗即位，向太后权同听政。太后属于稳健保守一派，追复文彦博、司马光等三十二人官爵，同时用韩琦之子韩忠彦为左相，曾布为右相，以示新旧两派并用。不到一年，建中靖国元年（1101）正月向太后卒。

徽宗当政，首先罢韩忠彦、曾布二人相位，用蔡京为相。蔡京上台后，于政和二年（1112）更改官名，使制度大乱，名实混淆，仕途大滥，蔡京便借用政制混乱之机，引用群奸。童贯、王黼、朱勔等人的任用，都与蔡京有关。同时利用徽宗"平息党争"的旗号，借机排除异己，残酷打击迫害旧臣。靖国元年九月，徽宗下诏书，对新旧派进行大清算：定文彦博、苏轼、秦观、张士良和武臣王献可等一百二十一人为奸党，范柔中以下五百余人为邪，或贬或降，各有处分。次年又立"元祐奸党碑"重定元祐、元符党人上书为邪，计三百多人刻石朝堂"以为万世臣子之戒"。另外将新党章惇、曾布等也列入打击对象，同时毁禁"三苏"、秦观、黄庭坚等人文集，甚至要毁司马光的《资治通鉴》，因此书有神宗御制序言才以得免。

在党争压下去之后，蔡京提出"丰亨豫大"的口号，意思是在徽宗统治时，天下太平，财物丰富，可以尽情享乐，深得徽宗欢心。崇宁元年（1102）三月，命宦官童贯到苏杭收集制作奇珍异宝。崇宁四年（1105）十一月，蔡京授朱冲、朱勔父子密取浙中珍异花石，贡奉朝廷，运船成队于江淮，号称"花石纲"。有一次，为了送块四丈高的太湖石，一路上凡挡路的水门、桥梁全被拆除，材料费用，让民间摊派，百姓家可供玩赏的一木一石都被强夺，运走时毁屋拆墙以出，使大量中产之家破产，卖妻鬻子，以供官需。

徽宗又大尊道教，招引方士，迷信神仙长生之说。政和七年（1117）听信道士刘混康的胡言："加高宫城外东北部，当有多子之福"，乃作万岁山，以户部侍郎孟揆主持，主峰模拟杭州凤凰山，方位按道家八卦所列在艮方，故改名"艮岳"。岳字乃众山总名之义，包括天台、雁荡、庐山之奇伟，三川、三峡、云梦之旷荡，成为全国名山缩影。徽宗亲制《艮岳记》一篇，夸耀"凡天下之美，古今之胜在焉"。此山前后花了六年时间建成。

徽宗在收集奇花异石和建筑万岁山过程中，对人民实行残酷搜刮和剥削，各级官员利欲泛滥，贿赂公行，卖官鬻爵，大发横财。蔡京家中更是豪华无比，可与皇宫匹敌。在此情况下，很多人民被迫起义，宣和年间，南方方腊、北方宋江先后举起义旗，给北宋政权很大打击。

宋徽宗本来有文艺才能，诗、书、画都有成就，其独创的"瘦金体"书法，被当时和后世推崇。但他摆出风流天子的架势，每日踢球、吟诗、作画，疏于政事，又耽于女色，作为皇帝已有三宫六院，但他还嫌不足，常外出嫖娼，与当时京城的名伎李师师私通。据说为了与李师师来往方便，还专门掘一地道通李师师家，为了李师师还与那些与师师有交情的臣子周邦彦（时任大晟乐正）、贾奕（时任武功郎）等人争风吃醋，为此竟贬贾奕为琼州（今海南岛琼山）司户参军。

徽宗时期本来已经危机重重，但他仍花很大财力，粉饰太平。宣和年间（1119—1125）的一个上元节，徽宗照常挂出各种花灯，还张挂大幅"宣和与民同乐"的横幅，让百姓自由观赏。半夜，徽宗一高兴，命令官员用金杯赏观灯的百姓每人一杯酒。有位妇女喝完酒后，将金杯藏着带走，警卫人员发现后将她押到徽宗面前听候发落。徽宗问女子为何偷杯？女子说：游玩时和丈夫走失，恐回去被公婆责怪，因而偷杯为凭。女子知道徽宗喜欢诗词，当即献了一首《鹧鸪天》：

  月满蓬壶灿烂灯，与郎携手至端门。贪看鹤阵笙歌举，不觉鸳鸯失却群。

  天渐晓，感皇恩，传宣赐酒饮杯巡。归家恐被翁姑责，窃取金杯作照凭。

徽宗见了此词，觉得写得不错，很高兴，便将金杯赏给这女子，并派侍卫送她回家。赏女子金杯之事是否确实，姑且不论，但在国家财力困乏,危机深重的情况下,花大量钱财粉饰太平确是实事。

宋徽宗享乐至上,疏于政治,更不懂军事。宦官童贯善于揣摸帝意,受到徽宗赏识,被任为边帅,后为检校司空,掌管军事大权,当时北方有西夏、辽国较强,后来辽国东北女真族金人又强大起来。本来辽国自宋真宗景德元年(1004)签订"澶渊之盟"后,百多年来边境都较安定。此时由于童贯对西夏用兵暂时取得一些胜利,骄傲起来,徽宗对他更信任,东北金人与辽国矛盾也在加深。于是徽宗听信童贯和燕人马植(后改名李良嗣)的建议"联金灭辽"。宣和二年(1120),宋遣李良嗣使金,订"海上盟约",相约夹攻辽国,胜利后燕京等地归宋。宣和四年(1122)三月,童贯领十五万大军与金人同时攻辽,被辽兵击败,而金兵则攻下辽国西京(今山西大同)。十月,童贯又领十万大军攻辽,又遭失败,因此不得不求助金兵,攻下燕京。待宋军进入燕京等地时,子女玉帛全被金人抢走,仅得几座空城。

宋金夹击辽国过程中,宋之虚弱已充分暴露在金人面前。金人势力强大,本来就想乘机攻宋,宋徽宗害怕起来,又亲自写信秘密与辽国残余势力天祚帝联系,企图以此挟制金人。不料此事被金人发现,作为口实,于宣和七年(1125)麾兵南来攻宋。于是,这位做了二十五年皇帝的徽宗,慑于金人军事压力,被迫以教主道君身份退位,将皇位传给太子赵桓,是为宋钦宗,改元靖康。

钦宗继位后,应太学士陈东等人请求,除掉蔡京、童贯等"六贼",起用李纲为相,领兵顶住了金人进攻。但由于投降派的干扰,钦宗不久又罢了李纲的相位,将其调离京城,同时畏金如虎,是战是和,难下决心,时战时和,反复无常,在和战不决的情况下,既丧失求和条件,又坐失战机。靖康元年(1126)十一月,金兵包围京城开封。在这危急之时,钦宗舍不得拿出府库财物给守城士兵御寒,使士兵冻饿而失去战斗力,却听信道士郭京用"六甲神兵"可击退金兵之说,用财物招募游民为"神兵",这些所谓"神兵"根本没有战斗力,接触金兵即全军覆没。靖康二年(1127)二月,金兵入城,将宫中库藏金银、绢帛、珍玩、宝器、图籍、天文仪器等全部抢走。徽宗、钦宗和后妃、宗室、贵戚、大臣等三千多人被金人押往北去，同时委任张邦昌为楚帝。至此凡历九主一百六十八年的北宋便已灭亡。史称二帝被俘，北宋灭亡为"靖康之变"。

徽宗被俘到北方路上写了本文开篇的《眼儿媚》一词。到燕京后，金主封徽宗为"昏德公"，钦宗为"重昏侯"，后徙往韩州（今辽北昌图县），与帝子王孙士族等九百余人，给田五十顷，各自舂米为食，织布为衣，生活如奴隶。在某年的杏花开时，徽宗有感又写了一首《燕山亭·北行见杏花》：

裁剪冰绡，轻叠数重，淡著胭脂匀注。新样靓妆，艳溢香融，羞杀蕊珠宫女。易得凋零，更多少、无情风雨。愁苦。问院落凄凉，几番春暮。

凭寄离恨重重，这双燕，何曾会人言语。天遥地远，万水千山，知他故宫何处。怎不思量，除梦里、有时曾去。无据。和梦也、新来不做。

此词借杏花盛开与凋零，抒发自己追恋往昔繁华的宫廷生活，反观现实而产生的愁苦悲观和绝望的心情。比如最后两句说："我怎么不思念昔日的皇宫呢？如今被俘来异国，只能在梦中回去而已，但做梦不可靠，近来连梦也不做了。梦见故宫，本属空虚，梦都不做，连这点空虚的安慰都得不到，实在令人感伤。"据说此词是宋徽宗的绝笔。绍兴五年（1135），徽宗死于五国城（今黑龙江依兰），是年五十三岁。三年后，于绍兴八年（1138），南宋高宗与金人签订屈辱的"绍兴和议"后，金人将其棺木送还南宋安葬，才使这位亡国之君魂归故土。

六、收拾山河志未酬

满江红·写怀

<small>南宋·岳飞</small>

怒发冲冠,凭栏处、潇潇雨歇。抬望眼、仰天长啸,壮怀激烈。三十功名尘与土,八千里路云和月。莫等闲、白了少年头,空悲切!

靖康耻,犹未雪。臣子恨,何时灭!驾长车踏破、贺兰山缺。壮志饥餐胡虏肉,笑谈渴饮匈奴血。待从头、收拾旧山河,朝天阙。

这首词是岳飞在绍兴六年(1136),奉命班师回驻鄂州,感到报国受挫,慷慨激昂之气难平的情况下写的。千百年来,人们传颂歌唱,此词已成家喻户晓的名作。

岳飞,字鹏举,相州汤阴(今属河南)人,生于崇宁二年(1103),出身于贫苦农民家庭,父亲早年去世,由母亲教育成人。他的家乡曾被金兵占领和蹂躏,因此他从小就有赶走金兵,保卫家乡,请缨赴前线收复失地之志。他二十岁就入伍参军,传说他临走时,母亲在他背上刺了"精忠报国"四个大字,这成了岳飞终身遵奉的信条。他入伍三年后即1126年,开始投入抗金前线,由于作战勇敢,赢得当时的抗金统帅宗泽的青睐。宗泽为了培养他,亲自教给他作战阵法和指挥军队的一些注意事项。因此岳飞不仅武艺高强,又精通阵法,而且注重从实战出发,灵活运用。后来又在战斗过程中,不断吸收各方面的力量,组成岳家军。岳飞治军甚严,要求将士们"冻死不拆屋,饿死不掳掠",

同士兵一起生活，凡有赏赐，全部分给战士；每次出兵杀敌，都有百姓运送粮草，迎接战士。所以与金兵作战时岳家军几乎没有打过败仗，堪称百战百胜，以至金人闻风丧胆，称"撼山易，撼岳家军难"。

岳飞在建炎三年（1129）击败金兵，收复建康（今江苏南京），曾表示"建康之役，一鼓败房，恨未能使匹马不回耳……迎二圣归京阙，取故土上版图……余之愿也"。绍兴三年（1133）冬，金兵十万人南侵，岳飞率军在今湖北一带英勇奋战，先后收复襄阳、随州、邓州、郢州、信阳等地。正因为岳飞取得抗金的节节胜利，加上公元1130年韩世忠将金兵堵截在黄天荡四十八天，金将兀术所率部队差点被全歼，才使宋高宗逃离扬州，漂泊海上的南宋政权，得以站稳脚跟，建都临安，高宗赵构的帝位也得到巩固，他当时称赞岳飞："儿童识其姓字，草木闻其威声。"此时岳飞才三十二岁，被升任为一军统帅，驻节于鄂州（今湖北武昌）。

一天，岳飞登上鄂州著名的黄鹤楼，凭栏远眺，想起靖康之难以来，二帝被掳，北方被金人占领，人民遭受苦难，感慨不已，写下一首《满江红·登黄鹤楼有感》：

遥望中原，荒烟外、许多城郭。想当年、花遮柳护，凤楼龙阁。万岁山前珠翠绕，蓬壶殿里笙歌作。到而今、铁骑满郊畿，风尘恶。

兵安在？膏锋锷。民安在？填沟壑。叹江山如故，千村寥落。何日请缨提锐旅，一鞭直渡清河洛。却归来、再续汉阳游，骑黄鹤。

黄鹤楼原位于湖北武昌蛇山的黄鹄矶头，始建于三国时东吴黄武二年（223），由于楼为木结构，历史上屡毁屡建，现楼1981年在蛇山上重建，1985年建成，共五层，钢筋水泥结构。无论旧楼或新楼，登临远眺，武汉三镇景色尽收眼底，使人有气势磅礴、祖国江山无限美好之感。岳飞这首《满江红》，充分表达了坚决要求北伐，收复祖国江山的雄心壮志。此后他积极练兵，做好向北进军的准备。

绍兴六年（1136），岳飞率军从襄阳出发，向北进攻，收复了洛阳附近的一些州县，前锋临近黄河，准备收复开封后，渡黄河向北推进。黄河北岸的人民，积聚粮食和兵器，与金兵开展游击战，纷纷与岳家军联系，等待他们渡河。岳飞在行军途中鼓励将士们说，这次一定要打到黄龙府（金国最早根据地，在今吉林农安县），与诸君痛痛快快地饮一次酒。

正在岳飞节节胜利的时候，宋高宗担心宋军的胜利会迫使金人放回徽钦二帝，导致自己皇位不保，因而一心想屈膝求和，与金人分治。他对岳飞北进不仅不支持，反而命令其班师。岳飞不得已又率军回到鄂州，他感到大好时机已经失去，自己收复失地，迎回二帝，以雪靖康之耻的志向难以实现，不禁义愤填膺，百感交集。在一个雨后初晴的日子，岳飞凭栏远眺，写下这首气壮山河的《满江红·写怀》。

这首词的上阕主要写情，写爱国之情、愤怒之情：认为不让自己与进犯的敌人战斗，使自己愤怒到头发直竖，上冲冠冕。靠着栏杆旁，对着雨后天空大声呼啸，以纾解自己激烈的胸怀。三十多年来（岳飞时年三十三岁）虽建立一些功业，却是微不足道，有如尘土。披星戴月转战几千里，算是白干一场。无辜地让青春虚度，少年头白，真使我空感悲痛。下阕主要是述志，述杀敌救国之志：靖康二年，金人攻破汴京，将徽钦二帝掳去，中原沦陷，北宋灭亡，这种奇耻大辱，尚未雪除。我这个带兵的臣子，不能收复失地，迎回二帝，这种深仇大恨，永远无法消除。我真想驾着军车，突破贺兰山，攻入敌人的心脏，饿了吃敌人的肉，渴了喝敌人的血，收复被他们占领的土地，重新整顿我们祖国美好河山，然后带着这些功劳，回到皇宫，朝见君主。

岳飞回驻鄂州一年（1138）以后，南宋与金人于1139年正月议和成功。南宋向金称臣，割让淮河以北大块土地，还每年向金国进贡白银丝绢。宋高宗还高兴得在朝廷内大办庆功典礼，议和大臣们等待加官进爵。谁知这样屈辱卖国的和议不过一年多，金国四太子兀术掌握了大权，战争又开始了。1140年，兀术指挥四路金兵南下，对南宋朝廷穷追猛打。此时，宋高宗只好重新起用抗金将领出来抵挡，岳飞又有了用武之地。岳飞军中士气高昂，很快就顶住了金人的进攻，同年7月，兀术与岳飞在郾城遭遇，兀术带一万五千精锐骑兵向郾城围拢，岳飞出步兵用长刀专砍马脚，自己领四十余骑兵冲入敌阵，把金兵打得大败。后来又在颍昌再败兀术，兵锋直指离东京开封只有四十里的朱仙镇。岳飞的胜利，鼓舞了黄河以北的人民，他们纷纷与金兵展开游击战。

岳飞眼看金朝在北方的统治要崩溃，几次上书，请求宋高宗命令各路大军一起北上，击败金兵，收复失地。然而，宋高宗放弃中原、保住自己皇位的决策已定，根本不愿派兵北上。此时秦桧位居宰相，以高宗的名义，在一天内连下十二道金牌（紧急命令），勒令岳飞立即退兵。岳飞叹息"十年之功，废于一旦"！其时前线还有韩世忠、张俊等人的部队，已奉旨先期后撤，岳家军再撤离，使已经收复的土地，又落入金人之手。百姓见此，无不号啕大哭。从此，岳飞在《满江红》中"待从头、收拾旧山河"的志愿完全成了泡影。

岳飞班师后，宋高宗又解除了岳飞和韩世忠等大将的兵权。这时金兵元帅派密使告知秦桧说："必杀岳飞，始可言和。"秦桧这个奸贼，便诬陷岳飞谋反，于绍兴十一年（1141）先后将岳飞部将张宪、岳飞之子岳云及岳飞本人逮捕下狱，严刑逼供，但未得到任何证据。韩世忠非常气愤，亲自责问秦桧，秦桧说："岳飞父子谋反的事莫须有（或许有）。"韩世忠驳斥说："莫须有三字，何以服天下？"后来秦桧与合伙谋害岳飞的死党万俟卨商量，恐生变故，在秦桧老婆王氏鼓动下，于当年腊月二十九日，秦桧手写一条密旨传到狱中，将岳飞害死，岳云、张宪被斩，岳飞被害时年仅三十九岁。

岳飞冤死以来，人们只知奸臣秦桧之罪，而未追究宋高宗赵构之责。四百年后，明代才子文徵明写了一首词：

拂拭残碑，敕飞字、依稀堪读。慨当初、依飞何重，后来何酷！岂是功成身合死，可怜事去言难赎。最无辜、堪恨更堪悲，风波狱。

岂不念，封疆蹙。岂不念，徽钦辱。念徽钦既返，此身何属。千载休谈南渡错，当时自怕中原复。笑区区、一桧亦何能，逢其欲。

此词把岳飞冤死之责，直指宋高宗，认为奸臣秦桧只不过逢迎了高宗赵构，担心徽钦二帝返国，自己皇位不保等一己私欲而置国家民族危亡、人民被鱼肉于不顾，害死能击败金人恢复中原的重臣岳飞。这一评论是符合历史而且令人信服的。

岳飞死后二十一年，即绍兴三十二年（1162），宋高宗内禅，孝宗继位，于隆兴元年（1163），宋孝宗下令为岳飞平反昭雪，淳熙六年（1179）追谥为"武穆"，宋宁宗嘉定四年（1211）又追封岳飞为鄂王，淳祐六年（1246）改谥忠武。后人为纪念岳飞，将岳飞这首《满江红·写怀》词刻在杭州西湖岳王坟的石碑上，碑的背面刻有明弘治十五年（1502）赵宽书写字样，保留至今。近年在河南汤阴岳飞故里的岳庙中，发现一块嵌在墙上的石碑，也刻有这首《满江红·写怀》词，此碑是明天顺二年（1458）庠生王熙所书，比赵宽所书的杭州石碑早四十年。这说明人民是多么倾慕和崇敬岳飞这位抗金将领，并重视他的《满江红·写怀》词对人民的教育和激励。

七、留取丹心照汗青

过零丁洋

南宋·文天祥

辛苦遭逢起一经,干戈寥落四周星。
山河破碎风飘絮,身世浮沉雨打萍。
惶恐滩头说惶恐,零丁洋里叹零丁。
人生自古谁无死,留取丹心照汗青。

这首传诵千古的《过零丁洋》七律诗,是南宋文天祥被俘一年,即南宋帝昺祥兴二年(1279),拒绝元军都元帅汉奸张弘範胁迫他招降坚守厓山的宋将张世杰时写的。

《过零丁洋》前六句是写国家和个人的遭遇和处境,七、八两句是明志。诗中说:自己这辈子的辛苦遭遇,起源于读书考中状元然后做官,这些都是在干戈扰攘的黑暗环境里度过。祖国山河如风吹柳絮、破碎不堪;个人身世如雨打青萍,浮沉不定。国家和个人始终处在危难惶恐和孤苦伶仃的境况中。尽管如此,也没有什么可怕的。自古以来,谁人能不死呢?但要死得光荣,死得有价值,要留一颗为国牺牲的丹心,以教育后人,照耀史册。"人生自古谁无死,留取丹心照汗青。"文天祥用这光照千秋的两句名诗,来表达自己殉国的决心和坚强意志,以此告知敌人,用任何方法劝降自己或要自己去劝降别人都是枉费心机。

文天祥,原名云孙,中举之后,改名天祥,字履善,又字宋瑞,别号文山,江西庐陵(今吉安市)人,生于宋理宗端平三年(1236)。文天祥的父亲是一位学识渊博的读书人,文从小受父亲言传身教,对时局甚是关心。理宗宝祐四年（1256），文天祥参加科举考试，把自己多年观察到的国家弊政，如官吏巧取豪夺、世风败坏、挥霍浪费等，都写进《御试策》中，主考官看了十分欣赏，对皇上说他"忠君爱国之心，坚如铁石，臣应为得此才祝贺"。理宗看到文天祥的名字认为很吉利，称赞"此天之祥，宋之瑞也"。文被录为进士第一，成为状元郎，此时文天祥仅二十岁。此后历任刑部侍郎和湖南、江西等地方官职。

1274年，元军大举南攻，为挽救摇摇欲坠的南宋政权，皇后谢道清下诏，命各地起兵勤王，各地文武官员多持观望心态，只有文天祥和张世杰响应。当时文天祥从赣州带着招募来的军队进驻临安，于德祐二年（1276）被任命为右丞相兼枢密史。当时京师已被元军三面包围，文天祥主张坚决抗战到底，但太皇太后谢道清和右丞相陈宜中等多数人则纷纷要求议和。文天祥见事已至此，将个人安危置之度外，挺身而出，赴元军议和，在元军元帅伯颜面前据理力争，毫不惧怕。伯颜见此，认为自己一路攻宋，见的多是奴颜婢膝，求取富贵之徒，从未见南宋有文天祥这位顶天立地的人物，担心他成为元军的抵抗力量，于是就把文天祥扣押在元军大营，准备押往大都（今北京）见忽必烈，对其防范甚严。但文天祥还是和同伴从镇江逃出虎口，经历千辛万苦，躲过元军追捕，最后由海路回到福州。在这期间，他写了一首七绝《扬子江》：

几日随风北海游，回从扬子大江头。
臣心一片磁针石，不指南方不肯休。

文天祥以此诗来重申报国之志。他到福州时，益王赵昰已在福州即位，是为端宗。文天祥辞去右丞相一职，以枢密使、同督诸路军马的身份，到达南剑州，开同督府，号召天下，收复失地，共起抗元，一时军声大势，曾有席卷整个江西的态势。后来由于寡不敌众，于景炎三年（1278）领兵至五坡岭（今广东海丰县北），正在吃饭时遇元军突袭，同行七千多宋军被杀，同督府几乎全军覆没，文天祥也被俘。

文天祥被俘后，几次想自杀，均未能如愿，最后被送到潮阳（今潮州）来见元将张弘范。张弘范是个大汉奸，亲自为文天祥松绑，然后以客礼待之，将其软禁于舟中，后进攻厓山（今广东新会南大海中）。厓山守将张世杰联结大船一千多艘，横亘海面，拼死抵抗。张弘范要求文天祥作书招降张世杰，文天祥说：我自己救不了父母，难道还能劝别人背叛父母吗？因而写下了《过零丁洋》诗以明志，回答张弘范。张弘范读了文天祥《过零丁洋》诗后，感到诗中辞义坚决，知道挟文天祥就范是不可能的，就不再逼他了。

文天祥是一位政治家，他与陆秀夫、张世杰同称宋末三杰，是位抗元将领，同时也是一位伟大的诗人，诗、文、词均有成就。早期诗作颇受江湖派影响，多应酬之作，其词也不乏风花雪月儿女情长内容。参加抗元斗争之后，已有一些慷慨激昂之作，如《沁园春·题张许双庙》一词中写道：

> 为子死孝，为臣死忠，死又何妨！自光岳气分，士无全节，君臣义缺，谁负刚肠？骂贼睢阳，爱君许远，留得声名万古香。后来者，无二公之操，百炼之钢。
>
> 人生翕歘云亡，好轰轰烈烈做一场。使当时卖国，甘心降虏，受人唾骂，安得流芳。古庙幽沉，遗容俨雅，枯木寒鸦几夕阳？邮亭下，有奸雄过此，仔细思量。

词题的"张许双庙"，是指抗击安史之乱中牺牲的两位英雄的庙，一位是将军张巡，一位是太守许远。张、许二人共守睢阳时，城破被捕，张巡骂贼，贼断其舌，二人均不屈而死。文天祥此词理直气壮地对从容就义的张、许二人极力赞扬称是，大义凛然，为杀身成仁摇旗呐喊，对屈膝投降出卖国家民族的奸臣，进行鞭笞怒骂。

文天祥德祐二年奉使被拘后，其诗词风格又进一步大变，学杜甫那样，直抒胸臆，深刻反映宋亡前动乱的社会面貌，表现崇高的民族气节和昂扬的斗争意志，沉郁悲壮。他自己曾自辑后期诗作，以《扬子江》诗中"臣心一片磁针石，不指南方不肯休"之句命意，题名《指南录》，《过零丁洋》和《沁园春》等是其中的代表作。后人将其诗文编有《文山先生集》传世。

人们看待英雄，往往认为他只有一身正气，铁石心肠，无故乡之恋，也没有儿女情长。其实不然，人非草木，孰能无情，文天祥也不例外。文天祥在奉使被扣前写过一些儿女情长的诗词，在被扣特别是被俘之后，在儿女情长的同时结合着沉郁和悲壮。他在被元军押解北上，道过金陵（今南京）时，写了《金陵驿》诗：

草合离宫转夕晖，孤云飘泊复何依。
山河风景原无异，城郭人民已半非！
满地芦花和我老，旧家燕子傍谁飞。
从今别却江南路，化作啼鹃带血归。

在抗元战争中，文天祥与家人失去联系，被俘后在押去北方途中，收到二女来信，知道家人下落，也写了一首《得儿女消息》诗：

故国斜阳草自春，争元作相总成尘。
孔明已负金刀志，元亮犹怜典午身。
肮脏到头方是汉，娉婷更欲向何人。
痴儿莫问今生计，还种来生未了因。

文天祥在路过淮安时写的一首五言长诗《过淮河宿阚石有感》的最后几句："……昔也无奈何，忽已置念虑。今行日已近，使我泪如雨。我为纲常谋，有身不得顾。妻兮莫望夫，子兮莫望父。天长与地久，此恨极千古。来生业缘在，骨肉当如故。"更是反映了文天祥对故乡和家庭子女有无限的深情和眷恋。自己决心为国牺牲，不能生还，但"化作啼鹃"也要"归"到故乡，来生与家人也要"骨肉如故"。这些用血和泪写出来的诗句，渗透在慷慨激昂为主导的诗篇中，才使一位骨格强劲、有血有肉、真真实实的抗元将领，永远活在人们心中。

文天祥被押到大都（今北京市）之后，元廷先派已投降的原宋朝状元来劝降，被文天祥骂走；又用被捕的亡国之君小皇帝赵㬎来劝，被文天祥用沉默回绝。他们还不死心，元皇帝忽必烈亲自劝降，并许诺如果投降，给宰相一职，予以利诱，同样被文天祥拒绝。忽必烈问：你究竟要什么？文天祥答：愿一死足矣。文天祥被押到大都，在狱中待了三年，在这期间他写了更能代表其激昂悲壮诗风而名垂千古的《正气歌》，"天地有正气……"，每首五言六句，共十首。在元帝忽必烈劝降被拒绝后，文天祥于至元十九年十二月初九日（1283年1月9日）在大都柴市被害，时年四十七岁。文天祥由状元、宰相到义军将领，最后兵败被俘，宁死不降，真正实现了孟子所提倡的"富贵不能淫，贫贱不能移，威武不能屈"的完美英雄形象，成为中华民族千百年来人民心目中的一块丰碑。

八、国破家亡妇女悲

满庭芳

南宋·徐君宝妻

汉上繁华，江南人物，尚遗宣政风流。绿窗朱户，十里烂银钩。一旦刀兵齐举，旌旗拥、百万貔貅。长驱入，歌台舞榭，风卷落花愁。

清平三百载，典章人物，扫地俱休。幸此身未北，犹客南州。破鉴徐郎何在，空惆怅、相见无由。从今后，梦魂千里，夜夜岳阳楼。

徐君宝妻（因不知其姓名，故用其夫徐君宝之名），湖南岳阳人，宋亡后，被蒙古兵从岳阳掳获后带到杭州，因坚贞不屈，在投水自尽前写了这首词。关于此词作者和写词过程，元时陶宗仪在其编写的《南村辍耕录》第三卷"贞烈"条中记载："又岳州徐君宝妻某氏，亦同时被掳来杭，居韩蕲王府。自岳至杭，相从数千里，其主者数欲犯之，而终以计脱。盖某氏有令姿，主者不忍杀之也。一日，主者怒甚，将即强焉。因告曰：'俟妾祭谢先夫，然后乃为君妇不迟也，君奚用怒哉？'主者喜诺。即严妆焚香，再拜默祝，南向饮泣，题《满庭芳》词一阕于壁上。已，投大池中以死。"

《南村辍耕录》所载以及这首《满庭芳》词，据说是韩府邻人听到徐君宝妻在韩府死后去哀悼她，见到墙上的《满庭芳》词，并很了解徐君宝妻故事的始末，因以为记，留下了这段传奇。在当时，南宋已经山河破碎，多少公卿将相或卖国求荣，或投降保命，而这样一个不见经传的柔弱女子，却能做出如此刚烈的举动，既殉情，又殉国。记述这一故事的人，是从内心对徐君宝妻的行为表示崇敬，对那些卖国投降者是强烈的鞭笞。记事虽然很简单，但已把一个国家被灭亡后，女子被迫害的悲惨命运，和这位女子在迫害面前所表现出的勇敢智慧和品德，都描绘得清清楚楚。

这首《满庭芳》，字字带血，对国家、对丈夫都寄予无限的深情和殷切的怀念。词的上阕主要记叙蒙古兵入侵前后，江汉地区风物变化：长江汉水一带，本来保留着宋徽宗时期政和（1111—1118）和宣和（1119—1125）年时的风韵，这十里长街上绿窗朱户，鲜明灿烂，银光闪亮，呈现着富庶风雅的场面和文化。但自从蒙古兵动起刀枪，南下入侵，长驱直入，势如洪水猛兽，使此地原有的灿烂辉煌、歌舞升平和华丽建筑等等，竟如骤风暴雨中的落花一样，被打得七零八落，令人见了发愁。词的下阕主要哀叹国家和个人的命运、遭遇：可惜宋朝太太平平的三百多年（自960年建国到1279年为元所灭共历320年）所创造和建立的法令制度，以及绘画、诗歌、史学、哲学等中国历史上最灿烂的文化，都被破坏无余，连我一个女子，也被蒙古人俘虏，所幸还能保全清白之身，未去北方，尚在杭州。只是自己当前的情况，有如南朝亡国之君陈后主的妹妹乐昌公主一样，她与丈夫徐德言各拿破镜的一半分别之后，还得以"破镜重圆"［详见本书第四章：夫妻恩怨（五）］，而我的丈夫徐君宝自离散后就没有音讯，不知他现在何处，我们今后再也无法见面了。我今投水而死，我的魂魄决不会北去，只是惦念千里之外的家乡，夜夜都想回到我的故乡看看岳阳楼。这最后一句，最为动情哀婉，有"生为宋朝人，死为宋朝鬼"之意，读之令人唏嘘。

公元1276年，蒙古兵攻入杭州，南宋宫中谢、全两后和嫔妃宫女皆被掳北上，其中有一名度宗宫中的昭仪（女官名）王清惠，字冲华，也在被掳之中，途经汴京夷山驿时，也题《满江红》一首于驿上。此事在南宋《浩然斋雅谈》和元陶宗仪《南村辍耕录》中均有记载。

满江红

南宋·王清惠

太液芙蓉，浑不似、旧时颜色。曾记得，春风雨露，玉楼金阙。名播兰馨妃后里，晕潮莲脸君王侧。忽一声、鼙鼓揭天来，繁华歇。

龙虎散，风云灭。千古恨，凭谁说？对山河百二，泪盈襟血。客馆夜惊尘土梦，宫车晓辗关山月。问姮娥、于我肯从容，同圆缺。

这首写亡国之痛的词，上阕反映自己对南宋宫廷生活的回忆和留恋：这种春风雨露，名播妃后的君侧生活，突然破灭了。下阕写自己对宋亡的惋惜和悲痛，以及被俘北行的惊恐和凄凉。末句是说不愿留在元朝，要去天宫陪伴嫦娥一起生活，表示自己不向元军屈服的气节。据载，王清惠到大都（今北京市）后，为保持民族气节，自请去当女道士。据《永乐大典》记载，王清惠写的这首词，被人们传抄后，深受人们的赞誉，在中原大地广为传诵。

回顾北宋亡时，妇女更为凄惨。金人将徽宗钦宗后宫嫔妃女眷几千人俘虏北上，这些女子，一路车船劳顿，备受金人折磨，死亡过半，金人将活下来的女人发往"浣衣院"充当军妓。这些曾经庄严高贵代表"国体"的后宫嫔妃，很多不堪其辱，饮恨自尽，十分惨烈。除宫中妇女外，地方官员的女眷也有不少被掳北上。据韦居安《梅磵诗话》中记载：宋靖康年间，金人南下围攻阳武城（今河南原阳），县令蒋兴祖（江苏宜兴人）坚持抵抗，后城破牺牲，其女被金兵掳去，北行至河北雄州驿时，题了一首《减字木兰花》：

朝云横度，辘辘车声如水去。白草黄沙，月照孤村三两家。
飞鸿过也，万结愁肠无昼夜。渐近燕山，回首乡关归路难。

另有一名淮水上的良家女子，不知姓名，宋词中称为"淮上女"。在宋嘉定间，金人南侵，被掠北去，在途中留下了一首《减字木兰花》：

淮山隐隐，千里云峰千里恨。淮水悠悠，万顷烟波万顷愁。
山长水远，遮住行人东望眼。恨旧愁新，有泪无言对晚春。

以上两首词各四十四字，明白易懂，集中精炼，感情真切，都是从写沿途景色入手，衬托和反映自己被掳北去的无限痛苦，以及思念家乡永远无法回到家乡的悲惨心情。

古往今来，在国破家亡的情况下，女子被侵略者俘虏、凌辱、迫害都十分悲惨。从现代"二战"期间日军在中、韩等国强征"慰安妇"的暴行，就可以理解两宋时期妇女的悲惨情况。上述徐君宝妻、王清惠、蒋氏女和淮上女，被掳后，有的为了保持自己的清白和尊严，自杀而死,或去当女道士,有的不知所终。她们的遭遇,可说是当时千千万万受迫害受凌辱妇女的缩影。好在这四名女子留下了虽然不多但很浓重的笔墨。这四首词,在宋词这朵奇葩中放出光彩,有的被词家收入《词选》传世,为人们喜爱和传诵。有的词如王清惠的《满江红》还被《永乐大典》所称赞肯定。她们的人生是不幸的,但在这不幸中却能把自己的才华和胸襟洒在三百多年的宋代历史上,以自己的生命为宋代画出一朵朵艳丽的梅花,刻在宋代灿烂的文化里,也刻在后代人的心中。

九、为国捐躯无愧心

狱中上母书·附诗

明·夏完淳

人生孰无死?贵得死所耳!父得为忠臣,子得为孝子。
含笑归太虚,了我分内事。大道本无生,视身若敝屣。
但为气所激,缘悟天人理。恶梦十七年,报仇于来世。
神游天地间,可以无愧矣!

明亡后,少年夏完淳就义前,在《狱中上母书》后面附上这首五言诗,将对父母恩情的报答,升华到对国家民族的大爱,十分感人。我们一接触到这首诗,就自然想到宋末文天祥"人生自古谁无死,留取丹心照汗青"的精神和气魄。夏完淳在给母亲的诗中告知自己为抗清复明而死,是死得其所。父为抗清而死,是位忠臣,自己继承父志,是为孝子。虽然不能为母亲养老送终,但母亲必定会谅解而肯定儿子为国捐躯的行为,所以死而无愧,含笑九泉。在生时做了自己应该做的事,悟透了大道所说的天人生灭之理。同时表示自己在世短短十七年的噩梦已经过去了，如果有来世，自己还会为国家民族报仇。这种舍身为国、视死如归的精神，大无畏的气概，与文天祥非常类似，而这出自一位年仅十七岁的少年，更是难得。

　　夏完淳的父亲夏允彝是位学者，进士出身，良吏，与陈子龙同乡，都很有名望，清兵攻陷南京后，带着儿子夏完淳随陈子龙一同起兵抗清，几次起事，均遭失败，最后投水殉国。陈子龙，字卧子，号轶符，晚年又号大樽，松江华亭（今上海市松江区）人，明崇祯进士，与好友夏允彝同榜，后任绍兴推官，官至兵科给事中。南明时任兵部给事。清兵破南京后，在松江起兵，江南浙西抗清军蜂起，他参与军事，联结太湖兵，转战于江浙间，并与监国鲁王联络，事败被捕，解南京途中投水而死。后人称他为少年名士、中年志士、晚年战士。善诗词，在明代诗坛上地位仅次于高启。

　　夏完淳，乳名端哥，生于1631年。原名复，明亡后改名完淳，字存古，号小隐，又号灵胥、灵首、玉樊，与陈子龙同是松江人。夏完淳夙慧早熟，四岁能文，已诵读群书数十万言；六岁随父到北京，面见文学家礼部右侍郎钱谦益，大受称赞；十二岁纵横谈论军国大事"为文千言立就，如风发涌泉"；十三岁组织"江右少年"数人，动员缙绅捐助财物，举义勤王；十四岁国破家亡，置个人生死于度外，随父亲夏允彝一道，参加老师陈子龙的抗清军事斗争，受明鲁王封为中书舍人。他父亲和老师被捕牺牲后，他仍坚持抗清活动，于顺治四年（1647）七月不幸被捕，被送进南京监狱。

　　夏完淳被捕后，有次汉奸洪承畴审讯他，看他是个少年，有心软化他，假意说："小孩知道什么，怎么能起兵叛逆呢？一定是中了贼人的圈套，如果归顺的话，可以做官。"夏完淳明知座上审他的人就是洪承畴，却故意说道："我早就听说洪先生是大明的大忠臣，我要学习他杀身报国。"当左右的人告诉他座上的人就是洪承畴时，他故意骂道："洪先生早已以身殉国，天下人皆知，你是何人？竟敢冒名假充洪先生，岂不玷污了他的忠魂。"弄得洪承畴又羞又恼，一句话也说不出来。由此可知他的胆略和智慧。夏完淳给母亲的信《狱中上母书·附诗》，就是在南京监狱中写的，从《附诗》中可以看出他已下定决心为国捐躯，不久就慷慨就义，牺牲时年仅十七岁。

夏完淳的一生，虽只短短十七年，但他已是晚明有名的文学家、诗人。由于抗清战争，其诗文多已散佚，今存《玉樊堂集》《内史集》《南冠草》《续幸存录》四种。据其友人方子留记载：完淳本有自订诗近千首，已散佚。清人搜集残剩诗文编成《夏节愍全集》（因清时追谥节愍，故名）十卷，补遗二卷。文史家评论认为完淳的遗墨中《大哀赋》《狱中上母书》《遗夫人书》《土室余论》等，是能使金石为之开的千古名篇，其诗词反映出慷慨悲壮的时代气息，同时带有浪漫色彩，如：

即 事

复楚情何极，亡秦气未平。雄风清角劲，落日大旗明。
缟素酬家国，戈船决死生！胡笳千古恨，一片月临城。

此诗大约是顺治三年（1646），夏完淳在吴易抗清军中任参谋时所作。诗的开头两句暗用楚南公"楚虽三户，亡秦必楚"的意思，以表示抗清的信心和决心。后几句着重写抗清的气势，表现出慷慨豪迈的气概。其中"缟素酬家国"句，说明他父亲已经殉国，他是穿着丧服来参军报国的。

别云间

三年羁旅客，今日又南冠。无限河山泪，谁言天地宽！
已知泉路近，欲别故乡难。毅魄归来日，灵旗空际看。

此诗应该是夏完淳于顺治四年（1647）在上海松江家乡被捕时所

写。题目"云间"即是今上海松江。诗中"南冠"二字,用"楚囚"故事,表示自己被捕关押。此诗除表达对故乡的依恋感情外,着重写他抗清失败的悲愤之情与至死不变的决心。诗中"毅魄"二字,是说死后仍将抗清。"灵旗"是指抗清的旗帜,用的是汉武帝为伐南越,祷告太乙作"灵旗"的典故。

卜算子

秋色到空闺,夜扫梧桐叶。谁料同心结不成,翻就相思结。十二玉阑干,风动灯明灭。立尽黄昏泪几行,一片鸦啼月。

此词用闺怨这种浪漫形式,借闺中女子从黄昏到月下秋夜怀人,来表达明王朝残灯明灭,抗清失败,复国无望的悲愤,应该是被捕后就义前所作。它的结句"立尽黄昏泪几行,一片鸦啼月"用景衬情,创造一种肃杀、朦胧、凄怆、没落的气氛,表达国家残破,前途渺茫时痛苦的心情,意境深远,读之令人断肠。

十、遗臣捧日诉金阙

满江红

南明·张煌言

屈指兴亡,恨南北、黄图消歇。便几个、孤忠大义,冰清玉烈。赵信城边羌笛雨,李陵台上胡笳月。惨模糊、吹出玉关情,声凄切。

汉宫露,梁园雪。双龙逝,一鸿灭。剩遗臣怒击,唾壶皆缺。豪杰气吞白凤髓，高怀眦饮黄羊血。试排云、待把捧日心，诉金阙。

这首《满江红》是明末张煌言在明亡后，仍坚持抗清斗争时，步岳飞《满江红·写怀》原韵写的。此词既抒发了亡国之痛，又表明了报国之志。

张煌言，字玄著，号苍水，浙江鄞县（今宁波市鄞州区）人，生于公元1620年，明崇祯十五年（1642）举人。自幼爱习武艺，善骑射，好论兵事。弘光元年（1645）五月，南京被清军所破，弘光帝被俘，清兵继续南下，浙东地区广大爱国军民掀起反清浪潮，张煌言时年二十五岁，毅然参加了钱肃乐的抗清义师。此时在台州的鲁王朱以海与当地绅士陈函辉也起兵抗清。这年闰六月，钱肃乐派张煌言去台州迎接鲁王朱以海到绍兴监国。

朱以海是明太祖朱元璋十世孙，先世封山东兖州，明崇祯时朱以海之兄朱以派嗣封鲁王。崇祯十二年（1639）清兵下兖州，朱以派被处死，朱以海逃至浙江台州。崇祯十七年，朱以海袭封鲁王。弘光元年（1645）六月，清军攻下杭州，招降浙江各地的原明朝藩王，朱以海以患病辞招，清使者逼他缴印册，他未缴，并在陈函辉的鼓励下，杀掉清使"誓众祭旗"，起兵抗清。此时浙东各支抗清武装听到鲁王起兵消息后，"俱有拥戴迎立之意"。钱肃乐与张煌言的这支义师是比较有实力的一支。迎鲁王监国后，张煌言先任修撰，后任兵部侍郎，"入典制度，出筹军旅"。

鲁王政权控制浙东，凭借钱塘江抗击清兵。鲁监国元年（1646），钱塘地区久旱。江潮不至，这对所恃舟船的浙东武装，十分不利，而对清朝骑兵却提供方便。五月，清兵突破江防，浙东抗清军全线溃败，当时由石浦守将张名振以舟师保护鲁王朱以海到舟山，后又转到厦门。郑成功此时在厦门一带活动。郑成功是唐王旧臣，过去唐王与鲁王有矛盾，郑成功初时对张名振有怀疑，见面后张名振脱去上装，露出背上刺的"赤心报国"四字，郑成功看了深为感动，在相互交往中逐步解除疑虑。张煌言与郑成功交往一直很融洽，张煌言说："招讨（郑成功）始终为唐，真纯臣也。"郑成功说："侍郎（张煌言）始终为鲁，与吾岂异趋哉！故与郑成功所事不同，而其交能固。"

鲁监国四年（1649）九月，朱以海由福建返浙江，此时张煌言已在浙江组织部队屯扎于上虞的平岗进行抗清活动，是当时浙东最强的三支队伍之一。鲁监国六年（1651）清军攻下舟山，张名振保护朱以海再到厦门，此时驻厦门的郑成功遥奉滇中永历帝年号。永历帝乃桂端王朱常瀛第四子朱由榔。隆武二年，唐王政权覆灭后，由广西巡抚瞿式耜和广西总督丁魁楚等拥戴称帝，公元1647年为永历元年。鲁监国八年（1653）三月，朱以海"自去监国号，奉表滇中（指永历政权）"，自此鲁监国政权结束。朱以海只称鲁王，后依郑成功流亡金门、澎湖等地，九年后于康熙元年（1662）十一月死于台湾。

鲁监国政权结束，张名振、张煌言等人仍领导浙东军民坚持抗清斗争。永历九年（1655），张名振中毒去世，遗嘱将所属部队交给张煌言指挥。张煌言把部队整编后，战斗力增强，不断对清军攻击。永历十三年（1659），时郑成功被永历帝晋封为延平郡王、招讨大将军，张煌言也被封为兵部翰林院学士任监军，率领十七万水陆大军，分八十三营，出师北伐，由崇明岛进入长江，以破竹之势攻下瓜洲、镇江，直逼南京城下，清总督郎廷佑困守孤城，无力抵抗，准备投降。张煌言建议先集中兵力攻取南京再图他进。但郑成功听说芜湖已降，就命张煌言率军去芜湖。张煌言所部"人不及万、舟不满百"，但军纪整肃，所过秋毫无犯，故远近响应，很快就收复了徽州、广德等四府三州及当涂等二十四县。当胜利到达徽州时，却听到郑成功在南京兵败的消息，就急忙退回芜湖，准备联合郑成功的瓜洲、镇江军进行防守。但此时郑成功已弃瓜洲、镇江入海，使张煌言孤军无援。在清军的围攻下，张煌言部零落四散，剩下几百人，最后只有几个亲信相随，登陆走偏僻的山道，避开清兵，历尽艰辛，终于回到天台。天台父老知道张煌言回来，非常高兴，奔走相告，此时张煌言感而赋七律诗一首，其最后两句说："正觉渔樵多厚道，不将白眼看途穷。"对父老们不以"白眼"看他败回，表示感激。

张煌言虽败，仍不灰心，在天台召集旧部，加以整顿，屯于天台长亭乡，修筑海塘，开垦田地，以解决军队供养，再谋大举。但天不佑人，永历十五年（1661）郑成功收复台湾后，不久去世，煌言失去了患难与共的战友，非常悲恸，此时他派人联络荆襄十三家抗清农民军，由于相距遥远，又未如愿，永历十六年（1662）四月，永历帝在昆明被杀，荆襄十三家军领袖郝摇旗、刘体纯也在湖北巴东抗清战斗中阵亡，全国抗清形势趋于低沉。但张煌言仍不动摇自己抗清的决心。此时清军多次对他招降，被他拒绝，清政府逮捕了他的妻子董氏和独生子张万祺，他仍坚不降清。清康熙二年（1663），张煌言又得知鲁王朱以海在台湾去世。一连串的打击，使他感到复明无望，遂决定遣散剩下来的部队，自己与几个亲信隐居浙江南田的嚣岛（今浙江象山南）中。

张煌言尽管已遣散抗清部队，但清廷始终不放心他这个危险人物，非除掉他不可，于是收买原张煌言部下的士兵，到普陀山充作和尚，伺察到张煌言的踪迹后，半夜领清军从嚣岛后山攀岩而上，逮捕了张煌言，用小船押至杭州。张煌言到杭州后，丝毫不为清朝利诱所动，最后清廷决定将他处死，张煌言于清康熙三年（1664）九月初七日就义于杭州凤凰山，坐地临刑，态度从容，时年仅四十四岁。

了解张煌言的全部经历之后，回头来读他的《满江红》词，就很好理解词的内涵了。上阕主要抒发了亡国的伤痛，开头两句是说：国家这么快就亡了，可恨我国土被人占领，宗庙、宫殿、版图已经没有了。接着说，国家虽亡，但是有几个深明大义、忠贞不屈、节操有如冰之清玉之坚的臣子，不断坚持向敌人斗争：有的如汉时霍去病派轻骑到外蒙古赵信城去烧掉敌人的粮草一样，打击敌人；有的被敌人掳去，虽不能归，但仍然思念故土；有的如古人登上李陵台瞭望故国一样，希望恢复祖国河山。可惜他们的声音好像雨中的羌笛、月下的胡笳，悲惨而模糊，好像吹奏"春风不度玉门关"的歌曲，十分凄惨。下阕主要写自己的报国之志。他说敌人抢去了我们如汉承露盘一样的国宝，霸占我们像梁园一样美丽的家园。我们的唐王和永历王（双龙）又先后去世，鲁王（一鸿）又流亡消失在海上，让我们这些逃亡的臣子感到十分愤怒。我们将以晋代王敦为榜样，击唾壶以自励。要具有吞食龙肝凤髓之气概，怀着对敌人的无限仇恨，要以饥食敌人肉、渴饮敌人血的心情，排除万难来保护祖国、恢复江山、报效朝廷。此词大约是在鲁监国政权结束，鲁王朱以海流亡金门、澎湖之后写的，因而有"双龙逝，一鸿灭"之句。

张煌言以一介书生，奋斗于国亡家破之时，与清廷斗争了十九年，其艰苦程度，难以想象，最后坚贞不屈从容就义。遗句有：

> 生比鸿毛还负国，死留碧血欲支天。
> 忠贞自是孤臣事，谁望千秋青史传？

张煌言认为自己以死报国只是"孤臣"分内的事，并不是希望留传"青史"，其品格之高，千古少见。张煌言不仅是一位抗清战士，而且是一位爱国诗人，他以其亲身经历，写成诗词，有《张苍水集》传世。所写诗词，慷慨激越，真情流露，很有感染力，同他为国捐躯的光辉品格一样，鼓舞人民，教育后代，值得我们珍视。

第二章

骨肉分合

- ◎ 孝子长悲蓼莪诗
- ◎ 狂痴只在别儿时
- ◎ 娇女任其孺子意
- ◎ 百年惭痛泪阑干
- ◎ 寸心难报三春晖
- ◎ 家贫父子别离悲
- ◎ 北定中原嘱后生
- ◎ 游子铭心父母恩
- ◎ 临刑犹赋勉儿诗
- ◎ 临别依依勉子诗

一、孝子长悲蓼莪诗

诗经·小雅·蓼莪

周初至春秋

蓼蓼者莪，匪我伊蒿，哀哀父母，生我劬劳。
蓼蓼者莪，匪我伊蔚，哀哀父母，生我劳瘁。
缾之罄矣，维罍之耻，鲜民之生，不如死之久矣。
无父何怙，无母何恃，出则衔恤，入则靡至。
父兮生我，母兮鞠我，拊我畜我，长我育我，
顾我复我，出入腹我，欲报之德，昊天罔极。
南山烈烈，飘风发发，民莫不谷，我独何害。
南山律律，飘风弗弗，民莫不谷，我独不卒。

这篇《蓼莪》，载于《诗经·小雅》。《小雅》有很多记载下层社会生活，反映普通人民喜怒哀乐的诗，这是其中重要的一篇，是反映一个儿子无力赡养父母的内心痛苦的哀歌。全篇六首，分三层意思：前两首是自责。表述父母生我辛勤劳苦，希望我长得像莪菜那样又肥又大，而我却成为蒿蔚一般的贱菜，庸劣而无用。三、四首说明自己离不开父母，唯独自己不能终养父母。诗中特别感人之处，是写父母恩德时，一连用"生、鞠、拊、畜、长、育、顾、复、腹"等九个动词，同时连用九个"我"字，强调父母培育"我"的恩德和劳苦，字字含情，句句有

泪，真是"勾人眼泪全在此无数我字"（清·姚际恒《诗经通论》）。这些悲痛，再加上自己无力赡养父母的苦楚，自然引起最后"欲报之德，昊天罔极"的沉痛哀号。最后两首以险峻的南山、凄厉的狂风，表现出凄恻悲怜的气氛，烘托作者坎坷的遭遇和不平：别人都好，为什么我蒙受灾难，为什么我不得终养父母！这样呼天抢地震撼人心。

由于这篇诗一字一泪，震撼人心，所以人们认为读《诗经》不读《蓼莪》篇，《诗经》也就白读了。但有人又主张废读此诗，认为读这篇诗太使人伤心了。据《晋书·孝友传》记载：王裒是民间流传"二十四孝"中的一员，他母亲平生怕打雷，母去世后，每遇打雷，王裒就跪至墓前安慰母亲说："裒在此！"要母亲不惊。他父亲王仪，为晋司马昭的司马官，性耿直，司马昭领兵与吴国打仗，失败，昭问部下："这次败仗，谁要承担责任？"王仪马上回答："责任在元帅！"以此触怒了司马昭，因而被处斩。王裒悲痛父被冤死，此后坐不向西，表示不臣服晋朝。他隐居教书，结庐在父母墓旁，早晚跪拜，攀着柏树悲泣，树木也因泪沾而枯萎。

王裒的孝心，还特别表现在他向学生讲习《诗经》，每读到《蓼莪》篇"哀哀父母，生我劬劳……"等句子时，总是涕泪满面，痛哭不止。他的学生深受感动，不忍老师受刺激，而请求废读此篇。另外《南齐书》也记载了一位孝子颜欢，他家世寒微，而他本人好学不倦，母亲去世时，他七天不吃不喝，在墓旁结庐守丧。后来隐居不仕，开馆授徒，受业学生经常近百人，每教读《诗经》到"哀哀父母"时，便执书痛哭。学生们怕触动老师伤心，也就不敢再读《蓼莪》诗篇了。

这篇诗之所以如此感人，主要是它捉住了人生最深厚、最伟大、最原始的感情：子女对父母依赖而自然产生的深情，是没有任何东西可以取代的。人的成长过程是相当漫长艰辛的，自己做孩子，对父母恩德感受不深，等到自己为人父母，才深深体会当父母之不容易，"养儿方知父母恩"。尤其是子女对父母过世，不得报答养育之恩，这种悲痛和遗恨是难以形容和弥补的。

中国传统把子女对父母的孝，赡养父母作为一个最基本的道德要求。儒家提倡"百善孝为先"，"以孝治天下"。孔子说："孝悌也者，其为仁之本欤？"（《论语》）把"孝"作为治国施行仁政的根本。"孝"是什么？《说文》上说："孝，善事父母者"，即好好对待父母。古人认为：鸦雀反哺，羔羊跪乳，禽兽都知道孝敬父母，何况是作为万物之灵的人呢？《孝经》说："孝子之事亲也，居则致其敬，养则致其严，病则致其忧，丧则致其哀，祭则致其严，五者备矣，然后能事亲。"《孝经》上提的这五点，都是子女赡养父母应该尽力做到的。

据《韩诗外传》记载：孔子和弟子一行人在路上，听到有人哭声甚悲，赶忙派学生去了解，知道哭的人叫皋鱼。孔子问他：为什么哭得这么悲伤？皋鱼说：年轻时只顾求学，没能奉养父母，直到父母去世后，才悟到自己的过错，"树欲静而风不止，子欲养而亲不待也，往而不可得见者亲也"。皋鱼讲完后因伤心过度而死。据说孔门弟子经受皋鱼哭亲这一事件的影响，回家奉养父母的达十三人。皋鱼的话和《诗经》的《蓼莪》诗，以及王裒、颜欢等人所表达的思想都是一致的，使人感染，深受教益。

二、狂痴只在别儿时

悲愤诗（第二段节录）

魏·蔡琰

有客从外来，闻之常欢喜。迎问其消息，辄复非乡里。
邂逅徼时愿，骨肉来迎己。己得自解免，当复弃儿子。
天属缀人心，念别无会期。存亡永乖隔，不忍与之辞。
儿前抱我颈，问母欲何之？"人言母当去，岂复有还时？

阿母常仁恻，今何更不慈？我尚未成人，奈何不顾思？"
见此崩五内，恍惚生狂痴。号泣手抚摩，当发复回疑。

这是蔡琰在《悲愤诗》中的一段，叙述汉使来接她回国，她要面对与两个未成年的儿子生离死别，痛不欲生。

蔡琰，字昭姬，后为避司马昭之讳，改字文姬，东汉末年陈留圉（今河南杞县西南）人，是东汉名儒蔡邕之女。蔡邕，字伯喈，在汉时，曾出任河东长，后擢郎中，因上书批评朝政，获罪当朝，被流放到朔，遇赦后，亡命江湖。董卓专权，被迫出仕，三日三迁，后拜左中郎将，封高阳乡侯。董卓被诛后，受牵连被捕，死于狱中。蔡邕博学多才，好辞章、通经书、精音律、善鼓琴，又工书画、晓医理，尤以熟悉汉朝掌故为人所称道，是曹操的挚友和老师。著有《蔡中郎集》。蔡琰在父亲影响下，也博学多才、精通音律，但一生坎坷：幼年因父亲受诬获罪，全家充军，在外流浪十余年。十六岁嫁卫仲道为妻，卫是当时太学出色的士子，有才华，从不恃才傲物，夫妇二人恩爱无比，可惜天妒良缘，不到一年，卫仲道咯血身亡。因无子，卫家认为卫仲道的死是她克夫造成，使蔡琰在婆家失去地位而遭白眼，才高气傲的她，毅然离开卫家而回到娘家。

汉末少帝时，朝廷宦官专权，大将军何进密召董卓入朝，宦官既诛，董卓擅权，凶暴淫乱。从此军阀混战，北方少数民族乘机入侵。在战乱中，蔡琰于汉献帝兴平（194—195）中，被胡兵掳入南匈奴，嫁左贤王，居留匈奴十二年，生二子：长子叫阿迪拐，次子叫阿眉拐。汉献帝建安十三年（208），曹操同情蔡邕无后，打听了其女儿蔡琰的下落，特派使者到匈奴，用金币将她赎回，后改嫁同郡屯田都尉董祀。

蔡琰在离开匈奴前后，把自己的遭遇写成《悲愤诗》，分三段共一百零八句。此诗通过叙述自己在汉末社会动乱时被胡兵掳掠途中的见闻、流落蛮荒的经历，以及有幸返回中原又不得不别弃亲子的惨景，真实地再现了当时军阀混战造成人民家破人亡、颠沛流离、备受屈辱的惨状,其反映汉末董卓之乱的现实极为深刻,与曹操《蒿里》、王粲《七哀》相鼎足,为他人所不及。清沈德潜在《古诗源》中评此诗"段落分明,而减去脱卸转接痕迹,若断若续、不碎不乱,少陵(杜甫)《奉先咏怀》《北征》等作,往往拟之"。又说"激昂酸楚,读去如惊蓬坐振,沙砾自飞,在东汉人中,力量最大"。今传《悲愤诗》除上述五古体外,别有一篇为骚体。五言体在反映现实和艺术成就方面,均胜于骚体。一般认为骚体《悲愤诗》乃伪作。

有《胡笳十八拍》一篇,相传也是蔡琰所作。唐朝诗人李颀在《听董大弹胡笳兼寄语弄房给事》的七首长诗中,开头四句写道:

蔡女昔造胡笳声,一弹一十有八拍。
胡人落泪沾边草,汉使断肠对归客。

这首诗可印证当年《胡笳十八拍》在演奏时,十分感人。

在蔡琰的五言《悲愤诗》中摘录短短的二十四句,反映了蔡琰当时十分矛盾和复杂的心情。诗的第一联"有客从外来,闻之常欢喜",这两句反映她当时既没有同客人见面,又不知客人来干什么,只是闻说他们是南方远来的客人,心中有些欣喜。接着就写她打听来客的"消息",只知他们是祖国来的,但不是自己的同乡,心里有点失望。后来知道他们是祖国的"骨肉"亲人来迎接自己回国的,自己的企盼意外来临,心里就更加高兴了。诗句到这里,把作者的情绪推向一个高潮,接着是"己得自解免,当复弃儿子",两句诗把自己内心剧烈的矛盾冲突揭示出来,感情由此转喜为悲。一方面,马上就要回到自己热爱的祖国,回到朝思暮想多年不见的老母和亲戚朋友身边,回复到自己儿童时最热爱的生活环境,享受自己熟悉和热爱的灿烂文化,摆脱这不习惯的"肃肃"胡风和"少理义"的"人俗",这是多么令人兴奋而又向往的事啊!但另一方面,既要南归祖国和家乡,就必须离开儿子。母与子的血缘关系,天生心连心。这次离别之后,何时再能相会呢?在这种生离死别的情况下，我怎么忍心告知孩子，与他们辞别呢？这已经使蔡琰陷入两难的境地了，不觉悲从中来。

最让蔡琰"五内"崩裂的还是两个儿子得知她要南归汉室的时候，抱着她的头问的话：妈妈要到哪里去呀？人们都说妈妈要走，走后还能回来吗？妈妈过去是非常心疼我们爱我们的，现在是不是不爱我们了呀？我们还是小孩，你走了，我们怎么办？妈妈为什么不替我们想一想呀？孩子们的这些真挚直率的话，问得合情合理，使蔡琰无法回答，深深地刺痛了蔡琰的心，她感到五脏炸开，恍恍惚惚的好像神经错乱了似的。她边哭边抚摩自己的儿子，默默无语，直到出发离开匈奴时，还有犹豫迟疑：自己离开儿子们合不合适？但蔡琰毕竟是位有理智、顾大局的女子，权衡轻重，还是决定与儿子分别南回祖国。这种离别而产生的"狂痴"的痛苦，只好让自己承担，永远藏在心里，无限期地忍受下去。

蔡琰的《悲愤诗》具有强烈的时代精神，是一篇现实主义的杰作，特别是与儿子分别这一段，最为悲痛，使人感到深深的同情。明代剧作家陈与郊将蔡琰的故事编成杂剧，名为《文姬入关》，其所演主要是别子之段，透过语言、动作和场面的结合，把蔡琰别子的矛盾心理和悲苦情怀，作了淋漓尽致的渲染，哀戚感人。中华人民共和国成立后，话剧、京剧都演过以蔡文姬故事为主题的剧，其中别子一段都作为剧中主要内容。可见这一诗篇所反映的故事流传之广，感人之深。

三、娇女任其孺子意

娇女诗

晋·左思

吾家有娇女，皎皎颇白皙。小字为纨素，口齿自清历。
鬓发覆广额，双耳似连璧。明朝弄梳台，黛眉类扫迹。

浓朱衍丹唇，黄吻烂漫赤。娇语若连琐，忿速乃明姎。
握笔利彤管，篆刻未期益。执书爱绨素，诵习矜所获。
其姊字惠芳，面目灿如画。轻妆喜楼边，临镜忘纺绩。
举觯拟京兆，立的成复易。玩弄眉颊间，剧兼机杼役。
从容好赵舞，延袖象飞翮。上下弦柱际，文史辄卷襞。
顾眄屏风书，如见已指摘。丹青日尘暗，明义为隐赜。
驰骛翔园林，果下皆生摘。红葩缀紫蒂，萍实骤抵掷。
贪华风雨中，倏忽数百适。务蹑霜雪戏，重綦常累积。
并心注肴馔，端坐理盘槅。翰墨戢闲案，相与数离逖。
动为垆钲屈，屐履任之适。止为茶荈据，吹嘘对鼎䃰。
脂腻漫白袖，烟熏染阿锡。衣被皆重地，难与沉水碧。
任其孺子意，羞受长者责。瞥闻当与杖，掩泪俱向壁。

据《左棻墓志》载：左思有两个女儿，大女名左芳，字惠芳；次女名左媛，字纨素。左思非常疼爱这两个女儿，她们都很活泼伶俐，逗人喜爱，有时也有点任性调皮。左思在诗中观察和记录两个女儿娇憨天真的种种事情，字里行间闪烁着为父对子女的爱怜和温存，表现出长辈对儿女的舐犊深情。

诗中自"吾家有娇女"到"诵习矜所获"等十六句，主要描写小女的表现：我家有个娇娇女儿，皮肤白白净净，乳名纨素，口齿清晰，头发盖到额头，耳朵像一对璧玉，一早起来就在梳妆台前收拾打扮，眉毛画得像扫帚扫过的痕迹，把口红都涂到嘴唇外面了，口边都涂上色彩浓丽的脂粉，说起话来一句接上一句，如果生起气来讲话更快而且干脆直接。写字时喜欢用红漆管的毛笔，但写的字却不太讲究。读书只是因为喜欢书是用洁白的绢帛写成，当遇到自己领会书中一点心得时，就自我炫耀起来。

自"其姊字惠芳"以后四十句，都是记述大女儿的种种神态：小女有个姐姐，乳名惠芳，长得很漂亮，面目像那明丽的美人画一样，喜欢在楼边的窗台化妆,有时为了照镜化妆,连纺纱织布的活计都忘了去干。拿起笔来画眉毛,就像古代京兆尹张敞为妻画眉那样认真,用朱丹在自己面部点"美人痣"时,点了又擦,擦了又点。她每天对镜学化妆忙个不停,比学习织布还要热心专注。她有时不慌不忙地跳起赵国舞蹈,挥起舞袖,就像翠鸟一样在空中飞飘。为了玩弄琴瑟,往往把要读的书卷叠起来,放下不读。她房中屏风上的图画,颜色已被尘灰掩盖日渐模糊不清,她随便看一眼,并没有看得真切,就评头品足,发表议论。她经常活蹦乱跳地跑到花园去玩,低树枝上的果子还没成熟就被她摘着吃了。花园的红花紫蒂和各种果实,她摘下来随意丢掷。她贪看花草,就是刮风下雨,还是一次又一次地去园中观赏,哪怕是下雪打霜,她也要去园中嬉游,弄得园中雪地上到处都是重重叠叠的脚印。她吃饭的时候倒很专注,坐得端端正正地吞食肴馔果蔬。但对读书写字却不大愿意,总是把笔墨收聚起来往桌上一扔,屡屡离开书房,跑到远处玩耍。她如果听到门外缶声或铙铎一类的乐器声,很快行动起来,连鞋都顾不上穿好就跑去看热闹。看完热闹就回家来做煮茶的游戏,趴在地上对着鼎砺吹火,弄得油腻玷污了自己的白衫袖,黑烟熏染了身上漂亮的细绢衣服,把衣衫弄脏成五颜六色,放进清水中漂洗也没法洗净。她经常耍着小孩子脾气,还不愿意让大人责备她,有时听到大人说她太不听话,要打她的棍子,她就双手掩住脸面,向着墙壁哭泣撒娇。

左思,大约生于公元250年,字太冲,齐国临淄(今山东省淄博市临淄区北)人,出身寒微,不好交游。少时学书法、弹琴,都学不好。他的父亲对友人说,"思所晓解,不及我少时"(见《晋书》本传)。用今天的话是说:我的思儿学习知识和理解的能力,都不及我小的时候。这话对左思刺激很大,从此,他就发愤学习:遍览百家典籍,兼擅阴阳之术。晋武帝泰始八年(272),左思的妹妹左棻,以才德被选入宫中为妃,举家移居京都洛阳。此时左思虽然貌丑口讷,但博学能文,词藻壮丽,被司空张华辟为祭酒,秘书监贾谧举为秘书郎,此后他也成了贾谧门下二十四友之一。由于处在一个"上品无寒门,下品无世族"的门阀制度时代，左思的仕途不得意，一生坎坷。后贾谧因参与谋废太子事而被斩，不久妹妹左棻又去世，于是左思退居宜春里，专事典籍，不问世事，公元301年因避乱，举家迁至冀州。不数年，大约305年病逝，《晋书》有他的传记。

左思随妹妹迁京都后，以写作为事，精思十年时间，写成《三都赋》。所谓《三都赋》，是由《蜀都赋》《吴都赋》《魏都赋》三篇赋组成，长达万言，是西晋文坛上传诵一时的杰作。三篇内容各有侧重：蜀都侧重写蜀地山川风物，吴都侧重写吴地的广阔富饶，魏都侧重写魏国的规模制度。此赋写成后，司空张华见而叹赏，张载、皇甫谧、刘渊林等名士作注作序，一时声价鹊起，"豪贵之家，竞相传写，洛阳为之纸贵"。

左思的诗也写得很好，今仅存十四篇，以《咏史》八首最为著名，其诗表达自己建功立业的抱负，揭露和讽刺门阀制度的不合理，显示出蔑视士族权贵的英雄气概。其诗作风格高亢雄迈，语言精切，形象鲜明。钟嵘《诗品》将其列为上品："文典以怨，颇为精切，得讽谕之致。"宋严羽在《沧浪诗话》中认为："太康诗人，独推左思。"刘勰称赞："左思奇才，业深覃思，尽锐于《三都》，拔萃于《咏史》。"其诗文多散佚，有近人丁福保辑录的《左太冲集》传世。

左思除《三都赋》（另有《白发赋》等）和《咏史诗》等著作成就外，《娇女诗》这类作品，同样很有名气，值得重视。《娇女诗》对两个女儿的生活、性格和神态，如耳目唇齿、点痣画眉、语言议论、学习玩耍、弹琴跳舞、吃饭煮茶、走路衣着、活泼天真、任性撒娇等方方面面，观察细致入微，刻画形象生动。不是一位感情丰富，对儿女真爱和关心的父亲，是不可能写出这样好诗的。明代谭元春的《古诗》称此诗是"字字是女，字字是娇女，尽情、尽理、尽态"。

四、百年惭痛泪阑干

悼念女儿诗

唐·韩愈

数条藤束木皮棺,草殡荒山白骨寒。
惊恐入心身已病,扶舁沿路众知难。
绕坟不暇号三匝,设祭唯闻饭一盘。
致汝无辜由我罪,百年惭痛泪阑干。

在这首诗的前面,韩愈写了较长的题目,叙述他女儿死葬和自己题诗的过程:"去岁自刑部侍郎以罪贬潮州刺史,乘驿赴任。其后家亦谴逐,小女道死,殡之层峰驿旁山下。蒙恩还朝,过其墓,留题驿梁。"古代医疗条件差,孩子们患病,往往是听天由命。儿女夭折,短命而死,是件平常而普遍的事,但白发人送黑发人这种死别的场面,却是最痛苦难过。在诗文作品中,哭子伤女,瘗子祭女的内容大都感人。但因自己的过错,导致子女被折磨而死,做父母的就不仅痛心,又加上内疚。韩愈悼念女儿的这首诗充分表达了这种心情。

韩愈,字退之,河南河阳(今河南孟州南)人,祖籍昌黎,世称"韩昌黎"。少孤,由嫂抚养,刻苦好学,尽通六经百家。唐德宗贞元八年(792)中进士。历任监察御史、国子博士、刑部侍郎等职,官终吏部侍郎,辛谥"文",史称"韩吏部""韩文公"。韩愈年轻时研习古文,四次应举,始中进士。在政治、文学诸方面都有建树,诗也很有成就。在文学方面,提出"文以载道"和"文道合一"的观点,要求文章要有充实的内容,与柳宗元同为古文运动的倡导者,为"唐宋八大家"

之首。好直言进谏,多次被黜贬。苏轼用"文起八代之衰,而道济天下之溺。忠犯人主之怒,而勇夺三军之帅"(见《潮州韩文公庙碑》)四句话来概括他的一生。韩愈文章名篇极多,如《原道》《原毁》《师说》《杂说》《祭十二郎文》《进学解》《祭鳄鱼文》等。其诗与孟郊齐名,世称"韩孟",具有"以文为诗"的特点,开宋诗议论化、散文化先声。名篇有《山石》《左迁至蓝关示侄孙湘》等,有《昌黎先生集》传世。

元和十四年(819),唐宪宗令宦官杜英奇率领宫人三十人,持香花到归皋驿迎接佛骨,留宫中三日后才送到各寺院。韩愈素不喜佛,因上疏进谏说:"佛者,夷狄之一法耳",汉明帝始有佛法,"其后乱亡相继,运祚不长……"。宪宗看了,大怒,要杀韩愈,后得裴度、崔群等大臣奏救,才得免死,被贬为潮州刺史。唐京城长安到广东潮州,相距近万里,交通不便,韩愈在路上吃了不少苦头。韩愈此时情绪悲观、消沉,甚至怀疑自己今后能否活着回来。在民间广为传诵的《千家诗》中,有他的七律《左迁至蓝关示侄孙湘》:

> 一封朝奏九重天,夕贬潮州路八千。
> 欲为圣朝除弊事,肯将衰朽惜残年!
> 云横秦岭家何在,雪拥蓝关马不前。
> 知汝远来应有意,好收吾骨瘴江边。

蓝关在陕西蓝田县东南。韩湘,是韩愈侄儿十二郎之子,长庆三年(823)进士,当时赶到蓝关来看望被贬离京的叔祖。韩愈感而赋诗表达心情。从韩愈此诗可以看出他担心自己会死在南方瘴气弥漫的江边,并让孙湘来收自己的遗骨。

尽管韩愈情绪低沉,但他任潮州刺史后,仍积极关心吏民疾苦,做了不少好事,其中最著名的是开办学校,使"潮之士,皆笃于文行,延及齐民";另外是"驯鳄鱼之暴",除掉潮州鳄鱼之害,有《祭鳄鱼文》，收在《古文观止》中广为传播。后来潮州人为纪念他的政绩，为他树碑立庙，"饮食必祭，水旱疾疫，凡有求必祷焉"。后来宋苏轼为《潮州韩文公庙碑》写碑文，将他的一生功业，包括被贬到潮州后的政绩都写入碑文之中。

韩愈被贬为潮州刺史后，不久他的家眷也被赶出京城，被迫南迁。他的第四个女儿，名女挐，当时才十二岁，受惊吓刺激，又因不耐路途劳苦，途中病死，当时是犯人家属，又无钱无人打点，便草草葬在层峰驿（今陕西商县南郊）。第二年，韩愈遇赦还京，经过女儿的墓地，想到女儿病死途中，当时自己又不在场，草草殓埋，很是凄惨。再想到女儿本来已经生病，又因自己遭贬受到惊吓和刺激，女儿之死，完全是由于受自己的牵连所致，心里更加痛苦和内疚，在这种心情下，韩愈心恸而留题《悼念女儿诗》。特别是诗的最后一联，能使读者流出同情之泪。

韩愈是位关爱下一代的人，据《旧唐书·韩愈传》记载，他"颇能诱厉后进，馆之者十六七，虽晨炊不给，怡然不介意"。对自己子女的爱，更是不用说了。对女儿女挐的死，韩愈一直感到自己负有责任。为了表达心中的歉疚，他在三年之后将女儿的棺木从陕西商县的荒山野岭迁回河南老家河阳，葬在韩家祖先墓旁，让女儿魂魄有依。他还写了《祭女挐女文》《女挐圹铭》，在《祭女挐女文》中说："昔汝疾革，值吾南逐。苍黄分散，使汝惊忧。我视汝颜，心知死隔。汝视我面，悲不能啼。我既南行，家亦随遣。扶汝上舆，走朝至暮。天雪冰寒，伤汝羸肌。撼顿险阻，不得少息。不能食饮，又使渴饥。死于穷山，实非其命。……"在《女挐圹铭》中也说："愈既行，有司以罪人家不可留京师，迫遣之。女挐年十二，在病，既惊痛与其父诀，又舆致走道，撼顿失食饮节，死于商南层峰驿，即瘗道南山下。"在祭文和铭文中，韩愈把女挐死的原因和过程记述得清清楚楚，说明女儿是因自己受贬牵连而死，自己心痛不已，挥之不去。

五、寸心难报三春晖

游子吟

唐·孟郊

慈母手中线,游子身上衣。
临行密密缝,意恐迟迟归。
谁言寸草心,报得三春晖。

孟郊这首诗,用母亲为了儿子远行,给儿子缝衣这件具体事,以及母亲缝衣时的心情,来反映和歌颂伟大的母爱。千百年来,此诗为人们吟诵不衰。

孟郊,生于公元751年,唐时湖州武康(今浙江德清)人,出身贫寒,早年丧父,由母亲裴氏教育成长。少年时隐居嵩山,潜心苦读。据说他"性介、少谐和",可能有些不合流俗。他曾两次往长安应进士不第,但仍年复一年在科举路上奔波。在失望与悲伤的心情下,孟郊写了一首诗《落第》:

晓月难为光,愁人难为肠。
谁言春物荣,独见花上霜。
雕鹗失势病,鹪鹩假翼翔。
弃置复弃置,情如刀剑伤。

这首诗的意思是说:清晨的月光暗淡,愁苦悲痛使人肝肠寸断。谁说春天万物峥嵘,我却只见鲜花上蒙上寒霜。我像病倒的雕鹗一样失去威势，连小小的鹧鸪鸟也在我眼前飞来飞去逞强。我一次又一次被朝廷弃置落第，心情像被刀剑刺伤一样痛苦。

孟郊的母亲是位贤德而又坚强的女子，她看儿子落第时痛苦，自己也很难过。但她坚信儿子一定能够考中进士，所以孟郊每次落第，她都及时给予鼓励和劝慰，孟郊每次外出，母亲都一针一线为他缝制衣裳，望儿早早平安归来。这种无私伟大的爱，深深激荡着孟郊的心，在母亲的鼓舞和关怀下，孟郊从两次落第中挺了过来，读书更加用功，终于在贞元十年（794）秋，自己四十四岁时考中进士。

由于多次落第，这次得中，孟郊十分高兴。当时考中进士的生员，按规定都要参加政府在京城组织的"曲江游宴"和"慈恩寺题名"等活动，以提高进士的身价，鼓励士子为国献身。孟郊参加了这些活动，感到十分荣耀，当时写了一首七绝《登科后》：

昔日龌龊不足夸，今朝放荡思无涯。
春风得意马蹄疾，一日看尽长安花。

这首诗直抒胸臆，明白易懂，影响很大，为后人喜爱和传读。尤其是"春风得意""走马看花"后来传为成语，几乎无人不晓。这首诗在当时多数人认为写得好，但也有少数人认为此诗写得太露，不合诗贵"含蓄"之旨。还有人认为他原是贫寒小家子出身，一朝"得意"有点"忘形"。更有人认为"一日看尽长安花"是句"诗"谶，好花一日之内已看尽，那前程就到此为止了，难怪孟郊一辈子只做个小官。其实大可不必这样责备孟郊。孟郊长时间生活在极度贫困和失意落魄的情况下，情绪长期受到压抑，一旦金榜题名，看到了光明的前途，心中闷气烟消云散，其喜悦之情溢于言表，正如他诗中说的"放荡思无涯"了，这也是人之常情，反映在诗中，正是他当时的真情实感，"一日看尽长安花"只是夸张手法。这些都是诗家写诗最可贵之处。

孟郊考中进士四年之后，到洛阳应吏部铨选，终于得到一个溧阳县尉的官职。尽管这个县尉在当时不过九品卑小之官，但对一个穷困潦倒的山村学子来说，已经是很不错了，不仅身价有所提高，不再是"龌龊不足夸"的人，更重要的是有了安定的生活环境，终于可以靠这个小职位来赡养和回馈几十年来养育自己的母亲了。孟郊就任之后，第一件事就是立即赴湖州恭迎母亲前来溧阳，以尽人子之责，报答母亲之恩。这首《游子吟》就是此时所作。本来在《游子吟》题下自注"迎母溧上作"五字，后人传抄，将这五字略去。其实注上这五字，更能真实反映孟郊作此诗时的心情。

  孟郊任溧阳县尉之前，在穷困潦倒中曾经想过是守在母亲身边艰难度日，还是寻找政治机会让母亲为儿子喜悦，不再经受饥寒。两者难得齐全，无论怎样取舍，都会充满遗憾。但想到生活前景，他不得不选择后者，为了追求功名，在外颠沛流离居无定所已是常事，因此他对母亲最深刻的回忆，莫过于母子离别时的心痛，《游子吟》开头两句"慈母手中线，游子身上衣"，就是表达这种感情。慈母手中拿着针线缝衣服，是件普通的事情，但与游子身上衣联系起来，感情就不同了，这是母子相依为命的骨肉之情。紧接着"临行密密缝，意恐迟迟归"，把母子的感情推向新的高度，说明母亲不是一般的缝衣，而是用心给儿子针针线线细细密密地缝，因为儿子远行，要精心把衣服缝得结实些，让儿子在外不致衣破受寒而又不雅。同时边缝衣边担心儿子在外是否会遇到风险，总希望儿子平平安安地早日归来。这既是母亲日常生活自然心态的流露，也表现了对儿子最崇高的母爱。这种纯真朴素的母爱，从最普通最常见的场景中充溢出来，动人心弦，催人泪下。最后两句反映被爱者儿子的直觉和感受："谁言寸草心，报得三春晖。"是对母爱的回应，是前四句的升华，有了这两句，就能看见伟大的母爱，在人们心灵中绽放。它用形象的比兴手法，将"寸草心"与"三春晖"形成强烈而大小悬绝的对比，来表达儿女用寸草一样的赤子之心，永远也报答不了像三春太阳一样的母爱。真是"欲报之德，昊天罔极"啊！

  这首《游子吟》词语通俗、清新流畅、淳朴自然，全诗只有六句三十字，但意境深远。清·蘅塘退士编选的《唐诗三百首》，也将此诗录入其中。千百年来文人、学士、妇孺争相传诵，历久不衰。由于孟郊的诗能以己之情、动人之情，引起广大读者的共鸣，所以在当时他只不过是一名县尉九品小官，却声名远播，连"唐宋八大家"之一的大文学家韩愈，都非常器重他。孟郊任溧阳县尉两年后，于德宗贞元十九年（803），因事到京城，遇了时任监察御史的韩愈，韩愈对他的遭遇很同情，临别时还专门为他写了一篇文章《送孟郊序》。序中第一句就说"大凡物不得其平则鸣"，随即以"不平则鸣"为主题进行论述，一方面为孟郊的处境忧愤，流露出对朝廷用人不当的不满，同时列举大量事实，指出不幸的处境反而会激励人们写出更优秀的作品，以此宽慰孟郊。最后说："孟郊东野始以其诗鸣。其高出魏晋，不懈而及于古。其它浸淫（意指接近）乎汉氏矣。"韩愈还在《赠贾岛》一诗中说："孟郊死葬北邙山，从此风云得暂闲。"意指孟郊死后，诗坛上再没有像孟郊作品这样引起轰动的，可见韩愈对孟郊诗作评价之高。因二人齐名，时称"孟诗韩笔"。据史载韩愈后来还亲自向当时大官郑馀庆推荐，奏为参军未果，孟郊辞溧阳尉后，任河南尹水陆转运从事，试协律郎，一生潦倒耿介，于公元814年病卒，时年五十四岁。

孟郊死后，唐诗人贾岛写诗《哭孟郊》：

身死声名在，多应万古传。寡妻无子息，破宅带林泉。
家近登山道，诗随过海船。故人相吊后，斜日下寒天。

诗大意是：孟郊虽无子女，但他的诗随着海船传遍四方。另外宋代大文学家苏轼也很喜欢孟郊的诗，在《读孟郊诗》中称赞他是"诗从肺腑出，出辄愁肺腑"。孟郊诗工而有理致，情调苦涩凄酸，语言追求奇硬险崛，有的诗如《游子吟》则吐语自然。孟郊有《孟东野诗集》传世。

由于孟郊《游子吟》的影响，后人多有在诗中用母亲为儿子远行缝衣来歌颂母爱的。仅孟郊的家乡溧阳在清康熙年间就有两人：一是史骐生，在《写怀》诗中有"父书空满筐，母线尚萦襦"之句；另一位溧阳人彭桂，在《建初弟来都省亲喜极有感》一诗中写道："向来多少泪，都染手缝衣。"清乾隆时进士蒋士铨，江西铅山人，在《岁暮到家》一诗中也有"寒衣针线密，家信墨痕新。见面怜清瘦，呼儿问苦辛"之句。可见孟郊《游子吟》影响之远，感人之深。

六、家贫父子别离悲

别三子

北宋·陈师道

夫妇死同穴，父子贫贱离。天下宁有此？昔闻今见之！
母前三子后，熟视不得追。嗟乎胡不仁，使我至于斯！
有女初束发，已知生离悲；枕我不肯起，畏我从此辞。
大儿学语言，拜揖未胜衣；唤爷我欲去，此语那可思！
小儿襁褓间，抱负有母慈；汝哭犹在耳，我怀人得知！

这是宋代诗人陈师道，因家庭贫困，让妻子带着三个子女，随岳父去西川（时岳父任西川提刑）时所作。陈师道本人因有老母，不能同往，临行时陈师道十分难过，便写了这首《别三子》诗，以抒发他因贫贱而致夫妻异地、父子分离的极痛深悲。

此诗前四联抒写别离时的感受：我与妻子被迫生离，恐怕只有等到死后才能埋在一穴，儿子也因我贫贱而与我分开；像这样夫妻父子分离，天下少有，过去只是听说过，而今却从我身上亲眼所见呀！他们走时，母亲在前三个子女在后，眼看他们远去，我却不能随行，老天爷为什么这样残酷，使我落到这个地步呀！自"有女初束发"之后六联，主要写儿女们临别时的表情和自己的心态：女儿才十四五岁，头发刚束起来，就懂得离别的悲伤，把头枕在我的身上不肯抬起来，担心别后再也见不到我了。大儿年幼刚学大人说话，还不会穿衣行礼作揖，但他不想离开我，临走时喊着我说："爹，与你分别，我都想离开这个人世了！"这话多么令人伤心呀！小儿子不会走路，在襁褓中由他母亲抱着，离开我时，他的哭声一直在我耳边徘徊。我与儿女分别时的这种痛苦，别人哪会知道呢？此诗将父子分别时的场景感情表述得真实、细腻而且深刻，读后感同身受。

陈师道送走妻子和三个儿女，写了《别三子》后，孤身一人在家侍奉老母，过了好几年，儿女们从西川回来，他非常高兴，又写了一首五言古诗《示三子》：

去远即相忘，归近不可忍。儿女已在眼，眉目略不省。
喜极不得语，泪尽方一哂。了知不是梦，忽忽心未稳。

诗的意思是说：你们走远了，分离的时间长了，我也死了心，不去想它。知道你们快要回到家，想念的心情反而按捺不住，现在你们站在我的眼前，看到你们的眉目，感到你们长大了变了，好像有些不认识了。我们父子久别重逢，我高兴得连话都说不出来，只是望着你们流泪，转而又笑了起来。我清清楚楚地知道你们千真万确回到了家，不是在做梦，可是我恍恍惚惚，心里总怕自己还是在梦中。这首诗把一位慈父见到久别的儿女喜极而悲、又哭又笑、知是非梦、疑是做梦的丰富感情，描写得十分诚挚、真实、生动、有情，不失为一首佳作。

陈师道，徐州彭城（今江苏徐州）人，生于公元1053年，字履常，一字无己，号后山居士。早年受业曾巩，是北宋有名诗人，受到苏轼的赏识，经苏轼推荐为徐州教授。又除太学博士，后为颍州（今安徽阜阳）教授（州立学校教授学生的学官），建中靖国元年（1101）任秘书省正字（掌管校勘书籍的官）。终因苏东坡案而罢了官。

陈师道写诗，以杜甫为宗，深受黄庭坚影响，并以苦吟著称，其诗古朴凝练，语简而工。虽有时流于生硬艰涩，但在不堆砌典故，简缩字句之时也写出一些情真意切、流畅自然的好作品。《别三子》和《示三子》是其代表。此外，陈师道为了抒发自己耿介自守，以致长期沦落下位的愤懑心情，写了两首《放歌行》，也很有名气：

一

春风永巷闭娉婷，长使青楼误得名。
不惜卷帘通一顾，怕君着眼未分明。

二

当年不嫁惜娉婷，抹白施朱作后生。
说与旁人须早计，随宜梳洗莫倾城。

这两首七绝都是以失意宫人自喻，用比兴手法来表达自己的不满，同时坚持自己做人的原则。

第一首是说：有位姿态美丽的宫人，在春光明媚的季节，被幽禁在汉宫的永巷（用以幽禁有罪宫人的长巷）之中，却被人们误传她在受到君王的恩宠。她非常自重，虽然很想卷起门帘，向外看一下，亮一亮自己的美色，略示自己的情愫，但怕对方没有眼力，不能识别自己的绝色与深情，因而宁受冷落，也不外顾。

第二首与第一首意思相连说：我当年不愿出嫁是因为怕君王没有眼力识别自己的绝色与深情，我不甘受冷落，但我仍然抹白施红，保持自己的青春美丽。我要劝那些与我相同命运的宫女们，早作打算把自己嫁出去，作适合时宜的打扮，切不要把自己妆成倾城倾国的模样去卖弄风骚。

这两首诗反映陈师道虽然贫穷，但无论对己对人都有严格要求，不去阿谀奉承以求通达，充分反映了一位正直的知识分子清高自傲、安贫自守、自重自爱的心态。

陈师道与黄庭坚同为江西诗派。北宋吕本中作江西诗社宗派图，推黄庭坚为宗派之祖，次为陈师道等二十五人。陈师道不仅诗写得好，而且会填词，《全宋词》录其词五十四首。陈师道虽然做过小官，但政治上一直很不得意，终生穷困潦倒，而史家评其为人"耿介自守，安贫而不苟取"。在贫困中因不屑服赵挺之衣，于公元1102年以寒疾去世，终年五十岁。著有《后山集》《后山诗话》《后山词》《后山谈丛》。宋史将其事迹编入《文苑传》。

七、北定中原嘱后生

示 儿

南宋·陆游

死去元知万事空，但悲不见九州同。
王师北定中原日，家祭无忘告乃翁。

此诗是陆游八十五岁时的最后一篇作品，即绝笔诗。这首诗也是陆游去世前对儿子的遗嘱。诗中一反传统遗嘱——写未了的家事、家庭财产的分配及教育子女做人做事的老套，而只写统一中原的国家民族大事，情怀悲壮，真挚感人，后人对此诗评价很高。

陆游，字务观，号放翁，越州山阴（今浙江绍兴）人，出身于一个富有学术气氛的仕宦之家，祖父陆佃，是王安石的学生，做过尚书右丞，父亲陆宰，当过京西路转运副使，祖父和父亲都有经学文学著作。这个家庭不仅给他深厚的文学素养，而且培养他热爱祖国的高贵品质。

他在襁褓中随家流寓河南荥阳，不到两岁北宋灭亡，徽宗、钦宗被掳。宋政权被迫南迁，他随父亲逃回山阴，后金兵南侵又被迫逃到浙江东阳，真是"儿时万死避胡兵"（陆游诗句）。正因为有此经历，他在少年时期就喜欢议论抗金、恢复中原，立下"上马击狂胡，下马草战书"的爱国壮志，与当时秦桧等统治集团妥协苟安政策格格不入。绍兴二十三年（1153），二十九岁的陆游赴临安省试，名列第一。据《宋史》记载，"陆游锁厅荐送第一，秦桧孙埙适居其次，桧怒，至罪主司。明年，试礼部，主司复置游前列，桧显黜之，由是为所嫉"。因此陆游在次年应礼部试，被秦桧等人黜免进士的录取，从而受到皇帝的厌恶和朝臣的排挤，秦桧死后始出任神州宁德县主簿。孝宗时，赐进士出身，历官镇江、隆兴通判。乾道六年（1170）入蜀，任夔州通判。八年，入四川宣抚使王炎幕府。光宗时，除朝议大夫、礼部郎中等职，但这些职务都不能实现他破敌卫国的宏愿，而且又不时被排挤去职罢黜回家。于是他很多时候把自己的聪明才智用在写诗填词上，其诗词内容丰富、风格豪迈、语言精炼、气象雄浑，洋溢着爱国热情，具有强烈的战斗性，表现了"铁马冰河""气吞残虏"的英雄气概，有"一身报国有万死"的牺牲精神，为南宋时代最强音。《全宋词》收其词一百四十五首。明人杨慎谓其词"纤丽处似淮海（秦观），雄慨处似东坡"。他一生写诗一万多首，今存九千三百多首，是我国文学史上产量最丰富的一位诗人。其诗具有高度的思想性和艺术技巧，时人将他比作李白和杜甫，呼为"小太白"，誉为一代"诗史"。陆游在我国文学史上占有崇高的地位，有《剑南诗稿》和《放翁词》传世。

　　陆游用满腔悲愤之情写的这四句《示儿》诗，明白易解，其中心内容是传达两个字，一是"情"，一是"志"，即爱国之"情"和光复之"志"，具有督促和激励儿子及后代的作用。

　　《示儿》诗的第二句，一个"悲"字，反映作者对未能亲见收复中原统一祖国，已是"死不瞑目"。他在不少诗篇中都表达了这种感情。明朝郎瑛评陆游的诗说："晓叹一篇，书愤一律，足见其情。"《晓叹》是陆游在宋孝宗淳熙元年（1174）任蜀州通判时写的，是一首二十句的七言长诗，当时诗人悲叹的是"翠华东巡五十年，赤县神州满戎狄"，但认为沦陷区人民自古以来就有反抗侵略的传统，只要有决心，扭转局势并非难事："幽并从古多烈士，悒悒可令长失职？王师入秦驻一月，传檄足定河南北"，并盼望"安得扬鞭出散关，下令一变旌旗色"！另一首《书愤》是十二年后于淳熙十三年（1186）退居在山阴时所写。

> 早岁那知世事艰，中原北望气如山。
> 楼船夜雪瓜洲渡，铁马秋风大散关。
> 塞上长城空自许，镜中衰鬓已先斑。
> 出师一表真名世，千载谁堪伯仲间。

此诗是书写自己的愤懑心情：中原失地未复，自己胸中愤恨之气郁积如山。绍兴三十一年（1161）冬，虞允文等造战舰抵御了金兵从瓜洲渡江，吴璘部在秋天又击败金兵，收复大散关，说明敌人是可以打败的。我少壮时以北伐恢复中原之功期待自己，谁知现在揽镜自照，鬓发皆白，我很敬仰诸葛亮写《出师表》北伐曹魏，千百年来无人能比得上他。而我却退居山阴，一腔热血、壮志难酬。这首诗充分抒发了诗人的爱国之情和光复之志。

这里再录一首陆游晚年被罢斥而退居绍兴镜湖三山时，写的一首词《诉衷情》，倾诉他未酬之志。

> 当年万里觅封侯，匹马戍梁州。关河梦断何处？尘暗旧貂裘。
> 胡未灭，鬓先秋，泪空流。此生谁料，心在天山，身老沧洲。

以上诗词，反映陆游无论在位或不在位，是年轻时还是年老退隐，甚至到他要去世了，始终都把国家民族的生死存亡放在心上。

陆游感到自己逐渐年老,在自己生前要实现北定中原,收复失地的壮志已不可能,因此就想到要把收复失地的任务寄托下一代。早在庆元二年(1196),陆游七十一岁被罢官归山阴,与农村朋友相处时写的《村饮示邻曲》中就说:"吾侪虽益老,忠义传子孙,征辽诏傥下,从我属櫜鞬。"号召农村朋友,教育后代子孙,一旦征辽的诏书下来,马上随军征讨。他临终时写的这首《示儿》诗中的"王师北定中原日,家祭无忘告乃翁",又进一步寄希望于子孙后代,继续坚持斗争,表现出不收复中原失地决不罢休的坚韧精神。尽管在陆游死后,金人被蒙古人所灭,南宋也被蒙古人灭亡,未能实现南宋自己赶走金人收复中原的愿望,但陆游的这种热爱祖国和不收复失地死不罢休的精神和战斗意志,永远值得我们学习和发扬。

八、游子铭心父母恩

岁暮到家

清·蒋士铨

爱子心无尽,归家喜及辰。寒衣针线密,家信墨痕新。
见面怜清瘦,呼儿问苦辛。低徊愧人子,不敢叹风尘。

这首五律,用短短四十字,把游子回家时的心情及父母对儿子的关爱,描写得淋漓尽致:首联开门见山道出父母对儿子的爱是永无止境的,幸喜我在过年前夕按时赶回家,让父母安心高兴。次联回忆自己在外靠母亲一针一线缝制的寒衣来保暖,回忆自己在外总是从父母亲寄给自己的信中得到安慰,每次读信都有新鲜感。第三联叙述母亲见到儿子回家时的关爱,怜悯儿子消瘦,担心儿子在外受苦。尾联是寻思自责,想到父母对自己是这么爱护关怀，而自己却没有尽到做儿子的责任，因而不敢在父母面前感叹路途辛苦。这首诗从回家那一刹那的点滴生活中，来描述父母与儿子的纯真感情，既反映了千千万万父母对儿女的爱心，也抒发了游子们的共同感受。

蒋士铨，字苕生，又字心馀、清容，号藏园，江西铅山人，家贫，四岁识字，十一岁时，父亲将他缚之马背游太行。及长，工为文，喜吟咏。金德英督学江西时，见到他称之为"孤凤凰"，拔居弟子员第一。清乾隆十九年（1754），以举人任内阁中书，乾隆二十二年（1757）考中进士，任庶吉士、翰林院编修，主持过蕺山、崇文、安定三所书院，官至御史。高宗称他为"江右名士"，作诗能拔奇于古人之外，长于七言，与袁枚、赵翼并称"江右三大家"。蒋士铨主张学诗要并师唐宋，反对片面追求格调与词藻。作品浑厚奔放。诗词皆工，尤长剧曲，著有杂剧传奇十六种，其中《临川梦》《一片石》《第二碑》等九种合集称《藏园九种曲》。有《忠雅堂集》《铜弦词》等传世。于乾隆五十年（1785）病故，享年六十一岁。

蒋士铨在四岁时，母钟氏就教他识字写字，而且一面纺织一面教他读书。他在一篇散文《鸣机夜课图记》中，生动记叙母亲教他识字读书的过程："铨四龄，母日授《四子书》数句。苦儿幼不能执笔，乃镂竹枝为丝断之，诘屈作波磔点画，合而成字，抱铨坐膝上教之。既识，即拆去。日训十字。明日令铨持竹丝合所识字，无误乃已。至六龄，始令执笔学书。"又写道："记母教铨时，组绣绩纺之具，毕陈左右；膝置书，令铨坐膝下读之。母手任操作，口授句读，咿唔之声，轧轧相间。"以上的描绘，可看出蒋母教育孩子的精神和良苦用心。正是由于母亲的坚持和严格的教育，蒋士铨在当时科举中取得功名，先中举后考取进士。也是由于对母亲的深厚感情，为报答母亲养育之恩，他后来放弃京官不做，南归养母。

蒋士铨在许多诗篇中，都写到母亲对他的关爱。如在乾隆十一年（1746）他考中秀才，随学使金桧门出游时，写了《远游》二首，其中一首写道：

初日照林莽，积霭生庭闱。长跪拜慈母，有泪不敢垂；
连年客道路，儿生未远离；力学既苦晚，可复无常师？
负籍出门去，白日东西驰；远游幸有方，母心休念之。
儿食有齑粉，母毋念儿饥；儿服有敝裘，母毋念儿衣。
倚闾勿盼望，岁暮儿当归。俯首听儿言，丁宁语儿知。
小妹不解事，视母为笑嘻。新妇亦善愁，含泪无言词。
繁忧未能语，匪但离别悲。父车既已驾，我复行迟迟。
岂无寸草心，珍重三春晖。仰看林间乌，绕树哑哑飞。

这首诗是蒋士铨在随学使旅游前，劝母亲不要担心自己在外生活的诗。表示过去连年随父亲远游他乡，一直都在父母身边，这次为了学习而外游，有吃有穿，到岁暮一定回家，请母亲放心。又在乾隆十三年（1748），游苏、杭等地返家时写了《到家》六首。其中一首写道：

父饮亦既醉，就寝先自息。戒儿勿久坐，晨起诣父执。
阿娘常少睡，问讯继相及。谓娘无别虑，寒暑恐儿疾。
书来儿未归，梦儿儿讵识？望儿不欲梦，梦复与儿值。
壮游岂不好，我生仅汝一。思汝每自恨，翻怪汝性急。
汝归我已欢，汝听勿转泣。仆婢立渐近，童稚不复匿。
欲语未便吐，含笑候颜色；嘈杂良可爱，真气出胸臆。
烛尽母亦倦，有梦莫儿觅。

这首《到家》诗与上一首《远游》诗不同的是：《远游》诗是自己劝说母亲放心，《到家》诗则是母亲见儿子回家后，告知儿子走后，母亲担心和思念的话。这些从外出远游到回家团聚的诗，反映母子分别时、别后和到家团聚各自的思想感受，以及在生活琐事和相互对话中提炼出来的诗句，通俗易懂、感情真挚，更使人感受到家庭的温暖，父母的伟大、对子女的关心，也反映出蒋士铨对父母的敬重和爱戴，出入都与父母交流，给父母安慰，让父母放心。

九、临刑犹赋勉儿诗

诀醒女承儿

廖仲恺

女勿悲，儿勿啼，阿爹去矣不言归。
欲要阿爹喜，阿女阿儿惜身体。
欲要阿爹乐，阿女阿儿勤苦学。
阿爹苦乐与前同，只欠从前一躯壳。
躯壳本是臭皮囊，百岁会当委沟壑。
人生最重是精神，精神日新德日新。
尚有一言须记取：留汝哀思事母亲！

廖仲恺，原名恩煦，又名夷白，字仲恺，广东归善（今惠州）人，1877年出生。出生于美国旧金山，清光绪十九年（1893）回国，光绪二十三年（1897）与何香凝结婚，二十八岁时赴日本留学，三十一岁加入孙中山组织的同盟会，任总部外务部干事，不久任中国留日学生会会长，领导留学生同保皇派进行斗争。宣统元年（1909）在日本中央大学毕业回国后，派任吉林巡抚陈昭常幕府翻译。辛亥革命后，任广东军政府总参议兼管财政，曾参加"南北议和"。"二次革命"后，流亡日本，参加中华革命党，任财政部副部长，协助孙中山开展反袁世凯的护法斗争。1919年，在上海与朱执信创办《建设》杂志，传播孙文学说。

1921年，任广东省财政厅厅长，筹费支持孙中山北伐。1922年后，积极协助孙中山确定"联俄、联共、扶助农工"三大政策，参加国民党改组工作。1924年国民党改组后，当选中央执行委员、常务委员，曾任黄埔军校党代表、广东省省长、财政部部长、军需总监等职。1925年8月20日，在广州被国民党右派分子暗杀。有《廖仲恺集》和与何香凝合集《双清文集》传世。

这首《诀醒女承儿》诗，是廖仲恺先生1922年6月写的，当时他被国民党右派军阀叛变革命的陈炯明拘留，并施以严刑。他威武不屈，泰然自若，视死如归，预感到死亡的威胁，便写了此诗。醒女指女儿廖梦醒；承儿指儿子廖承志。当时廖承志才十四岁。后来廖承志在其父亲被暗杀后，于1928年加入中国共产党，1933年参加中国工农红军，是中共第七、八、十、十一届中央委员，第十二届中央政治局委员。廖仲恺在写此诗同时还写了一首《留诀内子》诗"后事凭君独任劳，莫教辜负女中豪。我身虽去灵命在，胜似屠门握杀刀"给他的夫人何香凝。何香凝当时也是国民党党员，和廖仲恺一道积极追随孙中山先生从事革命活动。中华人民共和国成立后，何香凝任中央人民政府委员、全国人大常委会副委员长、全国政协副主席、国家侨委主任、全国妇联名誉主席、民革中央主席。

《诀醒女承儿》是用杂言古体诗的形式写的，此诗体不拘平仄，随时转韵，且便于自由表达自己的思想。给何香凝的《留诀内子》诗，是七言绝句。两诗的诗题都用"诀"字，是诀别之意，以示自己将会被敌人杀害，而与儿女爱人诀别，表达了一个革命者准备以身殉国，把生死置之度外的坚定决心。

《诀醒女承儿》诗的开头是劝勉女儿、儿子不要悲伤，阿爹为革命将会牺牲，不可能回来了。随即告诫儿女们要爱惜身体，勤苦学习。接着说阿爹现在虽然被敌人拘留严刑拷打，这是很苦，但同从前一样，苦中有乐。阿爹把一生都奉献给革命，现在只剩下一个躯壳，躯壳本来就是个臭皮囊，人总是要死的，就是能活到一百岁，终究还是要把这臭皮囊丢弃到山沟里去。人生最重要的不是躯壳而是精神，人的精神和道德是统一的。革命者的精神，就是要不断激励自己，使其日新月异，不断进步，以达到最高最完美的道德境界。最后是嘱咐儿女，要记住在我去世后，你们要好好侍奉母亲。廖仲恺先给儿女赠这首诗，目的很清楚，就是劝告儿女不要因父亲牺牲生命而悲伤，要把父亲的革命大无畏精神继承下来，并发扬光大。廖仲恺先生这次被陈炯明拘留，后来得救脱险，遗憾的是不过三年竟被国民党右派暗杀，牺牲时年仅四十八岁。

在抗日战争时期，共产党人林正良被敌人逮捕，当时处境与廖仲恺先生写诗时处境有些相同，也写了一首《狱中勉诸儿》诗：

国仇家难恨重重，责在儿身莫放松。
学艺克家跨灶子，读书救国主人翁。
歌成正气文相国，冰结坚甲史阁公。
千古英雄承母教，圣贤事业盼追踪。

林正良，贵州金沙人，1907年出生，1938年加入中国共产党，积极领导开展抗日救国活动。1940年12月27日在贵州被捕，受尽严刑，坚贞不屈，于1941年6月被国民党秘密杀害于贵阳，年仅三十四岁。他的《狱中勉诸儿》七律诗，是在狱中用血写的，它既是一首教育诸儿的诗，也是一篇烈士的绝命书。

林正良的《狱中勉诸儿》与廖仲恺的《诀醒女承儿》诗，有一个共同之处：都是对儿女进行德育，强调人的精神的重要。不同的是：廖诗是用肉体与精神对比来强调"最重是精神"，林诗虽然字面没谈道德精神，但实际将道德精神具体化了，几乎每一句都在谈精神道德：首联叮嘱诸儿要记住家仇国恨，要肩负起保家卫国的革命重担；颔联要儿子立志"学艺克家"超过父亲（"跨灶"意在胜父），读书救国当好主人翁，即要具有兴家强国的志向；颈联是要儿子学习继承先烈文天祥作正气歌，宁死不屈，学习史可法冰结坚甲，战斗到底的精神；末联要求儿子学习古代英雄岳飞等人那样，接受母亲教育，以追踪圣贤事业，做一个革命英雄和道德高尚的人。每联每句都含有道德精神的要求。

廖仲恺和林正良二人，都是在准备牺牲的前夕写下了这些教育子女的诗，很值得后人认真学习体会。

十、临别依依勉子诗

示丹淮，并告吴苏、小鲁、小珊

陈毅

1961年7月，小丹远行就学，余适因公南行，匆匆言别，不及细谈。写诗送行，情见于辞，不尽依依。望牢牢紧记，并告诸儿女。

一

小丹赴东北，升学入军工。写诗送汝行，永远记心中。
汝是党之子，革命是吾风。汝是无产者，勤俭是吾宗。
汝要学马列，政治多用功。汝要学技术，专业应精通。
勿学纨绔儿，变成百痴聋。少年当切戒，阿飞客里空。
身体要健壮，品德重谦恭。工作与学习，善始而善终。
人民培养汝，报答立事功。祖国如有难，汝应作前锋。
试看大风雪，独立有青松。又看耐严寒，篱边长忍冬。
千锤百炼后，方见思想红。

二

深夜拂纸笔，灯下细沉吟。再写几行诗，略表父子情。
儿子去学校，照顾胜家庭。儿去靠组织，培养汝成人。
样样均放心，为何再叮咛？只为儿年幼，事理尚不明。

应知天地宽，何处无风云？应知山水远，到处有不平。

应知学问难，在乎点滴勤。尤其难上难，锻炼品德纯。

人民培养汝，一切为人民。革命重坚定，永作座右铭。

以上两首诗，是1961年7月，陈毅同志专为儿子丹淮即将去东北哈尔滨军事工程学院学习所写，诗中从政治、思想、学习、作风诸方面对子女提出严格要求，勉励儿女要德智体全面发展，克服各种困难，锻炼品德，保持革命坚定性，做好革命接班人。

陈毅，字仲弘，四川乐至人，1901年生，1919年赴法国勤工俭学，1921年因参加留法学生的爱国运动，被中法政府联合押送回国。他1923年加入中国共产党，1927年任武汉中央军事政治学校中共委员会书记，八一南昌起义任团政治指导员，后与朱德等率起义军上井冈山，与毛泽东部会合。曾任红四军政治部主任、江西军区司令员等职。中央红军长征后，陈毅同志留在赣南井冈山等地坚持游击战争。抗日战争时期任新四军军长。解放战争时期曾任中国人民解放军第三野战军司令员兼政委，领导消灭国民党军的淮海战役。中华人民共和国成立后，陈毅同志任中共中央华东局第三、第二书记，华东军区司令员，中共上海市委第一书记，外交部部长，国防委员会副主席，中共中央政治局委员，中共中央军委副主席。1955年被授予中华人民共和国元帅军衔。陈毅同志热爱诗词，在战争年代，他作为一名军人，不时赋诗遣怀。其诗具有豪放的风格和深厚的功底，曾以赣南游击战争艰苦生活为题材，著《赣南游击词》《梅岭三章》等，所写诗词，收入《陈毅诗词选集》传世，1972年因癌症去世，享年七十一岁。

陈毅同志去世后，不过两月（即1972年3月），他的夫人张茜发现自己也身患癌症，动了大手术，又恰逢小女陈珊珊要到国外留学，在十分悲痛的心情下，带病写了二十首五言绝句组诗《送珊珊出国》，既至挚至性地悼念陈毅同志，又至情至爱地教育子女。

丹淮昔离家，父写送行诗。儿今出国去，父丧母孤凄。
临别意怆恻，翻检父遗篇。与儿共吟诵，追思起联绵。
汝父叮咛语，句句是真知。情义最深沉，尽述平生志。
父亲十八岁，漂泊赴异域。志在强中华，勤工俭学去。
求学愿难遂，谋生历苦辛。惴惴忧国心，愤愤嫉世情。
斗争为群益，干犯当政者。反抗遭迫害，中道返回国。
一旦真觉悟，入党意志坚。从不畏艰难，革命五十年。
冀将不平除，奋斗入红军。南征复北战，沙场炼真金。
井冈旧山川，淮海新日月。受命不懈怠，艰难创大业。
全国庆解放，建设工作勤。外交负担重，国际访问频。
关山千万重，送往迎来人。横槊之游草，随处发歌吟。
坦荡之胸襟，为人重刚直。真知与灼见，一吐无嫌忌。
平日宣马列，口播并笔耕。真理唯坚守，政策能阐明。
知错即改正，从善如水流。责己以奉公，甘为孺子牛。
平生重团结，气度同广宇。恩怨非所计，牺牲全大局。
工作是第一，休息乃其次。服务为人民，直到病危时。
劳绩长不没，遗爱在人间。文稿盈数尺，诗词三百篇。
名标丹青史，诗传千百春。遗风留天地，化育后来人。
父丧永默默，诗教仍旦旦。寥寥虽数言，根源于实践。
写诗送儿行，吟罢泪涟涟。汝父平生事，愿儿记心间。

张茜，原名掌珠，小字春兰，湖北武汉市人，1940年与陈毅结婚，既是陈毅元帅的夫人又是战友。写此诗时，张茜同志曾说："1972年1月6日，陈毅同志被癌症夺去了生命，这个沉重的打击，在我精神上留下了难以平复的创伤。仅仅过了70天，新的打击又无情地向我袭来，我自己因为肺癌开了刀。我不禁想到我是踏上了一年前陈毅同志走过的路程，跟着他的脚印一步步走去。"陈毅同志已去世，自己又得了癌症，女儿马上要出国留学，她不由得想起了陈毅同志为儿子丹淮写诗的情景。而现在女儿出国,这首教育子女的诗得由自己来写了。她操起笔来,真实描述陈毅同志的成长历程和他为无产阶级革命事业建立的光辉业绩,塑造了陈毅这位叱咤风云、扎根群众、具有独特性格的无产阶级革命家的形象。张茜用此来教育策勉子女,要求子女将父亲一生的事迹牢记心间,以继承父志,做好革命接班人。读者通过阅读此诗也会感到振奋,受到教育。

第三章

手足亲疏

◎ 诗吟萁豆感胞兄
◎ 赠答依依手足情
◎ 郢人逝矣与谁言
◎ 有弟无家问死生
◎ 把酒看花想诸弟
◎ 双垂别泪越江边
◎ 弟兄终老不相离
◎ 弟兄千里共婵娟
◎ 姊弟情深见性灵
◎ 恻恻遥抒兄妹情

一、诗吟萁豆感胞兄

七步诗

魏·曹植

煮豆持作羹,漉菽以为汁。
萁在釜下燃,豆在釜中泣。
本是同根生,相煎何太急。

此诗亦称《应声诗》。据《世说新语·文学》记载:曹丕欲害弟植,令"七步成诗。不成者行大法,植应声便为诗曰:煮豆持作羹……帝深有惭色"。这首《七步诗》纯粹用比兴手法写出,第一联写煮豆漉汁作羹过程以起兴,进而引出下文骨肉相残内容。第二联用豆和豆萁(秸)引喻同胞兄弟,把豆放在锅中煮,秸变成火在锅底烧,秸也自焚了,豆在锅中煎熬难受而泣。最后一联点出主题:豆和秸同根所生,兄和弟乃同娘所养,豆秸相煎有如兄弟相残,教人怎不痛心。短短三十字,比喻贴切,叙述清新,文字浅显,情理动人。据说曹丕听到此诗受到感动,而放过了曹植。曹植因此诗而保全了自己的性命。

曹植,字子建,生于公元192年,三国时曹操第三子。自幼随父在军旅中读书,十岁已能诵读诗论及辞赋数十万言。工诗善文,得诨号"绣虎"。其大哥曹昂早年战死。他与二哥曹丕、父亲曹操皆能文能诗,史称"三曹"。曹植是建安时代最杰出的诗人,"言出为论,下笔成章"

(《三国志·曹植传》)。南朝谢灵运说:"天下才有一石,曹子建独占八斗","才高八斗"之典由此而来,可见后人对曹植的才学十分钦佩。曹植从小跟着曹操在军中长大,因其天资聪敏,深受曹操宠爱,差点被立为太子,但由于嗜酒任性、不约束自己的行为,逐渐失宠。曹植受曹操影响较深,希望以清明的政治统一天下,建不朽功绩。曹丕即位后,曹植受到残酷打压,一再被贬爵徙封。曹丕死,明帝曹叡即位。曹植几次上疏请求任用,都遭拒绝,连要求与皇帝面谈的机会都不给。曹植前后过了十一年孤独困顿的软禁生活,于公元232年,四十一岁时,郁郁病逝。死前曾封陈王,死后谥思,故又名陈思王。其诗歌代表了建安文学的成就和特色,对五言诗发展有突出贡献。现存诗歌、辞赋、散文约一百三十篇,其中以诗歌成就最高,前期作品多抒发建功立业的雄心壮志及暴露乱离社会的真实面貌,后期作品多以愤激心情反映遭受迫害的痛苦。《洛神赋》为历代传诵名作。宋人辑有《曹子建集》,近人黄节有《曹子建诗注》。

曹丕,字子桓,曹操次子,初为五官中郎将,曹操死,嗣位为丞相、魏王。不久篡汉自立,改元黄初,是为魏文帝,能诗能文,史称"三曹"之一,其《典论》一书中《论文》篇,是我国文学史上较早的一篇专论。对文体、文章的风格与作者的关系等问题提出有价值的见解。有《魏文帝集》传世。在位七年去世,时年四十。《三国志·魏文帝纪》评:"文帝天资文藻,下笔成章,博闻强识,才艺兼该",但缺乏"旷大之度"和"公平之诚"。《曹植传》评植失宠后说:"文帝御之以术,矫情自饰,宫人左右,并为之说,故遂定为嗣。"也就是说他因善于伪装而得宠为嗣。他父亲去世,弟弟曹熊、曹植未能及时奔丧,他马上派人问罪,迫使曹熊自缢而死,又把曹植擒来,先斩杀植的羽翼丁仪、丁廙,并想借故杀掉曹植。《三国演义》较《世说新语》叙述更为详细:曹植被擒"入见,惶恐伏拜请罪"。曹丕批评他"恃才蔑礼"说:"汝常以文章夸示于人,吾深疑用他人代笔,吾今限汝七步成诗一首,若果能,则免一死。"并出题为"二牛斗墙下,一牛坠井死",诗

中不能有题目字样。曹植七步其诗已成,诗曰:

两肉齐道行,头上带凹骨。相遇块山下,欻起相唐突。
二敌不俱刚,一肉卧土窟。非是力不如,盛气不泄毕。

七步诗成,群臣皆惊,但曹丕仍不罢休说:"七步成章,吾犹以为迟,汝能应声能作一诗否。"并出"兄弟"为题,"亦不许犯'兄弟'字样"。植略一思索,即口占一首曰:

煮豆燃豆萁,豆在釜中泣。本是同根生,相煎何太急。(此诗与《世说新语》引的诗少两句,意思相同)

据说曹丕听到此诗,也心里难过得"潸然泪下",此时他们的母亲卞氏从殿后出来批评说:"兄何逼弟之盛耶!"尽管如此,曹丕还是强调"国法不可废",并以此为由,贬曹植为安乡侯,后又改为鄄城侯。另据《世说新语》载,曹丕另一弟弟淮南王厉,因反叛曹丕,被"废置蜀郡,不食而死"。民歌曰:"一尺布,尚可缝;一斗粟,尚可舂;兄弟二人不相容。"以讥讽曹氏兄弟。

曹植的七步诗,用萁豆比喻同胞兄弟,揭示一个真理:骨肉相残,没有赢家。曹丕如果无辜杀了曹植,看似巩固了自己的皇位,但因此必然丧失人心,进而被人民唾弃,王位不保,有如萁焚豆熟,二者同时毁灭。曹植此诗感悟哥哥、挽救自己,对后人很有教育作用:兄弟本来应该急难相帮,和睦相处。《诗经》有"常棣之华,鄂不韡韡,凡今之人,莫如兄弟。……脊令在原,兄弟急难,每有良朋,况也永叹"。意思是说:急难时只有良朋不行,还得靠同胞兄弟。但兄弟关系仅有"诗教"是不够的,在家天下的封建社会,兄弟为继承帝位相互残杀,历朝都有。周公平管叔、蔡叔之乱,唐初有玄武门之变,郑伯克段,齐桓射钩,随手拈来都是实例。随着封建社会的消灭,宫廷中兄弟相残现象也相应消除。但民间富豪、财主为争夺财产继承权,兄弟反目相残也是常见之事。看来要消灭这种"视同气如寇仇"的现象,只有人民具有高尚道德情操，礼让无私，和物质生产发展到更高水平，达到各取所需，进而消灭私有制、达到"天下为公、世界大同"时才有可能。

二、赠答依依手足情

赠弟士龙

西晋·陆机

行矣怨路长，怒焉伤别促。指途悲有余，临觞欢不足。
我若西流水，子为东峙岳。慷慨逝言感，徘徊居情育。
安得携手俱，契阔成骖服。

答兄平原

西晋·陆云

悠悠途可极，别促怨会长。衔思恋行迈，兴言在临觞。
南津有绝济，北渚无河梁。神往同逝感，形留悲参商。
衡轨若殊迹，牵牛非服箱。

这是西晋陆机、陆云兄弟俩分别时，相互赠答的诗，此诗应写在陆机任平原内史之后，去四川投司马颖之前，故陆云称"兄平原"。从某种意义说，这两首诗应该是中国最早的唱和诗。诗人以诗词相赠答，此唱彼和，称为唱和。一般诗家认为，最早的唱和诗起于北魏王肃夫妇（见《古典诗词知识词典》）。而陆氏兄弟唱和诗较王诗早了近三百年。最初的唱和诗只是在诗意上的唱和而不和韵。到中唐以后，如白居易、元稹等，发展到用原韵和诗，又称"和韵"（包含用韵、依韵、次韵等）。陆氏兄弟这两首诗属于最早的只在诗意上的唱和。

陆机、陆云本是三国时吴国吴郡华亭（今上海松江）人，祖父逊、父亲抗皆为东吴名将。陆逊还做过吴国丞相。

陆机，字士衡，生于公元261年，据说身材高大，长七尺，声音洪亮如雷。十四岁父亲去世，和弟弟陆云分领他父亲的军队，并任牙门将。二十岁，吴被晋灭后，和弟陆云居家乡，闭门读书十余年。太康末年与弟陆云同时应召入洛阳，为依附外戚贾谧的"二十四友"之一。兄弟二人文才倾动一时，世称"二陆"。陆机诗文辞藻宏丽，创作繁富，诗赋、乐府、文论、连珠各体皆备，又有画论、史著，还善书法，其章草《平复帖》流传至今，是书法中的珍品。为文讲求排偶，开六朝文风之先。其《文赋》在古代文学理论发展中有一定贡献。"二陆"入晋受到太常张华的赏识，极力赞誉推荐，并高兴地说："伐吴之后，利获二俊。"陆机历任太子洗马、著作郎、中书郎等职，后来又任平原内史，故世称"陆平原"。"八王之乱"中从成都王司马颖讨伐长沙王司马乂，任后将军、河北大都督，由于兵败被诬，于公元303年，为司马颖所杀，因临刑时叹曰："欲闻华亭鹤唳，可复得乎"，此后"华亭鹤唳"或"陆氏冤"成为遭受谗害的典故。陆机死时年仅四十二岁，宋人辑有《陆士衡集》，近人郝立权著有《陆士衡诗注》。

陆云，字士龙，比陆机小一岁，十六岁举贤良。据《晋书·陆云传》载，"六岁能属文，性清正，有才理。少与兄机齐名，虽文章不及机，而持论过之"。入晋后，历任浚仪令、尚书郎、中书侍郎、清河内史等职。其兄陆机兵败被诬杀，并收陆云，不久也被司马颖所杀。代表作有《为顾彦先赠妇》《答兄机》《谷风》等，宋人辑有《陆士龙集》。

"二陆"不仅在文学上杰出，而且手足情深。陆机在《与弟清河云诗》第五章中写道："依依同生，恩笃情结。义存并济，胡乐之悦。愿尔偕老，携手黄发。"表示与弟相依为命，携手到老。陆云在与兄论文札三十篇中，对陆机诗文推崇备至："兄文自为雄"（札七）、"古今之能为新声绝曲者,无又过兄"(札十九),表示对兄的崇敬。苏东坡也很肯定二陆兄弟情谊,把自己与弟弟子由的感情深厚比作二陆:"当时共客长安,似二陆初来俱少年。"(见《沁园春·孤馆灯青》)

二陆的赠答诗,不仅情真意切,令人感动,而且在艺术上也很有特色,答诗与赠诗的诗意,句句相对。第一联,兄云:将行时不仅埋怨路途遥远,而且忧伤别离仓促;弟答:路远毕竟有个尽头,而仓促分别,会期难料。第二联,兄云:对着远行的道路感到无限悲伤,连酒宴也无心享用;弟答:满腹情思眷恋着哥哥远行,举杯饯别有好多话涌上心头。第三联,兄云:我漂泊在外有如西去的流水,你留住不动有如东岳泰山,从此各分东西;弟答:我送你到南渡,还可回来,你到江的北面却没有回来的桥梁,今后我南你北。第四联,兄云:我此时内心激动、言辞悲苦,你也是徘徊眷恋、依依不舍;弟答:我的心神驰往,有如同你一起远去,但形体却留在原地,和你如参商两星一样,不能相见,很是悲哀。最后一联,兄云:不知何时才能同弟弟你携手同行,生死永远在一起,有如驾车的驷马,并辔前进;弟答:我们本是车辕前的横木和车后木一样,结为一体,相依不分,但现在却分开了,牵牛星虽名称是牛,但不能驾车,我们俩如牵牛星,徒有兄弟之名,而无相依相聚之实。这首赠答诗,一唱一和,前呼后应,不仅文字相对,而且感情流通,句句意连,心心相印,把一对和睦兄弟离别时的心情,充分反映在赠答诗中,值得很好地研讨和品味。

三、郢人逝矣与谁言

赠兄秀才从军（二首）

晋·嵇康

九

良马既闲，丽服有晖。左揽繁弱，右接忘归。
风驰电逝，蹑景追飞。凌厉中原，顾眄生姿。

十四

息徒兰圃，秣马华山。流磻平皋，垂纶长川。
目送归鸿，手挥五弦。俯仰自得，游心太玄。
嘉彼钓叟，得鱼忘筌。郢人逝矣，谁与尽言。

这是嵇康在山阳隐居时所作。当时嵇康的兄长嵇喜（字公穆），加入晋司马昭的军中工作，嵇康与嵇喜关系亲密，对其兄投入司马氏政权，并不怎么赞同，但仍对兄长表达思念之情。他写的《赠兄秀才从军》共十九首，其中十八首为四言，一首五言。有说四言十八首，实为一首十八章。上面录的两首，是十八首中的第九首和第十四首，在十八首中具有代表性，最为人们所乐读。

前一首是想象兄长秀才在军中戎装驰射的潇洒英姿。说他骑着训练娴熟的战马，穿着鲜丽生辉的军服，左手揽着繁弱（良弓名），右手按着忘归之箭。跑起来有如迅风闪电一样，可以赶超疾逝的日影，追上空中的飞鸟，腾跃奋进原野之中，令人看到他那卓尔不群的潇洒英姿。

后一首是想象兄长秀才在行军休息时，自得其乐的种种情趣，借以表达自己向往遨游天地之间，忘怀人间得失的心境。同时反映作者对兄长离己远去的惋惜。秀才同士兵一道在长满兰草的园地里休息，在开着鲜花的山坡上喂马，在水边之地用石块系在箭绳上射鸟，在江边垂钓。他一边有所思地目送北归鸿雁，一边又信手抚拨五弦琴。看他那样神游于天地之间，举手投足都会感到自适得意，似乎已经领悟了深奥玄妙之道。我很佩服他那忘我乐道的精神，有如庄子在《外物篇》中说的钓叟一样，钓到了鱼，就把捕鱼的筌子都忘了收回。诗的最后"郢人逝矣"两句，借用《庄子·徐无鬼》中楚国（郢）匠人运斧如风砍下了友人鼻尖上一点白灰，郢人死后，再也无人表演这种绝技的故事，来表示你在军中虽然自得其乐，但我们兄弟分开了，你在那里没有像郢人那样，大胆准确为友人除掉瑕疵的知心朋友。即使你心中悟了玄妙之道，欲用语言表达，又有谁来同你交谈辩论呢？反过来我也一样，你离开了，又有谁来同我谈话辩论，指出我的过失呢？最后两句的深意，令人遐想和玩味。

  嵇康《赠兄秀才从军》的十八首四言诗（除上面"九""十四"两首外，其余十六首见本文附录），是嵇康的代表作。从表现手法到语言运用，都受《诗经》风、雅的影响，而又融入自己的实际生活感受，洋溢着自然朴素的审美情趣。从其意境来说，既得屈原之缠绵悱恻，又有庄子的超旷空灵，既一往情深，又无迹可寻，令人有天人合一之感。在内容安排上，清沈德潜认为："首章（首）赠入军，以下皆相思之词。"具体说，大致可分三个层次：一是开头两首，主要是对自己与兄长昔日共同生活的美好回忆，"邕邕和鸣，顾眄俦侣"有如"鸳鸯于飞，交颈振翼"，真是"俛仰优游"多么快乐！二是三至六首，是说兄长要离己远去，"独行踽踽"使我"涕泣如雨""有怀遐人""寤言永思"，兄长终于"舍我远迈"，外出过"颠沛"流离的生活了。三是第七首以后，主要是通过想象兄长在军中生活状况，来抒发相思之情：想着兄在军中骑射、出游、忘归、垂钓、得鱼忘筌、弹琴咏诗忘忧，与飞鸟、游鱼、树木、微风打交道，优游自在地享受大自然之美等等，以表示自己对兄长的思念。但又感到兄长在军中无知心朋友，有话没人交谈。同时劝说兄长"人生寿促"，要珍惜生命，做到"俯仰自得""怡性养神"，以此来表达对兄长的关心。

另外一首《赠兄秀才从军》的五言诗是：

双鸾匿景曜，戢翼太山崖。抗首嗽朝露，晞阳振羽仪。
长鸣戏云中，时下息兰池。自谓绝尘埃，终始永不亏。
何意世多艰，虞人来我维。云网塞四区，高罗正参差。
奋迅势不便，六翮无所施。隐姿就长缨，卒为时所羁。
单雄翩独逝，哀吟伤生离。徘徊恋俦侣，慷慨高山陂。
鸟尽良弓藏，谋极身必危。吉凶虽在己，世路多崄巇。
安得反初服，抱玉宝六奇。逍遥游太清，携手长相随。

这首五言诗，是前面十八首四言诗总结性的创作，前面用比兴手法，感悟兄长，后面明确表达思想感情。用双鸾在阳光下振羽飞入云中，自谓得意，但"何意世多艰"，虞人用"云网塞四区"让其"六翮无所施"，要兄长认识仕途"崄巇"，懂得"鸟尽良弓藏，谋极身必危"的道理，并劝说兄长"反初服"，同自己一道过那"逍遥游太清，携手长相随"的自由自在的快乐生活。

嵇康，字叔夜，出生于公元223年，三国时魏谯郡铚（今安徽濉溪西南）人，祖先姓奚，会稽上虞人，因避仇家而迁至铚地，铚地有嵇山，家住嵇山侧，因此姓嵇。嵇康少孤，为魏宗室之婿，魏时任中散大夫。丰神俊逸，孤高而不合群。"天质自然，恬静寡欲，含垢匿瑕，宽简有大量，学不师受，博学无不该通，长好老庄。"（《晋书·嵇康传》）工诗文、善鼓琴、精乐理，是当时"竹林七贤"代表人物之一。司马氏掌朝权时，他不"卖魏而附晋"，竹林友人山涛离任尚书吏部郎，举嵇康自代，嵇康拒绝，并写《与山涛绝交书》。公元262年遭司马集团的钟会诬陷。263年为司马昭所杀，时年四十，曾作《琴赋》，著有《嵇中散集》，其诗文多散佚，鲁迅辑校的《嵇康集》最为详备。

嵇康被司马昭逮捕入狱时，写了一首八十六句的四言长诗《悲愤诗》，最为著名。临刑时太学生三千人要求赦免他，让他当太学教师，司马昭不准。嵇康看了太阳下的身影，向别人要了一张琴，刑前泰然自若，奏了一曲《广陵散》说：此曲为异人所授，未传别人。从此《广陵散》琴曲在嵇康死后失传。

《嵇康传》中说"兄喜，有当世才，历太仆、宗正"。与嵇康相比，嵇喜显得世俗一些，但他也是为"济世"做官，对巩固晋政权有功，受司马氏重视。有次阮籍的母亲去世，嵇喜前去吊孝，阮籍以为嵇喜为人鄙俗，竟以白眼相加，使嵇喜尴尬而去。待嵇康至，阮籍即转青眼。三国时，吕安访嵇康未遇，嵇喜接待，请吕安入室就座，吕安不肯，只在他门上写个"鳳"（"凤"的繁体字）字离去。嵇喜以为是恭维自己，很珍视，其实吕安是用拆字法来讥讽他是"凡鸟"。

嵇喜接到弟弟十九首赠诗时，任晋朝扬州刺史，也写了《答嵇康诗四首》，其中五言三首，四言一首。为了全面反映嵇喜的思想，这里将五言三首抄录如下：

一

华堂临浚沼，灵芝茂清泉。仰瞻春禽翔，俯察绿水滨。
逍遥步兰渚，感物怀古人。李叟寄周朝，庄生游漆园。
时至忽蝉蜕，变化无常端。

二

君子体变通，否泰非常理。当流则蚁行，时游则鹊起。
达者鉴通机，盛衰为表里。列仙殉生命，松乔安足齿。
纵躯任世度，至人不私己。

三

达人与物化，无俗不可安。都邑可优游，何必栖山原。
孔父策良驷，不云世路难。出处因时资，潜跃无常端。
保心守道居，睹变安能迁。

从嵇喜上面三首诗可以看出：他也很怀念昔日与弟弟嵇康一起时"仰瞻春禽翔，俯察绿水滨"和"逍遥步兰渚"的愉快生活，但终究是"时至忽蝉蜕，变化无常端"，两人各走各的路了。嵇喜主张"君子体变通，否泰非常理"，"达人与物化，无俗不可安。都邑可优游，何必栖山原"等等，这与嵇康的避世隐居"逍遥游太清"的思想大相径庭。不知嵇康读了这些诗反应如何。毕竟嵇喜是家兄，也未推荐嵇喜去做官，所以嵇康肯定不会像对待山涛那样与其"绝交"，可能只是宽容相待，缄默了之。

附录：嵇康《赠兄秀才从军》另十六首

一

鸳鸯于飞，肃肃其羽。朝游高原，夕宿兰渚。
邕邕和鸣，顾眄俦侣。俯仰慷慨，优游容与。

二

鸳鸯于飞，啸侣命俦。朝游高原，夕宿中洲。
交颈振翼，容与清流。咀嚼兰蕙，俯仰优游。

三

泳彼长川，言息其浒。陟彼高冈，言刈其楚。
嗟我征迈，独行踽踽。仰彼凯风，涕泣如雨！

四

泳彼长川，言息其沚。陟彼高冈，言刈其杞。
嗟我独征，靡瞻靡恃。仰彼凯风，载坐载起。

五

穆穆惠风，扇彼轻尘。奕奕素波，转此游鳞。
伊我之劳，有怀遐人。寤言永思，实钟所亲。

六

所亲安在？舍我远迈。弃此荪芷，袭彼萧艾。
虽曰幽深，岂无颠沛？言念君子，不遐有害。

七

人生寿促，天地长久。百年之期，孰云其寿？
思欲登仙，以济不朽。缆辔踟蹰，仰顾我友。

八

我友焉之？隔兹山冈。谁谓河广？一苇可航。
徒恨永离，逝彼路长。瞻仰弗及，徙倚彷徨。

十

携我好仇，载我轻车。南凌长阜，北厉清渠。
仰落惊鸿，俯引渊鱼。盘于游畋，其乐只且。

十一

凌高远眺，俯仰咨嗟。怨彼幽絷，室迩路遐。
虽有好音，谁与清歌？虽有姝颜，谁与发华？
仰讯高云，俯托轻波。乘流远遁，抱恨山阿。

十二

轻车迅迈，息彼长林。春木载荣，布叶垂阴。
习习谷风，吹我素琴。交交黄鸟，顾俦弄音。
感悟驰情，思我所钦。心之忧矣，永啸长吟。

十三

浩浩洪流，带我邦畿。萋萋绿林，奋荣扬晖。
鱼龙瀺灂，山鸟群飞。驾言出游，日夕忘归。
思我良朋，如渴如饥。愿言不获，怆矣其悲。

十五

闲夜肃清，朗月照轩。微风动袿，组帐高褰。
旨酒盈樽，莫与交欢。鸣琴在御，谁与鼓弹？
仰慕同趣，其馨若兰。佳人不存，能不永叹！

十六

乘风高游，远登灵丘。托好松乔，携手俱游。
朝发泰华，夕宿神州。弹琴咏诗，聊以忘忧。

十七

琴诗自乐，远游可珍。含道独往，弃智遗身。
寂乎无累，何求于人？长寄灵岳，怡志养神。

十八

流俗难悟，逐物不还。至人远鉴，归之自然。
万物为一，四海同宅。与彼共之，予何所惜。
生若浮寄，暂见忽终。世故纷纭，弃之八戎。
泽雉虽饥，不愿园林。安能服御，劳形苦心。
身贵名贱，荣辱何在？贵得肆志，纵心无悔。

四、有弟无家问死生

月夜忆舍弟

唐·杜甫

戍鼓断人行，秋边一雁声。露从今夜白，月是故乡明。
有弟皆分散，无家问死生。寄书长不达，况乃未休兵。

这是杜甫因战乱与弟弟们分散，写的一首思念弟弟的五律。舍弟乃家弟，即亲弟弟。诗的前四句主要写景，以景寓情：戍楼上的更鼓已响，路上断了行人，边塞秋天的夜空被一声雁鸣打破。季节进入仲秋，今夜正是白露节，令人产生寒意。看到秋月，就想起故乡，总觉得故乡的月更明亮。此诗题目是"月夜"，本诗却不从"月夜"写起，而是从"戍鼓声""雁声""断人行""边秋"等起句，以突显战事频仍，道路阻隔，把月夜写得浓重悲凉。接着再写夜"露"和"月"，使人感到月下思亲，凉气袭人，故乡月明，人在何处，更加勾起对弟弟思念之深情。其中"露从今夜白,月是故乡明"为怀人思乡名句,历代传诵不衰。这前四句感物伤怀,从所见、所闻、所感、所想,烘托出对弟弟的思念之情,看似未直接说忆弟,实际字字有弟,句句含情。

自"有弟皆分散"以下四句,主要是抒情,抒写忆弟之情:我所有的弟弟都分散在各地,又多在战乱的地方,不知他们家住何处,生死如何,信也没法寄到,在这战乱不休的情况下,即使有地址寄了信,恐怕也难收到,真正令人悬念不已。最后两句"寄书长不达,况乃未休兵"抒发内心的无限忧虑,令人遐想。全诗结构严谨,层次分明,首尾照应,感情真切,在忆弟的同时,也寄托着对当时遭遇战乱的人民深切的同情。

杜甫这首《月夜忆舍弟》写于乾元二年(759)。此时安禄山、史思明的叛乱已延续了四个年头,唐玄宗逃至四川成都,唐肃宗已即位灵武。叛军内部也有内讧,安禄山被其儿子安庆绪杀死,不久安庆绪又被史思明所杀。史思明兼并安庆绪的土地和全部人马,自称大燕皇帝,成为一支强大的反叛力量。乾元二年九月,史思明从范阳引兵南下,攻陷汴州、郑州、洛阳。唐将李光弼在河南又挫败史思明,使战争呈现着相持不决的局面,战事继续,无法停顿。河南、山东一带处于兵荒马乱之中,杜甫此时在秦州(今陕西南郑县),他兄弟五人,甫是老大,其次是颍、观、丰、占四人,除杜占在杜甫身边外,其余三个弟弟都在河南、山东一带。由于战争阻隔,音讯不通,引起杜甫强烈的忧虑。这首诗应是杜甫当时思想感情的真实记录。

杜甫与弟弟们感情特别深,在那战乱频仍的年代,杜甫对分散在外的弟弟,不仅担心他们的安危,对他们的生活也很关心,对他们的困难非常在意。他曾写《忆弟二首》(原注:时归在南陆浑庄),其中第一首写道:

丧乱闻吾弟,饥寒傍济州。人稀吾不到,兵在见何由。
忆昨狂催走,无时病去忧。即今千种恨,惟共水东流。

这首诗表达一位兄长对远方的弟弟生活困难的不安和无奈心情：在战乱中听说我弟弟在济州生活困难，饥寒交迫，我心里非常难受，想去看他一下，但兵荒马乱，无法前去。想到他前些时匆忙地离开我，使我无时无刻不在思念和担忧，而今去又去不了，见又见不到，即使有千种悔恨，也只有像江水一样，让它长流而去。最后两句，表明杜甫伤心至极，又无可奈何，令人心悸和同情。

杜甫与弟弟的感情，不仅表现在对弟弟安危和生活的关心，就是平时见面、分别或得到弟弟信息，都会在思想上引起波动，并用诗句表达出来。《全唐诗》录有杜甫与弟弟有关的诗约十四首，除"忆弟"诗三首外，还有"怀弟"诗一首，与弟相处时"示弟"诗一首，"得舍弟消息"诗四首，"送弟"诗五首，从各方面反映出杜甫对弟弟们的关怀。其中"得舍弟消息"的几首诗，值得一读，这里录两首：

一

（录者注：此诗可能是杜甫在凤翔时写《北征》后所作）

风吹紫荆树，色与春庭暮。花落辞故枝，风回返无处。
骨肉恩书重，漂泊难相遇。犹有泪成河，经天复东注。

二

（录者注：此诗可能是杜甫任华州司功后所写）

乱后谁归得，他乡胜故乡。直为心厄苦，久念与存亡。
汝书犹在壁，汝妾已辞房。旧犬知愁恨，垂头傍我床。

前一首是表达得到弟弟信息的时间和心情感受：暮春花落，接到弟弟来信，使人感到骨肉的恩情深重。可惜兄弟漂泊他乡，难以会面。只是每日思念弟弟，泪流成河，经天不止。

第二首是得弟消息后引起回忆而睹物伤情：兵荒马乱谁都不能归家，你长期流落在外，无奈只好以他乡胜似故乡。我一直都为不能见到你而心情悲苦，时刻担心你的生死存亡。你的信还挂在家里的墙壁上，你的妾却已离家而去，你旧时养的那只犬，好像没能见到你而觉得惆怅，总是垂头丧气地伴在我的床边，使人感到可怜难受。

杜甫的这些诗，多是在战争年代，离乱之中写的。兄弟离散、相聚很少、长期无法见面，因而每一首诗都体现了一位长兄对胞弟的关爱。表达离别之苦，感情真挚，亲切动人。

五、把酒看花想诸弟

寒食寄京师诸弟

唐·韦应物

雨中禁火空斋冷，江上流莺独坐听。
把酒看花想诸弟，杜陵寒食草青青。

韦应物与其弟手足情深，《全唐诗》收录他寄弟诗有二十四首之多，《寒食寄京师诸弟》是其中一首。

《寒食寄京师诸弟》是说：在清明寒食节禁火的日子里，又遇春雨连绵，我的空斋中显得格外冷清。我独自坐对江面，不时听到流莺的叫声，在这春暖花开之时，我独个儿饮酒看花，很自然想起在京的弟弟们，家乡杜陵的花草长得一定非常茂盛。在这春光明媚之时，我一个人在外，不能与弟弟们在故园踏青相聚，饮酒看花，多么令人惆怅啊！

这首寄诸弟诗，看似平铺直叙，顺笔写来，而实际含有多个层次，令人感到韵味深厚，情意悠长：一、二两句表面上是如实地写身边景、眼前事，实际第一句在禁火基础上又添了"阴雨""空斋"，不仅景象萧索，而且环境和心情都显得特别冷清；第二句有"江上""流莺""独坐""坐听"四个层次，其中一个"独"字，把本来已经转到面对春江喜听流莺的欢乐气氛，拉转到萧索之情。经过这两句的层层烘染和反复衬托，捧出第三句"把酒看花想诸弟"，句中的"想"字，很显然是第一句"空"字和第二句"独"字的延伸和生发。最后一句把诗笔宕开，写家园之景："寒食草青青"，这句诗从结构上看是此诗首句的回应，一起一收，首尾呼应；从内容上看，它是以景结情，藏深情于景色，见风韵于篇外，而且化用了《楚辞·招隐士》"王孙兮不归，青草生兮萋萋"之意，把对故园的怀念和对诸弟相忆有机地结合起来，使"人"和"地"双重怀念融合为一。从这首诗的整体看，它句句相承，相互洽合，浑成一个和谐的整体，使人体念到兄弟之情的深厚和悠长。

韦应物，字义博，京兆万年（今陕西西安）人，约生于公元737年，公元791年去世，享年五十三岁。少年时曾做过唐玄宗的侍卫（三卫郎），在这期间，他任侠使气，生活放荡，甚至有些骄横。玄宗死后，他失去依靠，才回头"折节读书"（见宋赵与时《宾退录》卷九），应举中进士，任县丞县令、朝廷的尚书郎，后官至滁州、江州、苏州刺史，所以后人称他为"韦江州"或"韦苏州"。有《韦苏州集》传世。

韦应物回头读书之后，逐步变为闲静清雅的诗人，他的诗用情细腻，主要写闲适的胸襟和描绘自然界的风景。如他有名的七绝《滁州西涧》：

独怜幽草涧边生，上有黄鹂深树鸣。
春潮带雨晚来急，野渡无人舟自横。

此诗是韦应物任滁州刺史期间所写，描写滁州西涧春雨晚时的景色，写得亲切，寓意闲淡，宛如一幅淡然闲雅的风景画，被清蘅塘退士选入《唐诗三百首》中，千百年来被人们传诵。韦应物对陶渊明极为向往，不但作诗"效陶体"，而且在生活上也"慕陶"（参看作者《沣上西斋寄诸友》《东郊》等诗）。文学史上打破惯例，将两个不同时代的诗人并称"陶韦"。韦应物的诗内容较复杂，"陶韦"之称仅指其田园隐逸诗而言。除田园诗外，韦应物由于做了几处地方官，对农村的现实有所接触，因而在思想上产生对农民生活极端贫困的忧虑，所以在他的诗篇中有《观田家》《杂体》《春罗双鸳鸯》《采玉行》等这类反映人民生活疾苦的作品。另外在韦应物的诗作中，有相当数量乃是对亲友的怀念。寄（忆）诸弟的诗，便属于这些对亲友怀念的内容。

韦应物的寄弟诗题材广泛，大事如《京师叛乱寄诸弟》，小事有"闻蝉""闲居""游园"等，而写得最多的是时令节日，"元日""社日""三月三""立夏""重九""九日""冬至""新秋""秋夜""感秋"等都写诗寄弟。其中清明、寒食寄弟诗就有三首，除《寒食寄京师诸弟》外，另有两首：

寒食日寄诸弟

禁火暧佳辰，念离独伤抱。
见此野田花，心思杜陵道。
联骑竟何时，予今颜已老。

这首诗是说：禁火寒食的节日，正值春暖花开的好时光，想到我兄弟长期分离，我感到非常伤感。看到这春天野外盛开的花儿，我心里就联想到家乡野外花草丛生的道路，什么时候我们兄弟能够一道骑着马儿，在家乡的路上走马看花呢？为了想望和等待我们兄弟相聚，我的容颜都已经衰老了。

清明日忆诸弟

冷食方多病,开襟一忻然。
终令思故郡,烟火满晴川。
杏粥犹堪食,榆羹已稍煎。
唯恨乖亲燕,坐度此芳年。

这首诗是说:清明前夕,禁火冷食,我正在病中。到了清明,停止冷食,天气晴朗起来,我敞开胸怀,心情十分欣喜舒畅。在这清明节到来之时,我总是想着家乡,想到故乡清明期间祭祀先人的烟火,定是布满了晴朗的平川。家乡寒食期间捣碎杏仁煮的粥(亦作醴酪,古代寒食禁火时的食品)非常好吃,家乡用初生榆荚仁煎煮的糜羹,也很可口。唯独我一人在此,离别了兄弟亲友,独自饮燕,吃也无味,算是在这里空空度过青春年华了。这首诗从生活实际中具体事件,来表达对弟弟的感情,特别是最后两句,用离别亲人,即使是锦衣玉食,也不过是空度年华,以反衬对与弟弟等亲人团聚的向往,真实地体现了兄弟真挚之情。

以上三首以清明寒食寄弟为主题的诗,表达形式各异:一是七绝,一是五古,一是五律。在内容上每首各有侧重:第一首是把忆弟的深情融合在当时所见风景和想象家乡的景色之中,可称寓情于景。第二首是别离时间太长,不知何时能联骑同游,感到时光流逝,自己已经容颜衰老了,也可说是寓情于时。最后一首,用清明寒食期间思念家乡清明祭祀烟火满晴川,和寒食禁火期间的食品等具体事情,来抒发自己忆弟之情,可称寓情于事。而这三首诗的共同点,是把人和地两者即对弟弟怀念和对故乡的向往结合起来,融成一体,使这种思弟之情显得更纯真、厚重和绵远,读之令人回味无穷。

六、双垂别泪越江边

别舍弟宗一

唐·柳宗元

零落残魂倍黯然，双垂别泪越江边。
一身去国六千里，万死投荒十二年。
桂岭瘴来云似墨，洞庭春尽水如天。
欲知此后相思梦，长在荆门郢树烟。

这首七律，是唐宪宗元和十一年（816）柳宗元在柳州贬所时，送弟弟柳宗一赴江陵时所写。此诗在抒发送别之情的同时，也寄寓自己被贬十多年来的不满和政治上忧郁不得志的情绪。首联点明送别时心情：自己因长期贬谪生活的折磨，已经成了"零落残魂"，现在又遭逢离别而更加黯然神伤，在送弟弟到越江边时，双双落泪，依依不舍。第二联指出贬地偏远及悲惨遭遇：我孤身一人离开故国（指京城长安）六千里之外，被贬十二年，现在又调到柳州，看来是没有希望回去，终会死在这荒僻之地了。第三联是写今后我兄弟俩是天南地北，景况不同。我在柳州，这里的山上令人致病的瘴气来时乌云密布，天会变黑；你回到江陵，正值春末水涨，洞庭湖水天一色，无边无际。这两句明是写景，实在抒情：今后水阔天长，山川阻隔，再难相见，但望弟弟走后，前途光明开阔。最后一联是表示别后会相思不断：自己处境不好，弟弟又在远方，只能在梦中相见表达相思了，今后我的梦魂会经常萦绕着你所在地的江陵古郢都一带的如烟山树。这里用一个"烟"字，来表达相思到极点时梦境中恍惚迷离之态，以显示兄弟情深意浓，感人真切。

柳宗元，字子厚，河东（今山西永济县）人，生于公元773年，曾伯祖做过宰相，父亲做过侍御史。宗元少时"聪警绝众，尤精西汉、诗、骚。下笔构思，与古为侔。精裁密致，灿若珠贝"（《旧唐书》）。唐德宗贞元九年（793）柳宗元二十一岁中进士，二十六岁考取博学宏词科。先任编辑整理图书的小官，后任蓝田县尉。贞元十九年（803）任监察御史。顺宗即位，二王（王叔文、王伾）当权，重用柳宗元为尚书礼部员外郎。以柳宗元、刘禹锡等人为骨干的革新集团，代表中小地主利益，于公元805年推行以"内抑宦官，外制藩镇"为宗旨的一系列革新措施，目的是为了唐王朝的长治久安。可惜这种革新不到五个月，就在宦官、藩镇、豪族地主的联合反扑下，以失败告终。这个革新集团的主要成员柳宗元、刘禹锡等八人都被贬到外地任州郡司马，时称"八司马"。柳宗元当时被贬任永州（今湖南省）司马。

十年之后，唐宪宗元和十年（815），被贬的"八司马"被召回京，重新起用。柳宗元也同样从湖南永州任上被召回，在回京路上经衡山县五岳之一的衡山时，看见衡山的大雁由南向北飞去，又看到山上的梅花正在盛开，感慨万分，即兴写了一首七言绝句《过衡山见新花开却寄弟》寄给弟弟：

> 故国名园久别离，今朝楚树发南枝。
> 晴天归路好相逐，正是峰前回雁时。

诗的首联说我离开故都京城已经很久了，今天回去的路上看见衡山岭上的梅树南枝已经开起花来，在这晴朗的春天，天空的雁群互相追逐，在衡山的回雁峰前正朝着北归的路飞去。古人习惯用雁行比喻兄弟，柳宗元在这里用雁的北归包含两方面的意思：一方面表达伤感之情，认为雁群能相逐北归，而我与弟弟长期别离，现今是一个人北归，倍感孤单寂寞。另一方面也寄寓希望和喜悦之情，认为值此春暖花开之际，自己和雁一样，终能北归，不久就有可能与弟弟等家人见面，以便兄弟相亲相逐。

柳宗元等人回京不久，又遭打击，十年前同贬的"八司马"，除凌准、韦执谊已死贬所，程异另行任用外，其余柳宗元等五人全都贬调至岭南地区当刺史，柳宗元调柳州（今广西柳州市），韩泰调漳州（今福建漳州），韩晔调汀州（今福建汀州），陈谏调封州（今广东新兴县东南、开平西），刘禹锡调连州（今广东连州）。他们从州司马改任州刺史，似乎升了官，实际是被安排到离长安更远的偏僻荒凉之地，目的是使他们完全不能与闻朝廷政事。据史书记载：在这次被贬的五人中，刘禹锡原是调任播州（今贵州）刺史，柳宗元见此情况，对所亲近的人说："禹锡有母年高，今为郡蛮方，西南绝域，往复万里，如何与母偕行。如母子异方，便为永诀，吾与禹锡为挚友，胡忍见其若是？"（见《旧唐书·柳宗元传》）于是起草奏章，请求将柳州授给刘禹锡，自己赴播州上任。后因裴度也写奏章请求照顾刘禹锡，所以禹锡终于改授广东连州。广东比贵州条件好，距京城也近了很多。以上可看出柳宗元不仅重视亲情，同时也是很珍重友情的人。另从他到柳州之后写的一首七律诗《登柳州城楼寄漳汀封连四州》中也可看出他重视友谊，对友人的怀念和关心：

城上高楼接大荒，海天愁思正茫茫。
惊风乱飐芙蓉水，密雨斜侵薜荔墙。
岭树重遮千里目，江流曲似九回肠。
共来百越文身地，犹自音书滞一乡。

这首诗用比兴的手法抒写对友人的怀念之情，同时也隐含着对自己和朋友们再次受到打击的愤懑情绪：首联写登楼极目，无际荒野，使我怀念友人的愁思，有如海深天阔，茫茫无际。二联写景：狂风摧残水中鲜艳的荷花，密雨破坏长满薜荔的高墙，看了实在令人感伤。此联暗寓自己与友人受到打击的状况。三联写树木遮眼，江流阻隔，使自己无法望到友人所在之地，也无法与友人相聚，更加重自己的愁思。最后一联直述我们五人同被贬到这百越蛮荒之地，长期各阻一方，音讯不通，怎不令人神伤！这是一首把抒情和写景结合得很好的诗，长期为人们所传诵，并为《唐诗三百首》所选录。

柳宗元这首寄四州刺史的诗，与他的《别舍弟宗一》诗，虽然一咏亲情，一咏友情，对象不同，但诗中所表达的思想情绪基本一致：在抒发对亲友思念的同时，也将自己受打击的遭遇、不满和愤慨表达出来，反映他当时内心的苦恼和绝望，这些都是他被贬至柳州后心情的真实写照。尽管如此，柳宗元在贬所就任后，对政事一点也不含糊怠慢，他深入社会，接近少数民族，了解人民疾苦。据说柳州风俗，穷人借钱，用男或女为质，过期不还，人质便为钱主没收，柳宗元革掉这种土法，并用自己的私钱赎取，将赎回的人归还他们的父母家人，因此很受当地人民爱戴。另外岭南不少想考进士的学子，不远千里前来拜柳宗元为师，经柳指点后，多成名士。

柳宗元本来是近体文的高手，但到柳州后，身处南蛮瘴疠之地，崎岖阻塞之境，便改作古文，用以抒发忧郁愤懑之情，他与韩愈共同倡导古文运动，是"唐宋八大家"之一，二人并称"韩柳"。他重视文章内容，强调"道"与"文"的主次关系，创作大量论文、传记文、山水游记文。他最有成就的要算"寓言"，发展了先秦诸子的寓言片段，使之成为一种独特的文学形式，成为有战斗特色的讽刺文学。他同时也是一位杰出的思想家，创作《天论》《天对》《断刑论》《非国语》等重要论著，具有朴素唯物论成分。他写的诗也风格多样，造语精妙，与王维、孟浩然、韦应物等山水诗人齐名，并称"王孟韦柳"。其著述之多，名震当代，时人称"柳柳州"，有《柳河东集》传世。

柳宗元自送走弟弟宗一之后，再没有与弟弟见面，也没有离开柳州，于元和十四年（819）十月五日，殁于柳州任上，时年仅四十七岁，那时他儿子周六和周七才三四岁，其丧事由观察使裴行立负责办理，并护送他的妻室儿子返回京师。时人同情柳宗元的遭遇，对裴行立这样关照柳宗元及其家属，表示称许，赞扬裴行立也是一位讲义气的人。

七、弟兄终老不相离

望月有感

唐·白居易

自河南经乱，关内阻饥，兄弟离散，各在一处。因望月有感，聊书所怀，寄上浮梁大兄、于潜七兄、乌江十五兄，兼示符离及下邽弟妹。

时难年荒世业空，弟兄羁旅各西东。
田园寥落干戈后，骨肉流离道路中。
吊影分为千里雁，辞根散作九秋蓬。
共看明月应垂泪，一夜乡心五处同。

这是白居易在受到战乱，兄弟离散时写的一首抒情诗。诗的前两联从"时难年荒"这一时代的灾难起笔，以亲身经历写出战乱连年、灾荒频发，祖传家业荡然一空，弟兄分散，天各一方，田园荒芜，骨肉流离的情景。第三联是说弟兄们分散后各自犹如那分飞千里的孤雁，只能吊影自怜；离开了故土，就如那深秋时根断的蓬草，随风飘浮不定。"吊影分为千里雁，辞根散作九秋蓬"两句，形象而深刻地揭示了饱经战乱，孤苦零落的悲苦状态，素为人们所推崇和传诵。最后一联是说：在这亲人离散孤苦凄清的夜里，我已无法入寐，举首遥望孤悬在空中的明月，不禁凄然泪下；料想着离散的兄弟姐妹们，也定会和自己一样默默垂泪，相信在这一夜之中，思念家乡，渴望家人团聚，流散在五处的亲人，都会是一样的心情。

白居易写此诗，是在唐德宗贞元十五年（799）前后，当时宣武军（开封）节度使董晋死后，其部下举兵反叛，接着彰义军（汝南）节度使吴少诚也起兵反叛，唐廷发兵征讨，汝南一带成为战乱中心。由于漕运受阻，加上旱灾，关内大饥，白居易家族流散各地：大兄幼文，时任浮梁（今江西景德镇）主簿，七兄任于潜（今浙江临安境内）县尉，十五兄任乌江（今安徽和县）主簿，另外一部分家人避乱符离（今属安徽宿州），一部分家人留在下邽（今陕西渭南）。白居易此时也在符离避难。

白居易这首诗，千百年来，为人们广为传诵，并为《唐诗三百首》等不少选本所选载。它采用白描的手法，用平实的语言抒写人们共知而又不是人人都能道出的思想感情，创造出浑朴真淳引人共鸣的艺术境界，称得上是一首"用常得奇"的佳作。清刘熙载在《艺概》中说："常语易，奇语难，此诗之初关也。奇语易，常语难，此诗之重关也。香山用常得奇，此境良非易到。"

白居易是一位非常注重兄弟情谊的人，他不仅在战乱时关心和思念兄弟，平时与兄弟也有诗文来往，以表达思念之情。他的胞弟白行简，字知退，贞元末年进士及第，官至度支郎中，是一位传奇作家，所作《李娃传》非常有名，同时也是一位诗人。《全唐诗》有其诗七首，并评说他"有兄风，尝从居易谪所，天性友爱，当时无比"。白居易对弟白行简感情很深。白行简在四川梓州做官时，白居易在陕西渭南家乡，遇到重阳节，他思念弟弟，便写了一首《九日寄行简》：

摘得菊花携得酒，绕村骑马思悠悠。
下邽田地平如掌，何处登高望梓州。

此诗明白如话，但在构思上却翻用王维《九月九日忆山东兄弟》"遥知兄弟登高处，遍插茱萸少一人"的诗意。重九登高，家乡下邽在咸阳东，渭水北是平原地带，"田地平如掌"，无高可登，无法望远以寄情思。因此给这重阳佳节更增加无限愁绪，把兄弟之间深厚的感情，生动地表现出来。

白居易在符离避难的第二年，即贞元十六年（800），考取进士，入朝做官，初为校书郎，后拜赞善大夫，由于忠直，以言事被贬江州司马，又徙四川忠州刺史，此时弟弟白行简也在四川，专程赴忠州贬所陪伴白居易。白行简见哥哥有些心情不好，便写了一道七绝《在巴南望郡南山呈乐天·时从乐天忠州》，劝慰白居易。

> 临江一嶂白云间，红绿层层锦绣班。
> 不作巴南天外意，何殊昭应望骊山。

诗的前两句写景，说贬所前面临江的高山耸立在白云间，景色非常美丽，山上一层又一层的红绿树色，有如用彩线在锦缎上绣出的图画，令人羡慕。后两句是劝慰，说不要在意这个地方，边远如在天外一样，其实你看见这里的好景，与我们在长安附近晴朗的天气远望骊山的景色有什么区别呢？意思是我们不要去想那些不愉快的事情，还是用一种好心态来观赏这个地方的风光吧！

唐穆宗即位，把白居易由忠州贬所召回，征为主客郎中，知制诰。回到京城后，一家团圆，又在家为两个妹妹办了婚嫁之事，白居易非常高兴，和弟弟行简一同饮酒赋诗《对酒示行简》：

> 今旦一尊酒，欢畅何怡怡。此乐从中来，他人安得知。
> 兄弟唯二人，远别恒苦悲。今春自巴峡，万里平安归。
> 复有双幼妹，笄年未结缡。昨日嫁娶毕，良人皆可依。
> 忧念两消释，如刀断羁縻。身轻心无系，忽欲凌空飞。
> 人生苟有累，食肉常如饥。我心既无苦，饮水亦可肥。
> 行简劝尔酒，停杯听我辞。不叹乡国远，不嫌官禄微。
> 但愿我与尔，终老不相离。

这首五古诗，语言通俗生动，前四句是表达：我心中的快乐，别人怎么能知道呢？第五句"兄弟唯二人"到第十六句"忽欲凌空飞"是回答自己欢乐的事实和原因：一是从万里之外贬所平安回来，与兄弟及家人团圆了；二是为两个妹妹办好婚嫁之事，而且所嫁的婆家中意可靠。以上这两件事办完后，就如用刀割断了捆住我的绳子，使我突然感到轻松得好像能飞起来一样。第十七句"人生苟有累"至第二十句"饮水亦可肥"，是用对比来证明今天愉快的真实可贵：心里有事系累，吃肉肚子也是饿的；心里没有悲苦，喝水都可养肥。自"行简劝尔酒"以后的六句，是全篇核心，他要弟弟白行简停杯听听自己的想法：我兄弟俩不要计较在外从政的地方多远，也不要嫌弃官小俸禄低，只求我们兄弟永远在一起，到老都不分离，就心满意足了。

　　白居易所处的中唐是一个动荡多难的年代。他十多岁就因为战乱离家，到处漂泊，二十六七岁又遇旱灾和节度使的叛乱，弄得家业荡空，兄弟离散，后来在仕途上又几次贬谪到边远地区，长期经受兄弟家人离别挂牵之苦，一旦兄弟姐妹等家人团聚，其快乐之情，可想而知。古人所谓"诗穷而后工"的说法，意思是诗人受的苦难越多，他的诗词就写得越好，如屈原的《离骚》，蔡文姬的《悲愤诗》，都是在受到多种苦难的情况下写出来的，所以它写得好。而表达欢乐心情的诗，写得好的却很少，白居易的这首《对酒示行简》一诗，也许是个例外，它用通俗朴实的语言，将诗人的欢乐心情，生动地表达出来，跃然纸上，读后令人有一种与诗人同样的快乐和舒畅，使人感同身受。也许是诗人先受到离别痛苦的煎熬，转而能与家人团聚，其快乐感受至深，把这种感受付诸笔端，自然会生动感人吧！特别可贵的是，他在诗中表达：不计较任职地方偏远，不嫌职位低薪俸薄，只要与兄弟"终老不相离"就幸福快乐了，这种快乐观，实在难得。

八、弟兄千里共婵娟

水调歌头

宋·苏轼

丙辰中秋,欢饮达旦,大醉作此篇,兼怀子由。

明月几时有,把酒问青天。不知天上宫阙,今夕是何年。我欲乘风归去,又恐琼楼玉宇,高处不胜寒。起舞弄清影,何似在人间。

转朱阁,低绮户,照无眠。不应有恨,何事长向别时圆。人有悲欢离合,月有阴晴圆缺,此事古难全。但愿人长久,千里共婵娟。

这是一篇在文学史上素负盛名的词。从词的题目看,是苏轼在中秋抒怀的同时表达思念弟弟子由(即苏辙)的作品。据胡仔《苕溪渔隐丛话》载:"中秋词自东坡《水调歌头》一出,余词尽废。"说明这首词在文学上的重要地位。爱好古典诗词的人,对这首词不仅爱读,而且尽力把它记背下来。特别是最后"但愿人长久,千里共婵娟"两句,把词的"含蓄"和"清空"推向了高峰,为人们所推崇甚至借用。

苏轼,字子瞻,一字和仲,自号东坡居士,眉州眉山(今属四川)人。幼时受到家庭文化熏陶和教育。父有文名,母程氏曾亲课诗书。苏轼少年时期即能博通经史,属文日数千言。他的文章,最早被主考欧阳修赏识,故其名声与欧阳修并列,宋仁宗、神宗都爱读他的文章,称他为"天下奇才"。《宋史·苏轼传》中说他"器识之闳伟,议论之卓荦,文章之雄隽,政事之精明,四者皆能以特立之志为之主,而以迈往之气辅之"。苏轼与其父苏洵、弟苏辙皆为"唐宋八大家"之列,合称"三苏"。苏轼与弟苏辙同在宋仁宗嘉祐二年(1057)考中进士,时苏轼二十二岁,苏辙十九岁。苏轼先后任福昌主簿,凤翔判官及殿中丞。神宗时,因不满王安石变法时的过激做法,上书批评,请调外任,出为杭州通判,后转知山东密州、江苏徐州、浙江湖州。元丰二年(1079)因写诗讽刺新法,构成"乌台诗案"被捕解京,入御史台狱。出狱后被贬为湖北黄州团练副使。神宗死,旧党司马光上台,苏轼被召回京任翰林学士兼侍读、龙图阁学士,又因不满司马光对王安石变法全盘否定,受打击,请外调,出知杭州。哲宗绍圣元年(1094),新党再起,苏轼横遭报复,被贬到岭南惠州和海南岛儋州,称"天涯海角"之地,达七年之久。徽宗即位后赦还,次年病卒于江苏常州,时年六十六岁。死后被"赠资政殿学士,赠太师,谥文忠"。有《东坡全集》和《东坡乐府》传世。

苏轼与苏辙,兄弟感情深厚。在读书和准备考试过程中,一同过着艰苦的生活。据宋朱弁《曲洧旧闻》中记载,苏轼曾告诉好友刘贡父说:"我和舍弟在准备考试的那段日子,每天享用三白饭,美味可口,使我不相信人间还有什么山珍海味。"刘贡父好奇地问:"什么叫三白饭呢?"苏轼解释说:"所谓三白饭,就是一撮盐、一碟生萝卜、一碗饭。"贡父听了哈哈大笑。足见他兄弟俩为了共同目标奋斗,能同甘苦、共患难。苏轼在《初别子由》诗中说:"岂独为吾弟,要是贤友生。"苏辙在《东坡先生墓志铭》中也写道:"抚我则兄,诲我则师。"这种"亦弟亦友、亦兄亦师"的感情,充分体现"兄友弟恭"的崇高道德精神。

苏轼有不少词作都为弟弟子由而写。如熙宁七年(1074)赴密州路上,写《沁园春·孤馆灯青》寄子由:

孤馆灯青,野店鸡号,旅枕梦残。渐月华收练,晨霜耿耿,云山摛锦,朝露漙漙。世路无穷,劳生有限,似此区区长鲜欢。微吟罢,凭征鞍无语,往事千端。

当时共客长安,似二陆初来俱少年。有笔头千字,胸中万卷;致君尧舜,此事何难?用舍由时,行藏在我,袖手何妨闲处看。身长健,但优游卒岁,且斗尊前。

苏轼作此词时,其弟子由为齐州(今山东济南)掌书记,密州距齐州不远,苏轼因赴任不能去齐州与弟弟见面,故作此词。词的上阕主要表达自己一人孤独地住在旅店,想起"千端"往事,很不痛快。下阕是回忆与弟弟当年争取功名,欲"致君尧舜"豪情万丈,而现实是自己屡遭打击,未能如愿。尽管如此,也没有值得忧虑的。凡事多从"闲处看",只要我们身体健康快乐就足够了,仍是表达一种开朗豁达的心态,要求自己,劝告弟弟。

元祐七年(1092),苏轼写了《满江红·怀子由作》,绍圣元年(1094)写了《木兰花令·宿造口闻夜雨寄子由·才叔》,熙宁九年(1076)写了《画堂春·寄子由》,等等,都体现苏轼对弟弟子由的思念、关怀和鼓励。

《水调歌头》是苏轼在密州(今山东诸城县)做官时写的。在这之前,苏轼在京城做官,因对王安石的新法提出一些批评而受到打击排挤,自动请求外放。先任苏州通判,不久调任密州。这个时期他的政治处境很不得意,和亲人也多年不得团聚。此时苏辙在齐州,两人已有六七年没见面,可见他心情有抑郁的一面,但他并不消极悲观。此词从问天开始,似乎有许多苦闷和疑问,并仰慕天上的繁华美景,有出世思想,希望飞到天上月宫中去。但迅即用"高处不胜寒"来否定,以"何似在人间"来表示对人间现实生活的热爱:你看我在月光下饮酒跳舞自由自在,人间自有仙境,何必向天上寻求?下阕着重写对弟弟的怀念:用因思念而辗转难眠,进而责怪月亮为什么总在人们离别时圆得这么好。但接着又把这种悲切心情收住,从理性中悟出:人间的悲欢离合,和月亮的阴晴圆缺一样,自古以来都不可能十全十美,没有必要因此而悲伤和遗恨。只要我们身体健康、生命长存，即使相隔千里，也可在两地共同欣赏美好的月色。这首词所表达乐观旷达的心情，和他去密州上任的路上写的《沁园春·孤馆灯青》所表达的心情，有异曲同工之处，给弟弟以鼓励和安慰，让两人在仕途险恶和坎坷人生中，坚强而自信地好好生活，奋斗前行。

九、姊弟情深见性灵

大姊索诗

清·袁枚

六旬谁把小名呼，阿姊还能认故吾。
见面恍疑慈母在，徐行全赖外孙扶。
当前共坐人如梦，此后重逢事恐无。
留住白头谈旧话，千金一刻对西湖。

这是清朝袁枚写给他姐姐的一首七律。此诗如同谈家常一样，浅显易解，娓娓道来，直抒胸臆。首联说我已是六十多岁（作者时年六十三岁）的人了，是哪一位喊我的乳名呀！原来是我姐姐一眼就认出我这个弟弟，你看我多么高兴，仿佛使我又回到童年。二联说我看到大姐现已年老，相貌行动与我母亲当年相似，恍惚间我还认为我母亲健在。姐姐究竟是年老体衰，走路很慢，还得靠外孙扶持。三联说我和姐姐多年不见，眼前相对而坐，就像人在做梦一样。我二人都上了年纪，身体又不好，今后再见面怕是不可能了，我心里多么难过呀！最后一联是作者从上面痛苦和难过中收回来说：这次会面多么难得，我们要利用这一刻值千金的时光，好好观赏一下西湖的美景。全诗表达了对大姐的关爱情谊，和两人会面时思想感情的激动、变化，亲切感人。

袁枚，字子才，号简斋。清代诗人，诗论家，浙江钱塘（今杭州）人，幼有异才，年十二被破例补为县学生。二十岁时到广西抚幕探望叔父，巡抚金鉷见到他觉得不一般，命他写《铜鼓赋》试他才学，结果他一挥而就，很有文采。乾隆三年（1738）举顺天乡试，乾隆四年（1739）考取进士，授庶吉士，入翰林散馆。曾任溧水、江浦、沭阳、江宁（今南京）等地知县，不久因病辞官回家闲居，后又起用到陕西做官。三十三岁时因父病故回家守丧，并呈文请求朝廷准他留家养母送终。因个性"好味、好色、好葺屋、好游、好友、好花竹泉石、好珪章彝尊、好名人字画，又好书"，因而辞官自适。筑园于江宁小仓山，号随园主人。此后优游自得生活五十年，终身不做官，把才能和精力用在写诗作文上，是乾嘉代表诗人之一，与赵翼、蒋士铨并称"乾隆三大家"。四方名流没有一日不来拜访请教，彼此插科打诨，谈天说地，人人心里都很痛快。上自公卿、下至市井负贩，皆知其名。创"性灵"说，论诗主张抒写"性灵"。反对当时流行的神韵、格调、肌理等诸种诗论。强调独创，敢于讥嘲三皇五帝、《六经》姬孔。文人墨客很多效仿他的作品。《随园诗话》为其主要诗论著作，此外有《新齐谐》《小仓山房集》《子不语》等传世。卒年八十二岁。

袁枚在世，与其姐姐妹妹感情都很深厚。他在有名的《祭妹文》中，表达了对妹妹无限的哀思和怀念。他三妹名机，字素文，别号青琳居士，出生前与如皋高氏指腹为婚。高氏之子成人后却是个市井无赖，有许多劣迹。高氏家人曾经提出解除婚约，但三妹素文深受封建礼教毒害，认为既定婚约，就从一而终，坚持不愿毁约。婚后，丈夫行为放荡，经常向三妹索要陪嫁妆奁，作为嫖赌费用，使三妹受尽凌辱虐待。直到丈夫后因赌博输钱，想卖妻还债，三妹才不得已逃回家居住。由于长期处在孤独和受虐待、郁郁寡欢的环境下而过早去世，死时年仅四十。

由于三妹的悲苦身世，袁枚的《祭妹文》一反祭文只述死者业绩的老套，也不是直接言情，而是寓情于事，把叙事与抒情融合在一起。袁枚比他三妹大四岁，他在祭文中从幼年旧事如捉蟋蟀、并肩而坐听先生授经、闻童子琅琅读书声而莞尔，到后来久别重逢的瞠视而笑、病榻旁的絮语闲谈、绝命时的片言只语等等，"凡此琐事，虽为陈迹，然我一日未死，则一日不能忘"。特别是谈到妹妹伴坐读书时"爱听古人节义事，一旦长成，遽躬蹈之，呜呼，使汝不识诗书，或未必艰贞若是"。说妹妹后来受孤独、受虐待的命运，与同自己伴坐读书有关，"未尝非予之过也"。在写到自己在外赶回给妹送终时说："予以未时还家，而汝以辰时气绝，四肢犹温、一目未瞑，盖犹忍死而待予也。"猜度妹妹未见到自己回时，不忍死去，说明妹妹对自己的感情深厚。这些通过琐事而表达真挚感情的叙述，把对妹妹的爱怜、同情、内疚、哀悼等融合起来，表达了对妹妹无限的怀念，使读者也不禁为之落泪。

袁枚主张写诗作文，要有真实的情感和个性表现。他给大姊的诗和祭妹的文，叙事言情真率自然、朴实恳切，应该是他提倡"性灵"说的实践和见证。

十、恻恻遥抒兄妹情

谒金门·寄汉槎兄塞外

清·吴文柔

情恻恻，谁遣雁行南北？惨淡云迷关塞黑，那知春草色？

细雨花飞绣陌，又是去年寒食。啼断子规无气力，欲归归未得。

这是清代女词人吴文柔写给他哥哥吴兆骞的一首词。当时吴文柔在江南吴江老家，而吴兆骞则被流放在宁古塔（在今黑龙江省）。

吴文柔，字昭质，江苏吴江人，吴兆骞的妹妹，是当时江南颇有名气的女词人，有《桐听词》传世。吴文柔在她哥哥遭遇不幸时所写出来的作品，表现出十分丰富强烈的感情，语言清新流利，能打动人心，这首《谒金门》是其代表作之一。在词中为寄托对兄长的深情，一反含蓄、委婉的词作要求，而是用直抒胸臆手法，表达思想感情。上阕主要是直抒离别之苦：第一句用"情恻恻"三字，用杜甫《梦李白》诗"死别已吞声，生别常恻恻"之意，将兄妹长期离别的悲痛一下子喷发出来，接着带情绪地质问：是谁使我们兄妹俩像雁行一样分散到天南地北？表现出对清廷的不满，为哥哥抱屈。随即用感叹的口吻说：你被流放在塞外荒凉寒冷、暗无天日的地方，哪知道我们家乡已经是草木向荣，满地芬芳的春天呀！从而衬托哥哥孤身在塞外的悲凉之情。下阕主要叙述思念之深，殷勤盼望早日归来。头两句是用自然景色的变化说明时间的流逝：你看江南的细雨飞花，红尘绣陌，转眼一年的寒食节又要过去了，年复一年，哥哥仍然在塞外受苦。我多么希望哥哥早日回来啊。然而杜鹃的声音都听得嘶哑了，眼看杜鹃无力再叫，春天又将过去，但还是没有哥哥归来的影子，多么令人悲伤！这首词把兄妹离别之苦，思念手足之情展现无遗，算是一篇感情真挚、有血有泪的佳作。

吴文柔的哥哥吴兆骞，字汉槎，江苏吴江人，清初诗人，从小就有才名，顺治十四年（1657）中举。因有人向朝廷参奏这次乡试有人舞弊，成了当时闻名的"江南科场案"，清廷对这案件处理非常严厉，第二年，将主持这次考试的主考官及同考官多人处死，并要求这次考试被录的举人进京复试。在复试中，试者身边考官如织，并派满洲护军持刀监试，气氛非常恐怖。参考者心情紧张，不少未能完卷。吴兆骞对此不满，负气交了白卷。这些未完卷或考得不好的举子，被视为贿赂得中，因而一律加以处分，不少举子遭到流放，有的连父母兄弟妻子同被流放。吴兆骞于顺治十六年（1659）闰三月出京，行期四个月，被流放于宁古塔这个荒凉而寒冷之地，生活艰难和精神悲苦可想而知，幸好他的父母兄弟，得到友人斡旋，免同流放。他的妻子中途去宁古塔与他同住十余年，生了一子三女后回南。吴兆骞二十七岁被流放，在宁古塔前后达二十三年，于康熙二十年（1681）五十岁时，得友人顾贞观求好友纳兰容若，通过纳兰容若的父亲纳兰明珠太傅帮助，得以赎回关内，与家人团聚。〔详见本书第七章：友朋聚散（十）〕吴兆骞在流放宁古塔期间，仍然坚持写作诗词，其诗词多写塞外景色和怀念故乡亲旧的哀怨，于凄清中有豪放之致，有《秋笳集》传世。这里录其词一首《念奴娇·家信至有感》，以反映他的创作风格和思想状态。

牧羝沙碛。待风鬟，唤作雨工行雨。不是垂虹亭子上，休盼绿杨烟缕。白苇烧残，黄榆吹落，也算相思树。空题裂帛，迢迢南北无路。

消受水驿山程，灯昏被冷，梦里偏叨絮。儿女心肠英雄泪，抵死偏萦离绪。锦字闺中，琼枝海上，辛苦随穷戍。柴车冰雪，七香金犊何处？

此词是接到家信时的思家之作。上阕一是以在冰天雪地中牧羝十九年的苏武自况，说明自己流戍的宁古塔也是绝域苦寒之地；二是以寒冷荒凉的宁古塔和故乡垂虹亭的垂杨烟缕作对比，用白苇、黄榆和相思树相比；三是从前面景物对比而过渡到家信和思家的主题上来，"迢迢南北无路"说明通信不易。下阕叙相思之苦，在灯昏被冷的夜里，梦魂飞越千山万水，和妻子叨叨诉说离情别绪。妻子在家中像前秦苏蕙那样织回文诗寄夫，而我却穷戍边塞，好比生在昆仑流沙之滨的琼枝。末二句说自己在戍所只见有柴车冰雪，而妻子乘的七香车在哪里呢？从边塞的冰天雪地到家乡的"绿杨烟缕"，从昏灯梦景到妻子的"七香金犊"，用不同景色来表现自己思家之苦。

第四章
夫妻恩怨

◎ 浣妇歌惊百里奚
◎ 悲歌垓下别虞姬
◎ 随君白首不相离
◎ 生当归来死相思
◎ 喜得镜圆人亦归
◎ 佳偶天成喜一诗
◎ 随风杨柳终堪折
◎ 薄命红颜误惜才
◎ 生同衾枕死同椁
◎ 月圆偏照别离愁

一、浣妇歌惊百里奚

百里奚·五羊皮

杜氏

百里奚,五羊皮!忆别时,烹伏雌,舂黄齑,炊扊扅。今日富贵忘我为?

百里奚,五羊皮!父粱肉,子啼饥,夫文绣,妻浣衣。嗟乎!富贵忘我为?

百里奚,五羊皮!昔之日,君行而我啼。今之日,君坐而我离。嗟乎!富贵忘我为?

这是春秋时,百里奚为秦相后,其失散的妻子杜氏在相府作浣衣妇时,当着百里奚的面唱的诗歌,因而得以团圆。杜氏在此歌中,除叙述她同百里奚分别的苦况外,更多的是责怪百里奚:"富贵忘我为?"杜氏自壮年与百里奚分离,到了暮岁才找个机会到相府当浣衣妇,与百里奚相见了但未得相认。她有这种埋怨情绪是可以理解的。她的诗歌,既有对百里奚爱的流露,也有对自己不幸遭遇的真情倾诉。对于百里奚来说,也有被妻子误解之处。这一对夫妻的离合,有一段相当长的苦难和传奇的经历。

百里奚,虞国人,字里,名奚,年三十才娶杜氏为妻,生一子名视,字孟明。百里奚是一位有学问、有见识也有志气的人,因为家贫,没有机会让他显示才能，本想外出闯闯世界，谋个一官半职，但念及妻儿无依，不忍离去。杜氏劝他："我听说'男子志在四方'，你壮年不外出找个出身，是想守着妻子等待穷困吗？你只管外出谋生，我能自己照料自己，你不用管我母子。"百里奚听了妻子杜氏的劝告，准备离家。当时家里只有一只母鸡，杜氏宰了给丈夫饯行，因没有柴烧，只好将门闩取下来当柴，割了一点香菜调味，煮了一锅粟米饭，让百里奚饱餐一顿，离家而去。杜氏抱着幼小的百里视，牵着百里奚的手边哭边说："你将来富贵了，不要忘了我们母子呀！"

百里奚离家到齐国，想在齐襄公下面做事，因无人荐引而落空，后来穷到没饭吃，在郅地沦为乞丐，此时已年近四十。郅地有位名叫蹇叔的人，看到百里奚气质相貌不凡，问他姓名后说："你不应该做个乞丐呀！"留他吃饭，同他谈论时事，百里奚对答如流，谋划井井有条，蹇叔感叹说："以你的才干，穷困到这个地步，真是命运不好啊！"于是留住百里奚，并结为兄弟，蹇叔长一岁为兄。在此期间齐国公子无知弑襄公，自立为君，出榜招贤，奚想应招。蹇叔说：无知"非分窃主"不会有好结果，劝他不去。后来蹇叔与百里奚同到周地，见了王子颓，王子颓好牛，知道百里奚会养牛，想用奚为家臣，蹇叔说王子颓"志大才疏"，用的多是谗谄之人，将来定会失败，不如离开他。此时百里奚因久别妻儿，想回虞国看看；蹇叔也想到虞国会见老友虞国大夫宫之奇，两人一道到了虞国。

百里奚的妻子杜氏，因贫穷无法生活，已经游荡他乡，不知去向。

百里奚回家不见亲人，十分感伤。蹇叔见到宫之奇后，介绍了百里奚的贤能，于是宫之奇将百里奚推荐给虞公，虞公拜百里奚为大夫。蹇叔看虞公好贪小利，听不进别人意见，也不是可以依靠的有为的主人。百里奚这时已穷困到连饭都吃不上，妻子又不知去向，便对蹇叔说："我现在好像一条鱼在陆地，急需一勺水来自濡。"蹇叔说："你为穷困出去做官，我不好阻拦，以后若要相见，可以到宋国的鹿鸣村找我。"后来虞公果如蹇叔所言，因贪小利，接受晋国的宝璧和良马贿赂，让晋国借虞国之路灭了虢国后，回头来乘机袭灭虞国，虞公被掳。这时宫之奇因谏阻虞公不听，知虞必亡，早已离开虞国。百里奚因见虞公不听宫之奇之谏，自己位卑言轻，谏也无用，因而不谏，但他认为自己吃了虞公的俸禄已久，为了报答，就跟随虞公一起当俘虏，一路到晋国，服侍虞公。

晋灭虞后，晋献公知道百里奚贤，想用他，百里奚不同意说："这一辈子跟着旧君就可以了。"后来秦晋联姻，晋侯将长女伯姬嫁给秦穆公为夫人，因百里奚不愿在晋做官，晋人就把他当作陪嫁的仆人，同去秦国。百里奚认为自己是来服侍旧君的，现在把自己当仆人送人，又离开了旧君，这是给自己极大的侮辱，行至中途，寻机逃脱，被楚国乡间猎人抓住，认作奸细，经他解释，并说自己"善饲牛"。楚人让他养牛，他在楚地把牛养得又肥又壮，名声很大，连楚王都知道，用他作养牛放牧的小官。这里秦穆公见到陪嫁仆人名单中有百里奚之名而无其人，查问后知道他逃了，从晋国带来的臣子公孙枝口中，得知百里奚是位贤能的人："知虞公不可谏而不谏，是其智；从虞公于晋而义不臣晋，是其忠；且其人有经世之才，但不遇其时耳。"并说百里奚现在楚国。秦穆公听后想用重金将百里奚赎回，公孙枝说不行，这样就等于告知楚君说"百里奚贤能"，楚君就不会放他，不如以逃亡奴隶的罪名，用最低价钱从楚国索回。于是秦穆公使人持五张羊皮去楚国赎回了百里奚。秦穆公与百里奚交谈三天，知道他很有才能，要封他为上卿，但百里奚推辞了，并向秦穆公推荐蹇叔说：我过去三次想归顺于人，都被蹇叔劝阻，其中两次听了他的话，都脱离了灾殃，一次不听，几乎遭到杀身之祸，可见蹇叔的智慧大大胜过我。后来穆公派人召来蹇叔，经交谈后封为右庶长，古时右为尊，位在百里奚之上，百里奚为左庶长。此后二人同心辅佐秦穆公建立了霸业。

百里奚妻子杜氏，自从其夫出游，纺织度日，后遇饥荒不能存活，只好携儿子就食他乡。辗转游离后入秦国，以帮人洗衣过活，听说百里奚在秦做宰相，曾于车中望见，未敢相认，后来奚府需要洗衣的妇人，杜氏自愿入府，因洗衣勤快，深得府中人喜欢，却无机会接近百里奚。这一日，百里奚在堂上听走廊下的乐工奏乐，杜氏自荐自己能琴能歌，乐工让她弹琴，其凄怨之声，乐工们自愧不如。再让她唱歌，杜氏请求在相公面前唱，乐工告知百里奚同意后，杜氏于是扬声唱了上面的《百里奚·五羊皮》的歌。百里奚听了非常惊愕，召她到面前询问，才知道她正是自己到处寻找、日夜思念的结发妻子，二人相抱痛哭，过一会问"儿子何在"？杜氏说"在村头射猎"，马上派人把儿子召来，夫妻父子得到团聚。可见杜氏的这支歌对于自己得到丈夫相认、能够一家团圆，起着十分重要的作用。

二、悲歌垓下别虞姬

垓下歌

秦·项羽

力拔山兮气盖世，时不利兮骓不逝。
骓不逝兮可奈何，虞兮虞兮奈若何！

这是项羽在垓下行将败亡之前，面向与自己出生入死最爱的美人虞姬，边哭边唱的悲歌。

项羽，名籍，字羽，下相（今江苏宿迁西南）人，秦末农民起义著名领袖。他出身于贵族世家，祖父项燕是楚国著名将领。早年丧父，被叔父项梁带到吴县（今江苏苏州）抚养成人。他胆识过人，力能扛鼎，又聪明豪爽，当地青年都很敬畏他。他少年就有抱负，向他叔父表示要学"万人敌"，看见秦始皇车队威风凛凛就说"彼可取而代之"。

秦朝末年，天下大乱，项羽和刘邦合力举兵灭秦。项羽英勇善战、所向披靡，但缺乏谋略；虽然"见人恭敬慈爱……人有疾病，涕泣分食饮"（韩信语），但无能又不善用人，而且个性残暴急躁。而刘邦却足智多谋，又善于用人。秦亡后，项羽杀了秦降王子婴，又指使英布杀了由其叔父项梁拥立的义帝，仗着自己武力，不顾与诸侯定"先破秦入咸阳王之"的信约，自称"西楚霸王"，封刘邦为汉王。刘邦在破秦时先入咸阳，对项羽封自己为汉王，去四川成都心里不服。不久楚汉爆发争夺天下的战争，经过三年的战斗，项羽力量逐渐削弱。最后，项羽被刘邦重重围困在垓下，导致项羽在垓下悲歌，演出"霸王别姬"的悲剧。

虞姬，就是后人所称虞美人，秦末虞地（今江苏宿迁市沐阳）人虞子期的妹妹。虞子期当时因制造精良兵器而闻名远近。听说项羽勇猛善战，由相熟而佩服，进而决心投军而追随项羽。子期的妹妹虞姬，有美色，又善舞剑，与项羽两人一见钟情，项羽十分宠爱虞姬，二人形影不离。《史记》称"有美人名虞，常幸从"，即使出征打仗，也带着虞姬乘车随行。项羽被汉军包围在垓下，夜晚汉军唱起楚地民歌，歌词的内容是："家中撇得双亲在，朝朝暮暮盼儿归。田园将芜胡不归，千里从军为了谁！沙场壮士轻身死，十年征战几人回。"这些歌声声字字钻进楚军心腑，又冻又饿的楚军听到亲切的乡音，思乡心切，不愿再战。项羽听了"四面楚歌"也大为震惊，想着"汉皆已得楚乎？是何楚人之多也"。因此无法再睡，起来与美人虞姬在帐中饮酒浇愁，看见帐外拴的乌骓马，也显得那么疲惫，就慷慨唱起自己作的《垓下歌》。当时的情景十分凄惨，唐人胡曾作诗反映当时景况道："拔山力尽霸图隳，倚剑空歌不逝骓。明月满营天似水，那堪回首对虞姬。"项羽唱的《垓下歌》，感天动地，悲伤、绝望，加上项羽粗犷、呜咽的声音，更催人泪下。虞姬听了，非常难过，也随着他的歌而挥剑起舞。当虞姬听到项羽反复吟唱上述歌词，特别是歌到"骓不逝兮可奈何！虞兮虞兮奈若何！"时，看到英雄的项王泣泪数行，不禁内心碎裂，这时她已从项羽的歌词和表现中领悟出：败亡已成定局，当前他最放不下的是我虞姬，万一败亡，我被俘后，又将如何？这是项羽最担心的，"虞兮虞兮奈若何"不是表达得很清楚吗？此刻虞姬就认为只有自己死掉，让项羽心无挂牵，或许能带着士兵突出重围，这样就能以自己的牺牲来换取项羽的生存。她决心已下，于是边舞边凄恻地唱道：

汉兵已略地，四面楚歌声。
大王意气尽，贱妾何聊生。

虞姬唱完歌后，转身挥剑自刎。这对真诚相爱的英雄与美人，就此永别。虞姬把死留给自己，把生的希望留着她最爱的项羽。这与项羽平时对她真诚相爱有关，更与这首感情真切的《垓下歌》有直接联系。诗虽只简单四句，但却表现了一种英雄气概和赤子之心。最后两句，尤其是"虞兮虞兮奈若何"句，最动人心弦，又令人有更多遐想。这一呼唤，表达了虞姬对爱情深切的依恋和对生离死别的哀怨。

虞姬死后，项羽将她葬在垓下（现今灵璧县的虞姬墓已成为重点保护文物），迅速按虞姬的愿望，带领麾下冲出汉军重围，逃到乌江边，当地亭长劝项羽渡过乌江为王，以便卷土重来，项羽拒绝了亭长的好意说："天之亡我，我何渡为！且籍与江东子弟八千人渡江而西，今无一人还，纵江东父兄怜而王我，我何面目见之？纵彼不言，籍独不愧于心乎？"（《史记·项羽本纪》）将乌骓马送给亭长，也自刎而死。

项羽死后，有不少诗文对这位失败的英雄进行评说。唐代杜牧在《题乌江亭》中说："胜败兵家事不知，包羞忍辱是男儿。江东子弟多才俊，卷土重来未可知。"诗中对项羽乌江自刎持否定态度，认为项羽如能忍辱负重，卧薪尝胆，东山再起也未可知。宋代王安石则写《乌江亭》诗反驳杜牧："百战疲劳壮士哀，中原一败势难回。江东子弟今虽在，肯为君王卷土来？"认为项羽卷土重来是不可能的事。南宋女词人李清照则是肯定项羽自刎是一种英雄行为，她在《绝句》诗中说：

> 生当为人杰，死亦为鬼雄。
> 至今思项羽，不肯过江东。

此诗肯定项羽铁骨铮铮的形象，歌颂他是宁愿悲壮而死，不愿苟且偷生的英雄，同时也讽刺鞭笞当时南宋投降派屈膝求和的软骨头行径。

宋代词人辛弃疾、李冠等人都有词作评论。李冠在《六州歌头·项羽庙》中肯定项羽的英雄气概，称其在亡秦中有"盖世功"，虽然失败，仍值得人们"追念"和"伤情"。

对虞姬之死，诗人多予以肯定，曹雪芹在《虞姬》中写道：

> 肠断乌骓夜啸风，虞兮幽恨对重瞳。
> 黥彭甘受他年醢，饮剑何如楚帐中。

诗中说黥布、彭越等人投降刘邦，终被刘邦处死，怎么比得上虞姬在楚帐中自己饮剑而终的高尚气节呢？

另一位是清代诗人何浦，对这出英雄美人的悲剧，表示同情惋惜和遗恨。他写的《虞美人》中说：

> 遗恨江东应未消，芳魂零乱任风飘。
> 八千子弟同归汉，不负君恩是楚腰。

这首诗虽然带有讽刺意味，但也反映一个事实：项羽和虞姬值得传诵的爱情。虞姬以死殉爱，无疑是项羽一生中最浓墨重彩的一笔。

三、随君白首不相离

白头吟

汉·卓文君

皑如山上雪,皎若云间月。闻君有两意,故来相决绝。
今日斗酒会,明旦沟水头。躞蹀御沟上,沟水东西流。
凄凄复凄凄,嫁娶不须啼。愿得一心人,白头不相离。
竹竿何袅袅,鱼尾何徙徙。男儿重意气,何用钱刀为?

这是卓文君闻知其夫司马相如将聘茂陵女为妾时,寄给司马相如的一首诗,诗后还附书:

"春华竞芳,五色凌素,琴尚在御,而新声代故!锦水有鸳,汉宫有水,彼物而新,嗟世之人兮,瞀于淫而不悟!朱弦断,明镜缺。朝露晞,芳时歇。白头吟,伤离别。努力加餐勿念妾,锦水汤汤,与君长诀。"

卓文君的诗和书,对司马相如既有批评责备:"闻君有两意,故来相决绝!"又有示爱"愿得一心人,白头不相离",也有劝导:"男儿重意气,何用钱刀为?"特别是最后的劝导:作为一个真正的男儿,应以信义为重,不应为了金钱而另娶富贵女子,真是语重心长。司马相如读了卓文君的诗和书,为其感情深烈和据理劝导所感动,于是打消了纳妾的念头,最终与卓文君"白头不相离"。

卓文君与司马相如从结合到"白头偕老",既有突破传统观念的反封建的性质，又有其曲折和传奇的过程。

卓文君，西汉临邛（今四川邛崃）人，卓王孙之女，婚后不久便丧夫，回娘家寡居。她不仅美丽，而且精通音律，擅咏诗赋。卓家以冶铁兴家，至王孙一代，生意红火，财富在当地首屈一指，仅僮客就有八百多，家里经常有商贾名流来往。

司马相如，字长卿，约生于公元前179年，蜀郡成都（今属四川）人，因崇敬蔺相如而自名相如。小时有口吃，但饱读诗书，以辞赋见长，喜欢练剑，懂音律，有理想和抱负，欲以自己之文才韬略治国安邦。曾只身前往长安求取功名，被汉景帝封为"武骑常侍"，职责是陪皇帝骑射狩猎。司马相如认为此工作远离本人志趣，浪费才气，并不开心。正是此时，景帝的弟弟梁孝王刘武进京面圣，很欣赏司马相如的文采，两人一见如故，刘武力邀他到梁国。不久，司马相如借病辞去"武骑常侍"一职，投奔梁孝王门下，与文人邹阳、枚乘等人交往，如鱼得水，不久写出了《子虚赋》，远近闻名，梁孝王非常赏识其才情，将名贵的乐器"绿绮琴"送给他。司马相如在梁地出则结伴达官，入则抚琴作赋，倒也逍遥自在。谁知好景不长，梁孝王不久病死，失去了这个靠山，司马相如不得不回到成都故里。

此时，司马家已是家道中落，司马相如回家后，很快就为吃穿用度发愁，在这困难之际，他的好友王吉正就任成都西郊临邛县令一职，王吉素来欣赏司马相如的才华风采，知道他的景况不好，就邀他到临邛作客，司马相如欣然前往。有一天，卓王孙在家中宴请商贾名流，县令王吉和其友人司马相如也在受邀之列。酒酣谈兴正浓之际，王吉建议司马相如弹琴唱歌给大家助兴。司马相如也不推辞，欣然落座。卓文君因久闻司马相如大名想一睹风采，从帘后偷看，司马相如也看到帘后女子身影，猜想定是美貌多才的卓文君，于是灵机一动，手抚"绿绮琴"弹唱了一首名曲《凤求凰》：

> 凤兮凤兮归故乡，遨游四海求其凰。
> 时未遇兮无所将，何悟今兮升斯堂！
> 有艳淑女在闺房，室迩人遐毒我肠。
> 何缘交颈为鸳鸯，胡颉颃兮共翱翔！

一曲弹罢，县令和宾客都拍手叫好，恳请相如再弹一曲，以尽雅兴。相如谦逊一番，果然抚琴再弹，重申前意：

> 凰兮凰兮从凤栖，得托孳尾永为妃。
> 交情通意心和谐，中夜相从知者谁？
> 双翼俱起翻高飞，无感我思使余悲。

卓文君在帘后听到司马相如的弹唱，明白了司马相如向自己求爱之意，想着他多才多艺，英武潇洒，因而按捺不住自己的感情，决定抛弃世俗之见和封建观念，黄昏时分，脚踏漫天飞雪，跑到司马相如的客舍，与他双宿双飞。因怕人发现和父亲阻挠，连夜离开临邛，逃回成都。后来因生活困难，想找父亲要钱，无颜直说，只回到临邛开了一家酒店，文君荆钗布裙，当垆沽酒，司马相如短衣短裤，当了伙计。目的是想逼着父亲承认这场婚事，并分给他们一些财产。

风流才子，富家千金，当垆酒肆，轰动了整个临邛，经亲友们疏通劝解，父亲卓王孙心疼女儿，又顾全面子，决定给女儿女婿僮仆百人，钱百万，让他们回成都买房置产，过富裕安乐的生活。

汉景帝去世，汉武帝即位后，不仅爱好战功，而且喜欢文赋，一天偶然读到《子虚赋》，赞叹不已，误认为是前代人所作，经侍者介绍，才知乃当代人司马相如所写，大喜，立刻下旨召见司马相如，让其经常伴驾左右，先任为郎官，后擢升为中郎将。在此期间，司马相如写了《天子游猎赋》《上林赋》等大赋，还专为陈皇后阿娇写了一篇《长门赋》，可谓春风得意。

司马相如富贵了，对卓文君的感情慢慢淡薄起来，卓文君在家等候与他团聚，真是望穿泪眼。一天，卓文君接到司马相如的家书，信中只写了"一二三四五六七八九十百千万"十三个数字。卓文君一看数字中惟独没有"亿"字，知道这是司马相如给她的信息：表示对她"无意"，有"休妻"之兆。她强忍悲痛，提笔写了《怨郎诗》作回信：

一别之后，二地相思，只说是三四月，谁知五六年，七弦琴无心弹，八行书无可传，九连环从中折断，十里长亭望眼欲穿。百思想，千系念，万般无奈把君怨。

万语千言说不完，百无聊赖十倚栏。重九登高看孤雁，八月中秋月圆人不圆。七月半秉烛烧香问苍天，六月伏天人人摇扇我心寒。五月石榴如火红，偏遇阵阵冷雨浇花端。四月枇杷未黄，我欲对镜心意乱。忽匆匆，三月桃花随水转。飘零零，二月风筝线儿断。噫！郎呀郎，巴不得下一世，你为女来我为男。

司马相如读到这信后，为其深情苦盼所感动，又为其聪明才智所惊叹，想起往日夫妻恩爱，后悔不已。后来在司马相如萌生纳妾的念头时，卓文君又运用自己的才智写了《白头吟》诗和《诀别书》加以指责劝阻，促使司马相如不仅回心转意，停止纳妾念头，而且亲迎卓文君到长安，相守白头。这说明具有真实感情的好诗，对于巩固夫妻之情有重要意义。

大约公元前118年，相如六十二岁时病逝，文君大为悲恸，作《司马相如诔》以资祭奠。诔文追述司马相如的才志、遭遇和自己对相如的思念，愿以身相殉的悲切心情，果于不久，文君即追相如谢世。

文君死后，后人有不少诗文纪念她，其中四川邛崃文君井旁有一副对联，字字珠玑，值得一读。

上联：君不见豪富王孙，货殖传中添得几行香史；停车弄故迹,问何处美人芳草,空留断井斜阳;天涯知己本难逢;最堪怜,绿绮传情,白头兴怨。

下联:我亦是倦游司马,临邛道上惹来多少闲愁;把酒倚栏杆,叹当年名士风流,消尽茂陵秋雨;从古文章憎命达;再休说,长门卖赋,封禅遗书。

这副对联,回顾司马相如和卓文君名士风流,美人芳草的爱情故事,接着提出"知己本难逢""文章憎命达"的思想,也耐人寻味。

四、生当归来死相思

留别妻

汉·苏武

结发为夫妻,恩爱两不疑。欢娱在今夕,嬿婉及良时。
征夫怀远路,起视夜何其?参辰皆已没,去去从此辞。
行役在战场,相见未有期。握手一长叹,泪为生别滋。
努力爱春华,莫忘欢乐时。生当复来归,死当长相思。

苏武,字子卿,公元前140年生于杜陵(今陕西西安东南)。因其父苏建曾跟随卫青抗击匈奴有功,他兄弟三人都做了皇帝身边的侍从。

汉朝初年,由于战争影响,经济未很好恢复,西北地区少数民族乘机入侵,其中匈奴最强。朝廷当时还无力进行反击,所以汉初的几个皇帝主要采取"和亲"政策,阻止匈奴进犯。到汉武帝时,由于文帝、景帝期间,生产得到很好发展,国力增强,朝廷先后派出卫青、霍去病等将领,带兵征讨匈奴,并取得胜利,从而使西北边境得以暂时安定。在此期间，汉、匈奴双方多次互派使节，既为了媾和，也为了侦察彼此情况，时不常地扣留对方使节。

汉武帝天汉元年（前100），且鞮即位为匈奴新单于，因担心中原汉廷乘他刚即位时进行袭击，主动将过去扣留的汉使节送还汉朝，为释善意，汉武帝派遣时任中郎将苏武、副中郎将张胜，率百余人前往匈奴，表示友好。这次匈奴之行，苏武不仅带了不少财物送给单于，还手持旌节，护送扣留在汉的匈奴使节回国。苏武知道，汉朝与匈奴的关系一向变幻不定，不仅去匈奴路途遥远，而且到蛮胡之邦，凶险未知，本人乃武将之后，忠君之臣，无所畏惧，但妻子对丈夫这次远行，甚是惶恐、担忧。为缓解爱妻的忧心，同时也表达对妻子的关爱之情，临行前苏武赋了这首《留别妻》诗。

这诗是他向妻子说：你我二人结发为夫妻，都承诺一辈子恩恩爱爱，互不猜疑，要欢欢喜喜、和和美美地过好每日每时。但今天我奉了皇命出使匈奴，明天早上就要踏上征程，看看天已经快亮了，马上就要和你辞别，虽然我此次差事和上战场一样，什么时候我们相见，没一个准定的日期，但我们仍然要高高兴兴地握手言别，体验一下生别的滋味。希望我们分别之后，你好好保重，爱护自己的青春，时常记住我们往日欢乐的时光。你要相信，如果我活在世上，一定要回来和你相聚，如果我不幸牺牲了，我也会永远记住你，想念你。

这首《留别妻》诗，既充分反映苏武对妻子的爱情，又真诚地表达自己的愿望，缠绵悲壮。

苏武的妻子名叫公孙丑，相传是公孙傲的孀居女儿，与苏武结婚后，两人感情十分亲密。公孙丑送别苏武后，紧握着苏武留下的诗和字墨，守在寂寞空房中，一天挨过一天地等着。

苏武话别妻子之后，一行百人，长途跋涉安全到达匈奴，将原扣留的匈奴使者交给匈奴单于，完成使命短暂休息后，准备返汉。就在此时，匈奴内部发生叛乱，引发此次叛乱者是曾经降汉的缑王与长水人虞常等，他们暗中策划绑架单于的母亲阏氏归汉，行动开始之际正逢苏武等人来到匈奴。虞常在汉时就与苏武的副使张胜素有往来，他此时私下拜访张胜把这次谋反计划告诉张胜，并表示将借此机会射杀汉廷叛臣卫律，以取得汉廷对自己母亲和弟弟的照顾。张胜作了许诺。谁知起事前夜，有人将计划报告了单于的母亲阏氏，以致谋反失败，缑王战死，虞常被捉。张胜闻知如此结果，担心自己牵涉其中，便将事情原委告知苏武。

果然，虞常很快将张胜供了出来。单于一怒之下，扣留了所有汉朝使节，并要他们投降。副使张胜请降得免一死，苏武则坚决不降，认为："屈节辱命，虽生犹死，何面目归汉。"为使自己免被匈奴人凌辱，几次自杀未果。单于对苏武百般劝解，用丰厚的俸禄和高官引诱，苏武均不为所动，最后便对苏武施以酷刑：时值严冬，单于命人把苏武关入露天大窖，断绝食品和水，企图以此迫使苏武投降。苏武在地窖中受尽了折磨，时遇天雪，渴了他就吃一把雪，饿了就嚼身上的羊皮袄，好几天了，单于怀疑苏武可能冻饿而死，派人前去一看，苏武却没有死。单于感到惊异，以为是有神助，见到苏武此时仍无屈服投降的表示，只好把苏武放了出来，佩服他是一位有坚强意志和高尚节操的人，不忍杀他，可是放他回汉又感到不妥，于是将苏武流放到北海（今西伯利亚贝加尔湖一带）去牧羝。临行前，单于对苏武说：何时公羊生小羊，就放你返回汉朝。

苏武到达北海后，虽然缺粮少米，天寒地冻，但他在牧羊期间，手里始终不离大汉朝廷给他的旄节，他认为这旄节是汉朝的象征，能给自己鼓舞，给自己力量。此外他心中还有给妻子"生当复来归"的诺言，这些都是支撑他活下去的希望和决心。

苏武到了北海，单于仍不死心，一直没有放弃劝降，他派与苏武交情深的汉朝降将李陵到北海。李陵见苏武后，利用与苏武原来的友情，百般劝解。苏武说："武父子亡功德，皆为陛下所成就，位列将，爵通侯，兄弟亲近，常愿肝脑涂地，今得杀身自效，虽蒙斧钺汤镬，诚甘乐也，臣事君，犹子事父也，子为父死，无所恨。"依然不降。李陵只好没趣地走了。过几年后，李陵又来劝苏武，这一次李陵带来了汉武帝的死讯，只望苏武会降，可苏武仍然对汉朝忠贞不贰，一心等待归汉，更等着生当与爱妻相见，坚决不降。

就在苏武牧羊北海的时候，汉室当朝也没有忘记苏武。武帝死后，汉昭帝即位，在这前后，匈奴发生内乱，且鞮单于也死了，匈奴分裂成三股势力，新匈奴力量单薄，就派使者向汉朝求和，汉昭帝派使者要求匈奴单于放回苏武，匈奴也许是不想因扣留使者而再起争端，便向汉廷谎称苏武已死。汉朝廷信以为真，毕竟苏武是个一般的使节，并未引起汉廷多大震动和深究。但这消息对苏武的妻子公孙丑来说，却是晴天霹雳，有如天塌地陷，感到自己的希望完全破灭了，无论等多久，却再也等不到"生当复来归"的丈夫，她悲痛万分，但悲痛却不能停止她的人生，她还年轻，还要养活一家老小，不得不找个依靠，只好改嫁了。

身在北海的苏武，对外面发生的一切毫不知晓，他面对的依旧是冰天雪地，食不果腹，衣不御寒。但令他感到比寒冷和饥饿更可怕和难受的是孤单和寂寞，为了取暖，也为了排遣孤寂，苏武在胡地找了一个女子，对他来说，爱与不爱已不重要，最重要的是有人陪伴和倾诉，以使自己能坚持活下去，能回到故土，能见到老母和爱妻。

过了几年，汉朝使节又到匈奴，苏武随从常惠当时还在匈奴，他买通一个匈奴人，终于得以私下和汉使见面，把苏武在北海牧羊的情况告知使节。为解救苏武，使节严厉责备单于："既然同汉朝友好，就不应该欺骗汉朝。我们皇上在御花园射下一只大雁，雁脚上拴系着布帛，上面说苏武生活荒泽之中，你怎能谎说他死了呢？"单于一听，知道事情瞒不过去了，只好答应把囚禁在北海十九年的苏武放回。

苏武这段忠贞不屈、牧羊北海的历史事迹，两千多年来感动教育和激励了中华民族的每一代人：要忠于祖国，用顽强意志克服任何艰难困苦。苏武其人也受到人们的敬重和歌颂。小时候在农村，塾师们唱的《苏武牧羊》歌，歌词至今仍能背诵："苏武留胡节不辱，雪地又冰天，穷愁十九年。渴饮雪，饥吞毡，牧羊北海边。心存汉社稷，旄落犹未还。历尽难中难,心如铁石坚。夜坐塞上时听笳声入耳痛心酸。转眼北风起,雁群汉关飞。白发娘,望儿归,红妆守空帏。三更同入梦,两地谁梦谁?任海枯石烂,大节不稍亏。终教匈奴惊心破胆共服汉德威。终教匈奴惊心破胆共服汉德威。"此歌真实记录了苏武的精神和处境,我们农村几乎每人都能歌唱,至今仍有不少人传唱。

汉昭帝始元六年(前81),苏武终于回到长安。苏武出使时才四十岁,在匈奴受了十九年的折磨,如今年近花甲须发皆白,虽然如此,他终于实现了对妻子"生当复来归"的承诺。多少年来,为了实现这个承诺,活着回到故土,与爱妻见面,苏武克服了多少艰难困苦!但可惜的是,他回得太晚。这对恩爱夫妻,经历了重重磨难,又经历了多年离别的痛苦和各自婚姻的周折,过去那份"生当复来归,死当长相思"的约定,只好深深地埋藏在各自的心底了,留给后人的是这对爱侣没能再得团圆而感到的惋惜和遗憾。

五、喜得镜圆人亦归

五言绝句

隋·徐德言

镜与人俱去,镜归人未归。
无复嫦娥影,空留明月辉。

徐德言将自己保存的半块镜子,交给失散妻子乐昌公主的老仆,同时写了这首五言绝句,请老仆转给乐昌公主。他知道乐昌公主被隋文帝杨坚掳去后,已赐给其重臣杨素为妾,此时可能过着锦衣玉食的生活,因此写的此诗虽只四句二十字,但包含着丰富而复杂的感情。从字面上看,此诗反映他对与乐昌公主重聚的绝望心情:"镜归人未归,无复嫦娥影"。但正因为如此,也反衬出自己迫切期望乐昌公主归来重见的强烈愿望,不然何有"空留明月辉"的感伤呢?正是诗中传达了这些感情,打动了对方,与对方愿望一致,最后在共同努力下,得到镜圆人归的好结果。

徐德言,南北朝时期南朝陈国人,出身寒门,在朝廷做个小官,由于能诗能文,才学出众,又具有远见和谋略,被乐昌公主看重。

乐昌公主是南朝陈国后主陈叔宝的妹妹,容貌秀美、性情温婉,工诗词、懂礼貌,是一位才貌双全的公主。当时正值乱世,她的皇帝兄长陈叔宝,虽有文才,但不懂治国安邦,而且荒淫。杜牧诗句中"商女不知亡国恨,隔江犹唱后庭花"的"后庭花",就是说的陈叔宝在宫中纵酒作乐所唱的歌曲《玉树后庭花》。他不理国事,使陈国政权岌岌可危。他对妹妹的婚事不问不管,只是用一个开明的办法,让她自选夫婿。乐昌公主很有主见,选了具有诗文才识的寒门子弟徐德言为夫,两人情投意合,很是恩爱。

徐德言与乐昌公主结婚之后,正遇北方杨坚取代北周建立隋朝,国势强盛,已预想到隋一定会灭陈而统一天下,便劝陈叔宝加强军备,防御隋军来犯。陈叔宝认为有长江天险,把徐德言的劝谏不当事,终日与他的妃子们歌唱那首《玉树后庭花》。徐德言见状,认为陈国离灭亡的日子已经不远,想着一旦国亡,他和公主将面临离散,便和乐昌公主商量,陈国被灭,已成定局,我们夫妻相爱一场,国亡后,也有可能成为永诀。倘若你我情缘未断,还有相见之日,我们应该留下信物作为日后相认的凭证。乐昌公主听后感到十分悲痛,认为丈夫说的也在理,当即从妆奁中拿出自己常用的铜镜,交给丈夫。徐德言将铜镜一分为二,与乐昌公主各执一半,并约定每年正月十五日,两人都到京城长安街市叫卖铜镜,直到重逢。乐昌公主还表示"今生来日,必能相见",以鼓励徐德言在陈亡后无论碰到什么艰难困苦,都要好好活下去。

公元588年,杨坚南下攻陈,589年,占领陈国都城建康(今南京市）。陈叔宝及其皇族都被俘虏，乐昌公主与徐德言二人亦在此列。按古例，亡国亲族不准住在原籍，以防东山再起。皇族被押往隋都长安，徐德言与乐昌公主就这样被活活拆散。陈叔宝被幽禁在长安都城，其他男性皇族被分置各地区，女性皇族被收入宫廷充当宫女或分配给南征有功将士。

乐昌公主被赐给杨素后，由于其容貌秀丽、才情横溢，杨素对她十分怜爱和娇宠。乐昌公主虽身处豪门，但只要想到离散的丈夫徐德言时，就十分悲痛。刚开始，乐昌公主想一死了结痛苦生活，可一想到当初与丈夫约定要坚强活下去以便相见的话语时，就苦苦地熬撑下来。就这样，她尽管得到杨素的宠爱，眼前是锦衣玉食，满目繁华，但仍然不忘恩爱的丈夫徐德言，盼望着元宵月圆的那一天，能与丈夫团聚。每到正月十五她都命老仆持着破镜到街上叫卖。一年不遇，来年依旧，她相信一定会有希望。果然第三年正月十五，终于有了消息，老仆不仅带回了另外半块铜镜，还带回一张纸签，即徐德言写给乐昌公主的《五言绝句》。对着重圆的镜子、熟悉的字体和动情的诗句，乐昌公主泪流满面，肝肠寸断，镜圆人不圆，她痛苦万分。此时，杨素在宴乐中没有见到乐昌公主，心中挂念，来到乐昌公主房中探望。一进房见公主手握破镜哭泣不止，他感到这镜子定有大的来历，便用温和的语言相问。乐昌公主想到杨素平时对自己宽厚，便将自己与丈夫破镜分离，今又重圆的原委如实告知，并哭求杨素允许他们夫妻见上一面。杨素当下就答应下来，并向徐德言下了请帖。第二天，杨素摆下盛宴，徐德言衣衫褴褛、风尘仆仆如约赴宴。乐昌公主却不胜悲苦，当即赋诗一首：

> 今日何迁次，新官对旧官。
> 笑啼俱不敢，方验作人难。

这首诗从字面上看是表现了乐昌公主的无奈和心酸，以及感到进退两难的心境，实际上隐藏着她并不因为锦衣玉食获得荣华而变心，自己对徐德言的爱情如昨，难是难在眼前的处境：一个亡国的公主，面对杨素的地位和权势，不能容许表达自己真正的愿望，即使表达了也不可能实现，甚至可能把徐德言推向险境的担忧。徐德言似乎看出乐昌公主的难处，便说："能够相见，心愿已足，知道公主幸福也就别无他求。今天之后，某当归老江南。"公主听了，泪涕俱下，徐德言也掩面而泣。杨素在一旁看了这一幕，为二人深情厚意所感动，同时又意识到乐昌公主诗中反映她还是深深爱着徐德言，只是碍于自己，难以直接表达罢了，又看到徐德言是个诚实有情而有才华的人，如果把乐昌公主强留下来，不仅得不到她的心，还会破坏这对情侣结合，落得个骂名，不如索性做个人情，让他们夫妻团圆以成人之美。因此决定让乐昌公主随徐德言一同归去，重做夫妻。不仅如此，还厚赠金银给他们作路费，使这对被战乱拆散的夫妻终于得以破镜重圆。后来杨素又下令，让江南地方官归还徐家的田产。这对相亲相爱而又历尽沧桑的夫妻，在江南过着平平淡淡、自由自在的生活，度过美满的晚年。直到唐太宗贞观十年（636）同时死去，合葬一墓，并以铜镜陪葬。

六、佳偶天成喜一诗

题都城南庄

唐·崔护

去年今日此门中，人面桃花相映红。
人面不知何处去，桃花依旧笑春风。

这是唐代诗人崔护在第二次到长安考进士时写的一首七言绝句。因为这首诗，几乎害死一条人命，也因为这首诗，崔护娶得美女为妻。这首诗为唐及后代学人所熟悉和吟诵，崔护与美女绛娘的故事，也就流传至今。

崔护，字殷功，蓝田（今属陕西）人。唐贞元进士，官至岭南节度使，出身书香门第，自幼饱读诗书，并考取举人。唐德宗贞元初年（785），崔护离家到京城长安考进士，在客栈温习诗书，感觉有些郁闷无聊，想外出散散心。这时正值清明时节，风和日暖，崔护便一个人到长安城南去游玩，时间长了，身热口干，想找点水喝，寻了很久，终于走到一家农舍。这里草木繁茂，桃花盛开，幽静芳菲，香气袭人，茅檐下还有一座干净的小院，这院落掩映在桃花林中，似乎别有一番诗情画意。崔护看了，想到这家主人一定不俗，于是轻叩柴门，久久不见人应。正准备转身离去，忽然有个姑娘推门而出，问说是谁？崔护恭谨而诚恳回答了自己的姓名，并说自己一个人出来踏青，走渴了，想讨点水喝。姑娘于是让他进门，端椅给他坐后，再倒了一杯水。崔护喝水时，姑娘靠着桃树，脉脉含情地望着他。崔护一看，这姑娘长得非常美丽可爱，她洁白的面庞映着红润的桃花，真像一幅美丽的图画。一时间，让崔护看得有点失措，想来，《诗经》中"桃之夭夭，灼灼其华""巧笑倩兮，美目盼兮"等美丽的诗句，说的就是眼前这样的女子吧！崔护喝完水致谢告辞时，少女送到门口，低眉敛额莞尔一笑，低声道别，目送崔护在桃花丛中渐行渐远。崔护也不时凝眸回望，依依不舍地走出桃林。

因上年考进士未中，第二年春天，崔护又来到京城长安赶考。其实这一年来，崔护虽在复习诗文备考，但心中一直没忘记城南那人面桃花相映如画的情景，特别是那端茶给他的少女，那洁白光润的脸、脉脉含情的眼，实在使他难以忘怀。读书时想她，野游时想她，尤其是看到红花或读到形容人美丽的诗文时，更勾起他对城南少女的回忆。转眼又到了清明节，他决定再到城南去寻找那片桃林，寻找那处干净的农舍院落，再看一下那秀发明眸盈盈浅笑的姑娘。他循着记忆中的小路，兜兜转转，终于找到那片桃林、农舍。他走近院落，却发现门上挂着一把锁，显然屋里无人。是主人外出未归还是这房子现在无人居住，就不清楚了。他在门前踱来踱去，很想等待给他茶水的少女回来，但等了好久，仍不见人影。崔护感到十分惆怅，于是在门的左扉上题了一首七绝诗，发出了"人面不知何处去，桃花依旧笑春风"的感慨（其中"不知"二字，有的版本作"而今"二字）。最后只好带着遗憾和戚戚的心情离去。

　　崔护人虽然回到自己住所，但心中仍然牵挂着城南那位姑娘。猜想她可能是外出访亲吧，为什么我在她门前等了那么久未见回呢。也可能是搬到新居，再有可能是已出嫁了。过了几天，为了探个究竟，他决定再去城南桃林，沿着熟悉的路程，很快就找到那间农舍。在接近农舍时远远就听到院内的哭声，于是敲门询问，只见一位老者带着泪痕开门。崔护报上姓名说自己是来找寻一位姑娘。老者一听到崔护的名字，马上大哭，很激动地说："你杀了我的女儿！"崔护大吃一惊，不知说什么好，急问老者是怎么回事。老者哭着告诉他说："我的女儿叫绛娘，年方十八，从小就懂诗书，长大后还没婆家。自从去年春天以来，她精神恍惚，一个人坐在那里呆想。前几天我和她一起出门走亲戚，散散心，她心情好了一点，脸色也有红润，我想一切都过去了，于是带她回来，谁知一进门，看到左扉有诗，读了以后，她只是哭，几天来饮食茶水不进，完全病倒了，现在眼都闭了，人也死了。我老汉孤身一人，本想找个好女婿作个依靠，现在女儿读你的诗而死，不是你杀了她吗？"说着又哭起来。崔护一听心痛欲碎，也哭了起来，并请示老者让他进去看一下。只见床上的姑娘紧闭双眼，已经没气了。崔护看了，捶床痛哭，边哭边抱着姑娘的头叫道："崔护在这儿，崔护在这儿！"也许是二人情缘相通，心灵感应，过了一会，姑娘竟然睁开了眼睛，发现自己躺在日夜思念的人怀里，悲喜交加，不觉泪水涟涟，而病却好了大半，不几天，病就痊愈了。老者看到崔护温和有礼，是个儒雅有才学的年轻人，就决定把姑娘嫁给他。

　　崔护决定娶绛娘为妻，他回家把情况禀明父母，父母也是通情达理的人，十分理解他们的一片真情，于是依礼行聘，择一吉日将绛娘娶进门来。绛娘心地善良，殷勤持家，任劳任怨地操持家务，是一位情深意厚、贤淑美慧的妻子。她白天侍奉父母，劳作家务，夜来便为夫伴读，使得崔护心无旁骛，专心功课，学业日益精进，于婚后不久的贞元十二年（796），终于考中进士。崔护的《题都城南庄》诗，语言率真自然，明白流畅，千百年来为人们传诵不衰。后人根据他因题诗而得到美貌妻子这一故事，编了不少戏曲和杂剧，如《人面桃花》《借水赠钗》等，这些剧情，现在还为人们喜爱。

七、随风杨柳终堪折

章台柳

唐·韩翃

章台柳，章台柳，昔日青春今在否？
纵使长条似旧垂，也应攀折他人手。

这是唐代韩翃在安史乱后，回到长安，不见自己的爱妾柳摇金，到处打听，杳无音讯。他想起当年街头柳荫正浓，二人难舍难分惜别的情景，十分感慨，写下这首诗。诗的主题"柳"，带有双关之意：一是指柳树，二人在柳荫浓时分别；二是指人——柳摇金，人在何处，是不是已另嫁人，"攀折他人手"？但主要是指人，以柳喻人。正因为韩翃这首诗传出去后，柳摇金才知道韩翃还在人世，并已回到长安，也使韩翃得到柳摇金的信息，最后历经曲折，这对乱世分离的情人，终成眷属。后人把《章台柳》当作词牌的名字保留下来。韩翃和柳摇金悲欢离合的故事，也感动着每一代有情人。

韩翃（有的书误作韩翊），字君平，南阳（今属河南）人，天宝进士，"大历十才子"之一，官至中书舍人。韩翃年轻时到长安求功名。长安有位富商李宏，非常喜欢文墨，也讲义气，经常与一些雅士饮酒赋诗，还喜欢收留一些才华横溢暂不得志的文人墨客。韩翃到长安不久就认识了李宏，他的诗文才华很得李宏赏识，并被邀请到李宏家中居住，闲时二人饮酒赋诗，日子也过得开心快活。

柳摇金原是长安倡女，被李宏收为姬妾，喜谈谑，善吟咏，娴淑优雅，举止得体，容姿美丽，艳绝一时。李宏经常谈到韩翃的名字，引起她的景仰和好奇。一次李宏宴请宾客，韩翃也来赴宴，柳氏想见识此人风采，宴会开始，她从门缝中窥看，见韩翃不仅长相俊逸，而且谈吐举止气度不凡，欣慕之心油然而生。此后每有宴会，她都偷偷观望，还把韩翃的诗默记下来，因此李府下人有流言传播，说柳摇金爱慕韩翃。李宏听了并不在意，当有次他去柳摇金房间探望时，发现她正在对着桌子发呆，桌子上放着韩翃的诗文，而她正面对着韩翃的一首诗：

仙台初见五城楼，风物凄凄宿雨收。
山色遥连秦树晚，砧声近报汉宫秋。
疏松影落空坛静，细草香生小洞幽。
何用别寻方外去，人间亦自有丹丘。

这时李宏联想到下人的传言，再看到面前柳摇金迷离恍惚的神态，已经知道她的心意。李宏原是位侠义豪爽之人，本来就欣赏韩翃的才华，也赞赏和感动于柳摇金的慧心识才，就有心成全二人的好事，并决定先探听一下韩翃的想法。一天，李宏专门摆了一桌酒席，请韩翃过来，席间要柳摇金出来歌舞助兴。柳摇金舒开水袖，款款而舞，手拨琴弦，缓缓而歌。其美妙婉转的歌声和步步莲花的舞蹈，使韩翃如痴如醉，心神摇动。待柳摇金走出大厅，韩翃怅然若失。李宏看到这一情景，已是心中有数，当即就对韩翃说要把柳摇金嫁给他。韩翃听了，又欣喜又惶恐，他知道柳摇金是李宏的宠姬，他不能夺人所爱，又想到自己此时既无功名，又居无定所，没有成家的条件，于是婉言谢绝。可是李宏执意要成全他们二人的好事，一再坚持要把柳摇金许配他，韩翃看李宏出自真心，却之不恭，只好再拜接受。李宏看到这一对才子佳人成了眷属，也很高兴，并赠金三十万作为他们二人婚后日常用度，算是把好人做到底了。

婚后，韩柳小两口的日子过得甜蜜美满。过了一段时间，韩翃想到自己来长安是为了求取功名，如果长期沉溺儿女私情，将会一事无成，决定振作起来，用功读书。柳摇金也十分支持，并秉烛伴读。至天宝十三年（754），韩翃考中进士，两人欣喜万分，相拥而泣。这时韩翃提出趁朝廷委派官职之前，回家省亲，将婚事禀告父母，然后明媒正娶将柳摇金迎进韩家。柳摇金是个知书达理的女子，认为丈夫应该"衣锦还乡""光宗耀祖"。况且韩翃说要对她明媒正娶，她很感动，想着只有取得韩翃父母的认可，才能成为韩翃真正的妻子，当即同意韩翃回家省亲。两人在绿柳成荫的季节，洒泪而别。

韩柳夫妇分别后，韩翃未及早回长安，柳摇金生活十分困难，到后来只靠典当自己的妆奁维持生计。到了天宝末年（755）发生安史之乱，安禄山攻陷长安，百姓四处逃走。柳摇金一个子身弱女，无处藏身，既怕受凌辱，又怕韩翃回来找不到自己，于是剪发墨面，逃到法灵寺中。韩翃回家省亲不久，由于安史乱起，战争爆发，无法回长安。正好节度使侯希逸带兵抗击安禄山，邀韩翃到他军中担任书记。后来唐肃宗即位，大将郭子仪、李光弼等率中原将士奋战，收复长安和洛阳，扶持肃宗返回长安。韩翃也随大队人马凯旋，到长安家中只见杂草丛生，灰尘满房，不见妻子柳摇金的人影，到处打听也无音讯。他既伤心又感慨地写下了《章台柳》一诗，一方面呼唤，一方面抒发担忧和绝望的心情，恐怕恩爱的妻子已落入"他人手"。此诗一出，触动了很多人的心，人们争相传抄吟诵，一天终于传到了法灵寺柳摇金的手里。她知道诗意，看到诗中有韩翃的名字，想到那年在柳荫下难舍难分的情景，不禁悲从中来，泪下如雨，又想到自己现在已是容貌憔悴，于是忍悲含泪写下了一首诗，托人带给韩翃：

杨柳枝，芳菲节，苦恨年年赠离别。
一叶随风忽报秋，纵使君来岂堪折。

韩翃接到柳摇金的诗，既欢喜又激动，当即随着来人赶到法灵寺。但柳摇金却避而不见，只是托小尼姑转告韩翃说：自己已经憔悴失色，如果他还能接纳，就请三个月后再来。无论韩翃怎么保证和表明心意，要求见一面，她就是不动心。韩翃没法，只好尊重柳摇金的决定。

谁知就在韩翃满心期待与柳摇金团聚时，长安城有个番将沙咤利，仗着自己平定安史之乱有功，在长安城横行霸道，得知柳摇金美貌无比之后，即带人进入寺院，强行抢走了柳摇金。本来柳摇金想一死相拼，但经寺内小尼们好心相劝，要她留得生命"与韩翃相见"，才打消寻死念头。

韩翃听了柳摇金被抢消息，又气又痛，当即将此事告到官府，谁知当地官府不肯为他这个地位低微的书生而得罪有功武将。他伤心着急，又苦无良策。一天，参加一个军中宴会，他无心饮酒，只是满腹忧伤，借酒浇愁，被一位名叫许俊的武将看到了，问明原委后，立刻怒火中烧，当即要韩翃写一封书信，由他负责讨个公道。许俊拿着韩翃书信后，披挂提刀跨马直奔沙咤利住所，冲破重重守门，直奔内室，拿出韩翃给柳摇金的信，没等柳氏反应过来，就把柳摇金抢走，跨马疾驰而去，并直接将柳摇金送到酒楼，让在座的人惊叹不已。韩翃更是惊喜万分，他感激许俊侠义相救，更喜得夫妻团聚，顾不得在座人众，与柳摇金相抱痛哭。

宴会散后，为避免沙咤利滋事，又不想给许俊惹祸招灾，韩翃将事件经过向上司侯希逸反映，寻求帮助。侯希逸时任左仆射之职，感于他们夫妇情深，更佩服许俊的侠义心肠，便伺机将此事报告当朝皇帝肃宗。肃宗还要重用沙咤利，但又不便过于袒护，在御批"柳氏归韩翃"的同时，又给"沙咤利赐绢二千匹"予以安抚，让此事得到圆满解决。柳摇金这条"随风"飘荡的"杨柳枝"，终于回到韩翃的怀抱。

八、薄命红颜误惜才

祝英台近

南宋·戴复古妻

惜多才，怜薄命，无计可留汝。揉碎花笺，忍写断肠句。道旁杨柳依依，千丝万缕，抵不住，一分愁绪。

如何诉。便教缘尽今生，此身已轻许。捉月盟言，不是梦中语。后回君若重来，不相忘处，把杯酒浇奴坟土。

这是戴复古的妻子写给戴复古的一首绝命词。戴妻非常爱戴复古，但戴复古欺骗了她，并且决意离开她，她写完此词，即投水自尽。

戴复古妻子的父亲，是江西武宁的一位富绅，家庭不仅富有，而且热爱诗书，尊重读书人。戴复古妻不但貌美，而且能诗能文，当地许多富家子弟托人说媒，她都看不上眼。

戴复古，字式之，因曾居住南塘石屏山，故自号石屏，台州黄岩（今浙江台州市黄岩区）人。他是南宋著名诗人，长期浪游江湖，是"江湖派"中较为重要的作家。曾向陆游学诗，受陆游影响，也表达爱国情怀，其诗语言自然流畅。除写诗外，亦能填词。有《石屏诗集》和《石屏词》传世。

戴复古公元1167年出生于浙江天台的平民家庭，父亲戴敏本是一位博学之人，但天性不喜出仕，不求功名，只是"以诗自适"，以至穷困一生，但"终穷而不悔"。戴复古尚在襁褓中，父亲就离开人世，他从小天资聪颖，在家庭困难环境下，仍坚持学业，承继了父亲的文采，诗文创作颇具天赋，并决心"传父业，显父名"，做一个闻名于世的诗人。

南宋时期，异族入侵，战乱频仍，一场兵灾过后，许多村舍都变成断壁残垣，这一切戴复古都看在眼里，并落在自己的笔下。他在《淮村兵后》中写道：

小桃无主自开花，烟草茫茫带晚鸦。
几处败垣围故井，向来一一是人家。

这篇真实而通俗地反映战后村落惨状的七绝，很为人们所称道。金庸写的《射雕英雄传》开篇第一回《风雪惊变》中，说书人张十五唱的就是这首诗。

戴复古不仅承继了父亲戴敏之才，而且在人生道路上也一如其父，不入仕途，却喜出游。在家乡娶妻之后就撇下一家老小，独自踏上游历的行程，一生中"南游瓯闽，北窥吴越，上会稽，绝重江，浮彭蠡，泛洞庭"。在旅游中，足迹所至，常有吟咏。他的诗词一出，往往被人争相传抄、吟诵。有次他南游洞庭湖时，登上岳阳楼，触景生情，写下《柳梢青》：

袖剑飞吟。洞庭青草，秋水深深。万顷波光，岳阳楼上，一快披襟。

不须携酒登临。问有酒、何人共斟？变尽人间，君山一点，自古如今。

面对洞庭青草的无限风光，虽然有披襟之快，同时也反映寂寞孤独之情，君山未变，无人共斟。另外长期在外漂泊，也不免产生思乡之慨，在一个重阳节，他填了一首《洞仙歌》：

> 卖花担上，菊蕊金初破。说是重阳怎虚过。看画城，簇簇酒肆歌楼，奈没个、巧处安排着我。
>
> 家乡煞远哩，抵死思量，枉把眉头万千锁。一笑且开怀，小阁团栾，旋簇着、几般蔬果。把三杯两盏记时光，问有甚曲儿，好唱一个？

值此重阳佳节，街上叫卖着初绽的菊花，这样花团锦簇的酒肆，却没一个是我安身之处。家乡那么远，眉头皱千次，短时间也回不去，只好找个小阁来它三杯两盏淡酒，借着轻歌一曲以解乡愁，寻个快乐吧！这首《洞仙歌》是戴复古后来流传最广的一首歌词。

有一年，戴复古游到江西武宁境内，他的人未到，而他大诗人的名声和一些诗词作品，早已传到这里。大诗人的到来，在当地传开之后，有位富绅素来喜欢结交有学问有才华之人，听说戴复古来到武宁，便邀请他到家中相叙，交谈中，富绅被戴复古的才学所倾倒，很想把待字闺中才貌双全的女儿嫁给他。戴复古此时也想停下浪迹江湖的脚步，找个安定温暖的生活环境，他得知富绅的女儿美貌而有才情，很乐意地答应了。富绅是爱才心切，既没有了解戴复古的家庭情况，更没有问戴复古是否已有家室，看见戴复古答应娶他女儿为妻，也就非常高兴地给他们办了婚事。就这样，戴复古经长期漂泊之后，在武宁停了下来。

婚后，妻子对戴复古照料有加，体贴入微。他读书，她端茶倒水，照明添香；他写诗，她铺纸磨墨，解语柔情。闲时陪他闲步款款、共赏风光，以温柔多情来抚慰他那颗孤寂的心。戴复古既不为生计奔波，也不为衣食忧虑，有兴时也以自己的博学多闻来撩得妻子的欢心，开阔妻子的眼界。二人朝夕相处，妻子愈加欣赏戴复古的才华，对他的爱更加浓情蜜意，死心塌地。

转眼戴复古与妻子结婚已经三年，就在妻子为拥有了这位多才的丈夫而骄傲，一天也离不开丈夫的时候，戴复古说要回家省亲，妻子听了，也很高兴，自然答应，并希望同他一起回家，见见长辈亲友和乡邻。谁知戴复古拒绝妻子同往，而妻子又一再坚持同去。无奈之中，戴复古才说出自己家中已有妻子的真情。妻子听了，直如晴天霹雳，震昏头脑，不知所措，顿时感到面前这个表面文雅多才的男子，内心却不光明，他一直在欺骗自己。戴复古家中有妻子的事情，很快被妻子的父亲知道了，他震怒之余，表示要严惩戴复古。戴的妻子看到父亲大怒，想道：戴复古虽是欺骗了我，但我们已经是几年夫妻，而且十分恩爱，我宁愿自己受委屈，也不能让他受到伤害。因此，将戴复古欺骗自己的事，置之脑后，苦苦哀求父亲放掉戴复古。父亲看到女儿持这种宽容的态度，便放过了戴复古。在戴复古临走时，妻子不仅没埋怨他，还赠以嫁妆送行。同时写了《祝英台近》词给戴复古，表示：为了爱惜你这多才的男子，我成了一个薄命的女人。现在我无法留住你，你走后我无依无靠，孤单一人，有愁有苦，无处诉说……希望你以后重来此地，能记住我，在我坟上浇一杯酒，以作纪念。通篇诗没有埋怨怒骂之意，相反还表示仍然爱着对方，不忍别离的心情。但对方去意已决，妻子无法忍受未来的痛苦，在戴复古离开家时，妻子便投水自尽，"殉情而死"。这便是"惜多才"造成的悲剧。

若干年后，戴复古旧地重游，想起与自己曾经相爱一段时间，在自己离开时自尽的痴情妻子，"不相忘处，把杯酒浇奴坟土"的话时，也不禁感伤而写了一首《木兰花慢》：

莺啼啼不尽，任燕语、语难通。这一点闲愁，十年不断，恼乱春风。重来故人不见，但依然、杨柳小楼东。记得同题粉壁，而今壁破无踪。

兰皋新涨绿溶溶。流恨落花红。念著破春衫，当时送别，灯下裁缝。相思谩然自苦，算云烟、过眼总成空。落日楚天无际，凭栏目送飞鸿。

词中虽然流露感伤之情"重来故人不见""流恨落花红""相思谩然自苦"等等，但对于因自己薄情致使痴情女子以命殉情，词中毫无愧疚之意，令人不能原谅。对于戴复古这段婚姻故事，千百年来，读者多以同情和敬重的心态，来看待富绅的女儿，认为她深情、勇敢而且宽容。至于戴复古，尽管他写了不少抒发爱国情怀，关心民生疾苦的诗篇，但民间对其为人则不齿。明代文学家杨慎在《诗品》中痛斥说："石屏（戴复古号）可谓不仁不义之甚矣，既诳良人女为妻，三年兴尽而弃之。又受其衾具而甘视其死。俗有谑词云'孙飞儿好色，柳盗跖贪财，这贼牛两般都爱'，石屏之谓欤？"

九、生同衾枕死同椁

我侬词

元·管道昇

你侬我侬，忒煞情多。情多处，热似火。把一块泥，捻一个你，塑一个我。将咱两个，一起打破，用水调和。再捻一个你，再塑一个我。我泥中有你，你泥中有我。我与你生同一个衾，死同一个椁。

管道昇的《我侬词》通俗形象地描写出相爱的情侣，有如两个泥人打碎后再捻两个，你中有我，我中有你，彼此不能分，也无法分，相依相伴，生死与共的感情。管道昇用这首词，既唤起丈夫赵孟頫对自己深厚的感情，又纠正丈夫欲疏远自己而去纳妾的念头。

管道昇，字仲姬，1262年出生于浙江德清县茅山村，是元代著名的女性诗词创作家、书法家、画家。她所写的《璇玑图诗》被赞为"五色相间，笔法工绝"；她在湖州城郊瞻佛寺的墙壁上画的《竹石图》，更是超凡脱俗，引得游人蜂拥观赏。她擅画墨竹，工山水、佛像，传世作品有《水竹图卷》《秋深帖》《山楼绣佛图》《长明庵图》等。因为她是有名的才女，父亲对她的婚事就格外挑剔，直到二十八岁还未出嫁。尽管嫁得很晚，却嫁得了赵孟頫这位出身高贵而且多才贤达的丈夫，也很称心。

赵孟頫，生于1254年，字子昂，号松雪道人，湖州（今属浙江）人，中国楷书四大家之一（另三人为欧阳询、颜真卿、柳公权），是宋朝开国皇帝赵匡胤的太子——秦王赵德芳（评书里称"八贤王"）的后人。他少时，南宋王朝有如大厦将倾。父亲赵与告是南宋王朝的户部侍郎兼临安府浙西安抚使，善诗文，富收藏，家庭对赵孟頫的文化熏陶有重要影响。可惜在他十一岁时，父亲不幸去世，家境从此败落。南宋灭亡后，赵孟頫回乡闲居，此时他不仅善诗文，书法和绘画成就更高，成为"吴兴八俊"之一，是当时很有名的才子。传世著述较多，有《尚书注》《松雪斋文集》和书法代表作《千字文》《洛神赋》等上十种。

宋灭亡后，赵孟頫在乡间闲居时，经常到当地名胜古迹游玩。有一天，听说城郊瞻佛寺的墙上有幅《竹石图》，是一位女子画的，竹子画得特好，男子也难出其右。赵孟頫赶到寺院时，观赏者仍络绎不绝，只见佛堂东墙果然有一幅竹画，竹叶粗细变化恰到好处，枝叶强劲有力。赵孟頫大为诧异，原以为自己画的墨竹还不错，而面前佛墙上的这幅画，堪称佳品，真是人外有人，而这竟然出自女子之手，因此很想见见这画的作者。问过长老，得知作者是吴兴一带有名的贤士管公才貌双全的二女儿管道昇。赵孟頫决心去拜见这位才女，谁料这一见竟然成就了一桩美好姻缘。

管道昇的父亲为人慷慨，乡亲有困难，即解囊相助，深得大家爱戴。管公膝下无子，几个女儿都生得端庄美丽，特别是二女管道昇，天资聪颖，多才多艺，远近闻名，前来提亲的特别多，有富家公子，也有官宦新秀，但没一个让管道昇动心。她想，总有一天能找到一位与自己志趣相投的男子。赵孟頫自观看管道昇的墨竹后，非常想见这位才女，但他与管家素不相识，贸然登门，既不礼貌，也不方便。于是，他想了个办法，自己写了一幅字，托一位跟管公有交情的朋友送到管家，并说明想用它来换管道昇的一幅墨竹图。当时赵孟頫的字已经非常出名，很多人想方设法都难以得到，管公看到墨宝后，又惊又喜，他过去曾在朋友的宴会上见过赵孟頫，知道他是一位英俊才子。管公马上把赵孟頫用字换画的事告知二女儿，让女儿专为这位才子画一幅墨竹图。

赵孟頫收到管道昇的墨竹图后，决定为这幅图作一篇《修竹赋》，写完赋文，装裱起来，仍然托友人捎给管道昇，这样一来一往，管公看出赵孟頫的心思，知道他此时虽是一位没有功名的布衣，但迟早会成就一番事业，显贵于世，便把赵孟頫作为未来女婿的首选。一天，管公特意安排家宴以谢赵孟頫赠字。赵孟頫非常高兴地前去赴宴。在管道昇来为客人倒茶斟酒之际，早已暗自倾慕的一对年轻人才得相见，目光接触时，彼此都柔情脉脉，似乎有意表示对方是自己要找的终身伴侣。管公把这一切都看在眼里，等宴会结束，宾客离去，便暗示赵孟頫可来提亲，赵心领神会，宴会后即派人去管家提亲，不久便顺利地举行了婚礼。

婚后二人在读书绘画中体悟无限的乐趣。他们在说诗说文，谈书谈画，感到夫妻爱情的同时，也体会到知音的兴味。公元1286年，元世祖忽必烈下诏到江南寻找隐逸之士，赵孟頫等十余人被推荐给忽必烈。元世祖见到赵孟頫，对其才貌赞赏有加，惊呼为"神仙中人"，给予种种礼遇，从此赵孟頫走上仕途，而且青云直上。至元仁宗登基后，更是赏识赵孟頫，封他为荣禄大夫，为当朝一品，同时将管道昇也封为魏国夫人。

在赵孟頫仕途亨通时，管道昇并未因丈夫显达而自己光芒不再。她先后或画或书，若干传世作品如《水竹图卷》《秋深帖》《山楼绣佛图》《长明庵图》等，多是这个时期所作。她和赵孟頫不时以画传情，用这种独特方式，来表示恩爱和寄托相思，他们相互题赠了不少书帖、画卷。有一次，管道昇得到王羲之的名作《黄庭经》法帖，天天欣赏，日日临书，爱不释手。赵孟頫看到妻子喜欢，立即取来彩墨，绘出王羲之抄写《黄庭经》换鹅的故事《换鹅图》，然后认真题字，恭恭敬敬地送给夫人。

管道昇与赵孟頫二人婚后生活甜蜜、感情极深。赵在外做官时，管也倾其身心相夫教子，以诗书画艺栽培儿女。谁知爱情并非一帆风顺，有一年，赵孟頫在杭州做官时迷上了一位青楼女子，此女仪态万千，谈吐不凡，又善解人意。因管道昇不在身边，赵心里有不痛快的事，就把这位女子当作知己，向她倾诉；有朋友喝酒，也召她来斟酒助兴。如此一来二往，赵孟頫就喜欢上这位才艺双全的女子，想纳她为妾，可是想到家中贤妻，又犹豫起来，于是想法试探一下管道昇，便写了一首诗：

> 我为学士，尔做夫人。
> 岂不闻陶学士有桃叶、桃根，苏学士有朝云、暮云。
> 我多娶几个吴姬、越女无过分，
> 你年纪已过四旬，只管占住玉堂春。

聪明的管道昇，一见此诗，便知丈夫有纳妾之意，她虽然感到非常沉痛，知道自己已是人老珠黄，"玉貌一衰难再好"了，但她认为唯情是根，唯爱是本，要的是彼此一心一意，同偕到老。面对丈夫的暗示诗，她知道丈夫还是在乎夫妻情义的，否则就不会修书写诗告知此事。既然丈夫以诗文传意，她也如法炮制，写下本文开篇这首《我侬词》，表示我们二人一路走来，风雨同舟，生命相连，感情已经到达"热似火""你中有我，我中有你""生同一个衾，死同一个椁"的程度。言外之意，你要是纳妾，将如何对待你我的相爱呢？

赵孟頫读到管道昇的《我侬词》后，想到多年来妻子对自己的深厚情谊，此词又写得这么热烈真挚，感动中也觉愧疚，于是打消了纳妾的念头，夫妻恩爱如初。

赵孟頫和管道昇二人感情稳定以后，夫妻都把精力放在绘画、书法和教育子女上，他们的孩子也陆续显出书、画天赋。全家三代人出了七个大画家，赵雍、赵麟、赵彦正名冠一时。元仁宗时，曾将赵、管夫妇和其次子赵雍的书法合装一卷轴，将其藏入秘书监，目的是"使后世知道我朝有一家夫妇父子皆善书，亦奇事也"。

尽管赵孟頫在朝廷受到器重，但厌倦之心渐生，原本不看重权位尊荣的管道昇，趁机劝丈夫归隐，还专门写了《渔父词》数首给丈夫，其中一首写道：

人生贵极是王侯，浮名薄利不自由。
争得似，一扁舟，吟风弄月归去休！

后来管道昇生病，赵孟頫多次上书朝廷，允其送夫人南归。公元1319年5月，夫妻二人经山东临清时，管道昇病逝于舟中。三年后（1322）赵孟頫也离开人世，二人被合葬于湖州德清县东衡山南麓，实现了"死同一个椁"的誓言。

十、月圆偏照别离愁

临江仙·江陵别内

明·杨慎

楚塞巴山横渡口，行人莫上江楼。征骖去棹两悠悠。相看临远水，独自上孤舟。

却羡多情沙上鸟，双飞双宿河洲。今宵明月为谁留？团团清影好，偏照别离愁。

这是明代文学家杨慎,被贬去云南永昌的途中,在湖北江陵与结婚不过四年的爱妻黄娥分别时写的一首词。夫妻此次别后,到杨慎在贬所病故。婚后四十年的岁月中,夫妻相聚时间总共不过七八年,其余三十二三年,都在离别中度过,只靠书信和诗词交流感情。这种"别离愁",占据了他们夫妻生活五分之四的时间。然而在他俩的诗词中,反映相互爱慕,离别思念的浓烈感情,始终不减。

杨慎,字用修,号升庵,1488年出生于四川新都(今成都市新都区),后因被流放到滇南,故自号"滇南山人""金马碧鸡老兵"。他是明代著名学者,著述涉及诗文、词曲等,十分浩瀚。被贬期间,在深感压抑和孤独寂寞时,仍然坚持写作。《明史》说:"明世记诵之博,著作之富,推慎为第一。"有《升庵集》和《陶情乐府》传世。

杨慎出身书香门第,父杨廷和是吏部尚书、武英殿大学士,曾任两朝首相。杨慎十一岁能诗,十二岁拟作《古战场文》和《过秦论》,文章一出引起时人惊叹。正德六年(1511)杨慎二十四岁高中状元,授翰林院修撰。杨慎为官,坚持原则,刚正不阿。他看到正德皇帝朱厚照不务朝政,沉浸女色,在1517年上《丁丑封事》奏章,指责朱厚照"轻举妄动,非事而游",劝其停止这种荒唐行动。朱厚照不予理睬,继续过其侈靡生活。杨慎目睹国事日非,民不聊生,便称病告假,偕妻子返回四川老家。谁知回家不到两年,原配夫人病故,于是在正德十四年(1519),续娶黄娥为妻。此时黄娥二十一岁,杨慎三十二岁。

黄娥,字秀眉,四川遂宁人,1498年出生。父黄珂,进士出身,曾任刑部侍郎、工部尚书等职。黄娥从小受到很好的教育,能诗文,通经史,与杨慎婚后,居住在新都桂湖之滨的榴阁,宅旁有一株石榴,夏季花开满树。为了抒发自己晚婚以及嫁给状元的欣喜和婚后幸福之情,她以《庭榴》为题,写了一首七律:

移来西域种多奇,槛外绯花掩映时。
不为秋深能结实,肯于夏半烂生姿。

番嫌桃李开何早，独秉灵根放故迟。
朵朵如霞明照眼，晚凉相对更相宜。

杨慎和黄娥婚后朝夕切磋诗文，填词作曲，二人情真意笃。在一个金桂飘香的秋天，二人在湖畔赏桂，杨慎顺手摘了一枝桂花，插在黄娥的发髻上，看着香花佳人有感而写了一首《鹧鸪天》：

宝树林中碧玉凉，西风又送木犀黄。开成金粟枝枝重，插上乌云朵朵香。
依绣阁，傍银塘。广寒宫里白云乡。回砧横笛声初断，坠露流风夜正长。

在诗情画意中，二人享受着爱情的甜蜜。为了在政治上施展自己的宏图，杨慎并未沉溺于儿女情长之中，不久他带着黄娥辞别桂湖、榴阁，奔赴京城。

杨慎回京不久，正德十六年（1521）武宗朱厚照由于嗜酒纵色过度而死，因其无子，根据"兄终弟及"的祖训，堂弟朱厚熜继位，是为世宗嘉靖皇帝，杨慎充经筵讲官，授翰林院修撰。就在杨慎等盼望新君带来新气象之时，出人意料的是：嘉靖皇帝即位六天，就提出要为自己的生父母上"皇帝""皇太后"的尊号。根据当时的"祖宗家法"皇统继承规则：世宗要承认孝宗是"皇考"，享祀太庙，其生父只称"本生父（母）"或"皇叔父（母）"。嘉靖提出为自己生父母加尊的做法是不应该的，遭到大臣们的普遍反对。杨慎及其父亲杨廷和也同样持反对意见，杨慎反对的呼声最高，曾两次上书"议大礼"，又约集上百人"跪门哭谏"。皇帝大怒："悉下诏狱，廷杖之。"对杨慎连续两次施以"廷杖"，杨慎被打得死去活来，"毙而复苏"，杖后被谪戍云南永昌卫（今云南保山县），父亲杨廷和同时被迫辞官归故里。

黄娥听到杨慎跪谏被贬的消息后，不仅没有责怪丈夫，相反，她非常赞同丈夫的仗义执言，对丈夫百般劝慰，殷勤照顾，并有条不紊地安排身边一切。在丈夫离京去云南的时候，黄娥不辞风霜之苦，陪丈夫乘舟南下，辗转到了湖北江陵的驿站门前。此时黄娥风尘满面，疲惫不堪，杨慎再也不忍让他心爱的妻子护送了。两人不得不离别，杨慎孤身南行，黄娥独自回蜀，即将天各一方，在江边两人执手心伤，泪眼相望。杨慎在感伤中写了本文开篇这首《临江仙·江陵别内》送给妻子，表示我们两人即将"征骖去棹两悠悠……"，此时他多么羡慕那些多情的沙上鸟，能够自由自在地"双飞双宿河洲"啊！今夜月亮又圆又亮，偏偏只照我们别离的愁苦。

黄娥读了杨慎的《临江仙》，想着从此与心上人山迢水远，不知何时才能相见，悲痛欲绝。她写了《罗江怨》四首，以表达对丈夫相思和自己悲痛愁苦的种种感受：

一

空庭月影斜，东方亮也。金鸡惊散枕边蝶。长亭十里唱《阳关》也，相思相见，相见何年月！泪流襟上血，愁穿心上结，鸳鸯被冷雕鞍热。

二

黄昏画角歇，南楼雁绝，迟迟更漏初长夜。愁听积雪溜松稠也，纸窗不定，不定风如射。墙头月又斜，床头灯又灭，红炉火冷心头热。

三

关山转望赊，征途倦历，愁人莫与愁人说。遥瞻天阙望双环也。丹青难把，难把衷肠写。炎方风景别，京华音信绝。世情休问凉和热。

四

青山隐隐遮，行人去急，羊肠鸟道马蹄怯。鳞鸿不至空相忆也，恼人正是，正是寒冬节。长空孤鸟灭，平芜远树接，倚楼人冷阑干热。

江陵一别，天涯相望，黄娥回到四川新都，尽力孝敬公婆，操持家务，同时在家牵挂盼望，终于等来了杨慎的家书。杨慎在信中附曲一首，其中有"辞家衣线绽，去国履痕穿"句，黄娥读此，凄然泪下，想着丈夫曾是相国公子，而今衣鞋俱破，无人料理，自己又无法到滇南去，连寄书信去都有困难，在悲痛中随信写了《黄莺儿》词四首，寄给杨慎。其中一首云：

积雨酿春寒，看繁花树树残。泥途满眼登临倦，云山几盘，江流几弯，天涯极目空肠断。寄书难，无情征雁，飞不到滇南。

雨后添寒，花开又谢，泥途满眼望，却还是等不到归人。天涯路远，苦苦思念，纵然征雁可传书，却还是"飞不到滇南"。

嘉靖五年（1526），杨慎的父亲病重，朝廷允许杨慎回家探望。杨慎与黄娥分别两年才相见，喜悦之情，溢于言表。父亲杨廷和看到儿子平安归来，病情也有了好转。父亲病好，杨慎仍回贬所，走时，带着妻子黄娥至云南同住。遭贬之人，虽然清苦，但有妻子相伴，杨慎仍感到幸福。两年后，黄娥一人回到四川老家。至嘉靖八年（1529），父亲杨廷和在家病故，杨慎回蜀奔丧，办完丧事后，又孤身回云南，黄娥仍留在家中操持家务。又一次独居榴阁，想到自己与杨慎结婚以来，聚少离多，哀叹自己命薄，爱人悲苦，黄娥感而写了一首七律《寄外》：

雁飞曾不到衡阳，锦字何由寄永昌。
三春花柳妾薄命，六诏风烟君断肠。
日归日归愁岁暮，其雨其雨怨朝阳。
相闻空有刀环约，何日金鸡下夜郎？

杨慎与黄娥在孤苦中长时间守望着他们的爱情，唯一的希望是朝廷对杨慎的特赦。然而嘉靖皇帝至死不肯原谅杨慎，就是大赦天下，也特旨不赦杨慎，最后在嘉靖三十八年（1559）杨慎孤独地在云南贬所去世，时年七十一岁。年过六旬的黄娥，不辞万里，徒步赶赴云南奔丧，面对丈夫的遗体，不禁痛哭。回首二十一岁与杨慎成婚，仅有七八年相聚，其余时间都在漫漫无期的等待中度过，现在终于见面，却是天人永隔。她将丈夫的遗体运回四川新都安葬。后嘉靖皇帝驾崩，穆宗即位，杨慎冤案得以昭雪，并被追封为光禄寺少卿，黄娥也曾受封。杨慎逝世后十年（1569）黄娥病故并得以与丈夫合葬。至此杨慎、黄娥结束了他们俩的爱情守望。

现今四川新都的升庵祠里有两尊塑像，一尊杨慎，一尊黄娥。两尊没有放在一起，相隔半湖的沉霞榭，东西相对，可望而不可即，天涯咫尺，咫尺天涯，以此建造安排，乃是象征夫妇二人虽然一生分离，却心心相印。

第五章
爱情纠结

- ◎ 寻春爽约失良缘
- ◎ 怨诗一首动侯门
- ◎ 此生难得有情郎
- ◎ 花开堪折直须折
- ◎ 夺姬之痛岂能忘
- ◎ 相将未肯分连理
- ◎ 风尘似被前缘误
- ◎ 两处沉吟各自知
- ◎ 小簟轻衾各自寒
- ◎ 恨不相逢未剃时

一、寻春爽约失良缘

叹 花

唐·杜牧

自是寻春去较迟,不须惆怅怨芳时。
狂风落尽深红色,绿叶成阴子满枝。

杜牧与所爱女子,有十年后迎娶之约,由于自己的原因,未能如期相会,再会见女子时,发现对方已经出嫁生子。他随即用比兴手法写下这首绝句《叹花》,表现诗人浪漫生活不如愿时的惆怅。其中第二句特别耐人寻味:心里本来悔恨交加,却反说"不须惆怅怨芳时"以轻轻带过,越发显出诗人感到误了"芳时",已经具有自怨自艾、大失所望、无可奈何的懊丧心情。

杜牧,字牧之,唐京兆万年(今陕西西安)人,能诗能文,后人称杜甫为"老杜",杜牧为"小杜"。二十岁就博通经史,二十三岁写的《阿房宫赋》,传诵于当世,后被收入《古文观止》中流传后代。唐太和二年(828),二十五岁的杜牧考中进士。杜牧的祖父杜佑是著名学者,又做过三朝宰相,这样的家庭出身,给杜牧深厚的家学功底,使他从小就具有关心国家大事和施展政治抱负的志向和胸怀。他官至监察御史、州刺史,后入为司勋员外郎、中书舍人。晚年居于祖父杜佑在长安城南的樊川别墅,世人又称"杜樊川"。他诗文俱佳,诗歌成就尤高,多律体、绝句，诗风俊爽雄健，兼寓绮想柔情，七绝名篇甚多，又知兵、善古文，精熟历史典籍。有《樊川集》传世。

杜牧年轻时，自视很高，以济世之才自负，常以不得志而精神抑郁，为了消愁解闷，经常混进酒肆与青楼。太和七年（833），他在扬州淮南节度使牛僧孺手下任书记，掌管文辞事务，当时他年近三十，在扬州这个繁华奢靡的地方经常夜不归宿。牛僧孺很欣赏杜牧的才干，体谅他因才华不得施展的苦闷，对其行为很少干涉，又担心他出现意外，暗中派人严加保护，待到杜牧调任回京时，牛僧孺才劝他行为要检点一些，并把手下保护他时报平安的整整一匣子书帖给他看。杜牧看了，既感动又羞愧，带着自嘲忏悔与自感前途渺茫的复杂心情提笔写了《遣怀》：

落魄江湖载酒行，楚腰纤细掌中轻。
十年一觉扬州梦，赢得青楼薄幸名。

这首诗，首先回忆这十年放浪形骸的浪漫行为是在落魄的情况下进行的。特别是三、四两句，表明自己这十年的所作所为，不过一场梦而已，赢得的不过是"薄幸"之名。"薄幸"本来是个坏名声，指人负心薄情，但在杜牧的笔下，却是十年中"赢得"之名。这里既有自嘲、有辛酸，也有悔恨和迷茫。此诗一出，就被当时文人广为传诵，也成为脍炙人口流传至今的名诗。

太和末年（835），杜牧到宣州任幕职时，仍然保留风流放荡的性格，听说湖州风景秀丽，特地前往游玩。湖州刺史慕其文才，专门安排一些歌舞娱乐，陪杜牧游赏。一天，杜牧一个人到郊外游玩时，看到一个民间妇人带着一个十余岁的女子，天生丽质、苗条动人。杜牧被这苗条女子所吸引，问明这女子尚未字人，他立刻上前对妇人说要娶这女子为妻。妇人摇头说孩子年纪还小，未到婚嫁时候。杜牧说：我并不是马上娶她，但要确定她以后嫁给我。于是与妇人约定十年为期，杜牧到湖州任刺史时前来迎娶成婚，倘若十年过后未来迎娶，姑娘可以另行嫁人，当即下了聘礼与妇人订下契约后，离开湖州。

杜牧离开湖州后，不久被调回京师当监察御史，后又任过黄州、池州和睦州刺史，在此期间他忠于职守，勤于政事，一心为民兴利除弊，往日风流放荡的性子，自然有所收敛，对过去消极颓废思想也有改变，这些从他在这个时期写的诗句中可以看出。如他在《泊秦淮》中写道：

烟笼寒水月笼沙，夜泊秦淮近酒家。
商女不知亡国恨，隔江犹唱后庭花。

这首名诗被《千家诗》及《唐诗三百首》收录，为历代读者传诵，但这首诗所表达的思想与前面同样被人传诵的《遣怀》诗完全不同。《遣怀》虽然艺术性高，但它表达的思想从某种意义上说，带有"玩世不恭""消极颓废"情绪。而这首《泊秦淮》则感怀历史、关注现实，提醒当局吸取前朝败亡教训，具有忧国忧民的积极意义。杜牧的思想虽然向积极方面变化，但他对自己与湖州少女十年之约，并未忘记，可能因为政事繁忙，辗转各地，国事为重等因素，在与少女之约行将到来之际，未及时去湖州。也有认为他没有当上湖州刺史，没有勇气去湖州践约，其实他这时已是刺史官职，虽非湖州刺史，也没有什么面子上过不去的地方。但无论是什么原因，未得如期践约是实。直到唐宣宗大中三年（849）终于出任湖州刺史，此时与少女约定时间已超过了四年。他一上任，就怀着急切期待同时也有些忐忑不安的心情寻访那位女孩，等到他找到与他订约的少女母亲后，发现少女三年前已经嫁人，现在是两个孩子的母亲了。女孩的母亲告知杜牧，在女孩渐渐长大懂事时，她将与杜牧订约的事告诉她，女孩也专心等待杜牧回来。但十年已过，而杜牧却杳无音讯，看着女孩一天天长大，只好择婿另嫁。杜牧十分感慨，知道过错不在对方，而是自己失约几年后才到。在失望中提笔写下了《叹花》这首绝句，把自己当时的自怨、懊悔，对既成现实的无奈和遗憾等等复杂心情，通过诗句表达出来。后人读到此诗，也为他因"寻春去较迟"而错失佳偶，感到十分惋惜。

二、怨诗一首动侯门

赠 婢

唐·崔郊

公子王孙逐后尘，绿珠垂泪滴罗巾。
侯门一入深如海，从此萧郎是路人。

这是唐代崔郊在姑母家与他相爱的女婢，被洛阳司空买走后，重新见到女婢时写的一首七绝。此诗主要抒发自己所爱的人被别人夺走的哀怨和绝望心情。一、二句是从侧面烘托说：有个可爱的女子像西晋石崇爱妾绿珠一样美丽绝伦，而被公子王孙追逐，但女子觉得遭受豪门子弟逼迫劫夺，感到不幸和痛苦而泪湿罗巾。三、四两句是说女子进侯门之后，无法与外界联系，连自己最爱的人也当作路人看待。这里"侯门"是指官宦等有权有势的人，暗指洛阳司空。"萧郎"是诗词中习惯用语，代指所爱男子，此诗中暗指崔郊自己。在封建社会造成爱情悲剧，多属门第和权势所致，但此诗并未直责"侯门"之罪，只说"侯门似海"，好像是说女子进了侯门之后，就不认得原先所爱的人了。足见用词严谨，怨而不怒，含蓄蕴藉，委婉曲折，寓哀颇深，读后令人感动。

崔郊，唐元和年间秀才，诗、文都写得很好，为人谦和有礼，因家贫而寄居姑母家读书做文章，准备科考。姑母家有个女婢，姿容秀丽，而且歌舞弹唱，样样精通。她看到崔郊用功读书，有时到深夜还不休息，对人彬彬有礼，特别是对待下人也很谦和，能理解他们的苦楚，是一位很有修养的君子，不由得渐渐对崔郊产生爱慕之情，对崔郊很是关心，经常给崔郊倒茶端水。当崔郊读书疲惫时，她会出现在前，唱歌吹曲，让崔郊娱乐放松。日子久了，崔郊对这个常伴身旁才貌双全的女婢，也产生好感，并不因为她是女婢而贱视她。当初崔郊还认为自己家境贫寒，又无功名，不敢产生非分之想，后来随着时间流逝，二人感情的加深，就不由自主地相互表明心迹，约定待崔郊赶考回后再谈婚姻之事。有了这次表明心迹之后，崔郊读书更加发愤，女婢更是关心崔郊了。转眼大考日子临近，崔郊不得不辞别姑母，赴京考试，并与女婢约好，待从京城一回，就向姑母提亲，女婢当然满心欢喜。但这只是二人密约，姑母还蒙在鼓里，全然不知。

　　崔郊走后，姑母觉得家中少了一人，活计自然减少，下人就显得多余了。再者感到家境并不宽裕，卖掉几个下人，既能减少开支，还可增加收入，何乐而不为，于是开始联系买家。她打听得洛阳司空于𬱖要买婢女，并且为人义气，出手阔绰：听说有个叫郑太穆的人，与于𬱖素不相识，写信给于𬱖，请求资助钱物，于𬱖不但不生气，而且很快就满足了郑的要求。还有一个叫符戴的人想把匡卢山买下来，写信给于𬱖，要求资助一百万钱，于𬱖不但给了钱，还另赠了些纸墨布帛。于是姑母主动与于𬱖家联系，决定将平日服侍崔郊的女婢卖到他家，心想这女婢不仅模样长得好，而且能歌善舞，算得是才色俱佳的女子，对方一定会出个好价钱。她把这个决定告知女婢，女婢尽管千般不愿，百般哀求，但由于命运不是掌握在自己手里，终究不能改变姑母的决定，自己与崔郊的私约，又不敢直接向姑母说明，只好遵命去到于𬱖家中。于府上下见了女婢也非常满意，双方以四十万钱成交。

　　崔郊科考结束返回姑母家后，才知道女婢已被姑母卖至于府。他与女婢相约的誓言，仍在耳边，女婢陪伴他挑灯夜读，添茶倒水，关心照料，以及自己困乏时她的歌声舞态，如在眼前。现在女婢已经卖到别家，他十分伤心，但这些他都只埋在自己心里，不好也不敢告知姑母，只是对女婢放心不下，每日只在于家附近徘徊，希望有个机会碰到女婢，但总是失望而归。转眼到了清明节，崔郊想：清明这天，人们多会外出扫墓，女婢也一定会在这天出来，于是早早来到于府门外。皇天不负有心人，他终于在人群中见到了女婢，二人默默相对，泪满双眸，虽然近在咫尺，宛如相隔天涯，千言万语，难诉衷肠。不一会，他眼睁睁地看着心上人儿渐渐消逝在人群中，进到于家深宅。崔郊独自站在夕阳下，十分伤感和无奈，随即提笔在附近的一堵断壁上写了《赠婢》之诗，并留下自己的名字。

崔郊此时已是才名远播，《赠婢》诗又表现出无奈不舍又情深感人，所以很快就流传开来。有些好事的人故意把这诗抄下来贴在于家大厅里，想让于頔看到，也可能是想以此让崔郊难堪。于頔对崔郊诗才也有耳闻，现在也知道他新买进的女婢曾经在崔郊姑母家照料过崔郊，两人原来就有感情。他仔细把《赠婢》诗看了几遍，然后下令召崔郊相见。崔郊听召后，知道一定是那首《赠婢》诗惹的祸，但想到自己的诗并没有伤及什么人，也只好壮着胆子来到于府。

于頔见到崔郊，看他朴实中带有英俊，便不动声色地随便问崔郊一句："'侯门一入深如海，从此萧郎是路人'可出自你的手笔？"崔郊大方地说："正是小生。"于頔一听，不但不怒，反而笑说："于家的门槛好像没那么深呀！"又说："你崔郊如此喜欢那个女婢，应该早些写信来跟我说，四十万钱怎能比得上你那情意深长的诗句呢？"最后，于頔把那个女婢叫来，决定将她送给崔郊带回家。他知道崔家贫寒，同时送给二人一笔丰厚的妆奁，解决他们的生计，使崔郊不致因生计问题而影响学业。二人获得于頔这种意外的关顾，真是喜出望外，千谢万谢，携手离开于府。

崔郊因诗而得到美满姻缘，于是《赠婢》这首名诗作为崔郊仅存的一首被收入《全唐诗》中流传下来。特别是"侯门一入深如海"比喻形象生动，后人概括为"侯门似海"作为成语，在文学作品中被广泛运用。这里附带说一句，像于頔这样的"侯门"算是古今少有。崔郊的诗如果不是遇到这样的"侯门"，恐怕很难得到他们理想的结果。

三、此生难得有情郎

寄李亿员外

唐·鱼玄机

羞日遮罗袖，愁春懒起妆。易求无价宝，难得有情郎。
枕上潜垂泪，花间暗断肠。自能窥宋玉，何必恨王昌。

这是唐代女诗人鱼玄机，恨她情人李亿将自己抛弃而写的一首五律。诗中前六句都是说自己对李亿的思念，已到了"懒起妆""潜垂泪""暗断肠"的地步，说明对李亿多么痴情。但李亿无情地将自己抛弃，所以最后用"自能窥宋玉，何必恨王昌"来作自我解脱，也表示自己应该改变对李亿的态度：以我自己的才貌，随时可以找到像宋玉一样的美男子，何必还去思念或怨恨这个无情无义的骗子王昌（王昌，又名王郎，新莽时人，自称汉成帝之子，骗人将他立为汉帝，后被刘秀所杀，这里代指李亿）呢？此后，鱼玄机一反常态，由一个追求真挚爱情和幸福的青春少女，转而纵情极欲，成为一个妖艳放荡的女人，最后酿成悲剧，结束了短短的一生。

鱼玄机，字幼微，一字蕙兰。长安（今陕西西安）人，出身贫家而勤奋不息，五岁诵诗百篇，七岁出口成章。父亲是落魄秀才，一生功名未成，只好把满腔热血倾注在独生女儿幼微的身上。经父亲精心调教后，幼微在十二岁时，就成为人人称道的诗童，诗名盛传长安。有宋本《唐女郎鱼玄机诗集》传世。锺惺在《名媛诗归》中赞美她的诗作说："绝句如此奥思，非真正有才情人，未能刻画得出……"

鱼幼微不满十三岁时，父亲突然去世，母亲为了生活，只好搬到平康里这个娼妓云集之地，以便给附近青楼娼家做些针线活，勉强维持生计。当时大诗人温庭筠也经常流连秦楼楚馆，鱼幼微有一日遇见温庭筠，知道他是大诗人，便提出要向他学诗，温庭筠见她聪明伶俐又漂亮，于是出个题目"江边柳"考她，她很快就写了一首五律：

　　翠色连荒岸，烟姿入远楼。影铺秋水面，花落钓人头。
　　根老藏鱼窟，枝低系客舟。萧萧风雨夜，惊梦复添愁。

温庭筠看了，非常欣赏，特别是"根老藏鱼窟，枝低系客舟"两句，令他惊艳。于是收下鱼玄机这个女弟子，教她诗词文章，照顾她们母女的生活。

温庭筠快六十岁时，得了一个小小的官，任襄阳刺史徐简的幕僚，便离开长安，离开了鱼幼微。到了深秋落叶季节，鱼幼微思念远方的老师，便写下一首七律《冬夜寄温飞卿》：

　　苦思搜诗灯下吟，不眠长夜怕寒衾。
　　满庭木叶愁风起，透幌纱窗惜月沈。
　　疏散未闻终遂愿，盛衰空见本来心。
　　幽栖莫定梧桐处，暮雀啾啾空绕林。

鱼幼微在诗中以"怕寒衾""未闻终遂愿""空见本来心""幽栖莫定梧桐""空绕林"等词语来表示对温庭筠的思念、暗恋。这些温庭筠已心知肚明，只是自己有妻室，加上年近六十，不想在年迈时接受如此有灵气的年轻女子。

几年之后，到唐懿宗咸通元年（860），温庭筠回到长安，一天，温、鱼师生二人外出游览崇真观，正碰到一群新科进士争相在观壁上题诗留名，鱼幼微羡慕不已。在新科进士去后，也悄悄地题上一首七绝《游崇真观南楼睹新及第题名处》：

云峰满目放春晴，历历银钩指下生。
自恨罗衣掩诗句，举头空羡榜中名。

诗题好后，也留下自己的名字，不几天，唐宣宗大中十二年（870）戊寅科状元李亿，游览崇真观，无意中读到鱼幼微题的诗，大为仰慕，于是心记这个名字。事有巧合，有次李亿来到温庭筠家作客，在温家书桌上，看到一幅字迹娟秀的诗笺：

红桃处处春色，碧柳家家月明。楼上新妆待夜，闺中独坐含情。
芙蓉月下鱼戏，蟏蛛天边雀声。人世悲欢一梦，如何得作双成？

此诗本是鱼幼微写给温庭筠表示自己爱慕之情的，李亿看到诗的作者正是自己日思夜想的女子幼微，当即激动不已。温庭筠看到李亿的微妙神色，心中有数，便暗中撮合。李亿与鱼幼微当然是一见钟情，之后李亿便用一乘花轿把年刚及笄（十五岁）盛装的鱼幼微迎到一栋精美的别墅中，并开始他们如胶似漆的幸福生活。

此时李亿以状元身份，除为补阙官，官虽不大，但职在对皇帝进行规谏和举荐人才，在御前行走，能面见龙颜，可谓飞黄腾达，又有鱼幼微为宠妾，正是郎才女貌、天缘匹配。鱼幼微一生在长安活动，唯有与李亿婚后，两次出游：一次随李亿到河东节度观察处置使刘潼的幕府任职，东出三晋到太原，这大概是她最快乐的时光。另一次是沿汉江南下，经湖北钟祥江陵到沔州，寻李亿不遇，在途中写了《江陵愁望寄子安》：

枫叶千枝复万枝，江桥掩映暮帆迟。
忆君心似西江水，日夜东流无歇时。

此诗中对李亿的无限思念，有如西江之水，"日夜东流无歇时"。

谁知好景不长，不久，他们二人的风流韵事被李亿的妻子裴氏知道了，裴氏火冒三丈，立刻写信要李亿将自己接进京。李亿无奈，只得东下接眷，鱼幼微是位通情达理的女子，对丈夫接原配妻子也很支持，并洒泪送别。李亿的妻子裴氏，出身名门，心高气傲。本来古代男子三妻四妾乃是常事，而裴氏却容不得李亿纳鱼幼微为妾。裴氏来到京城，幼微很有礼貌地迎出门外，谁知得到的竟然是一顿毒打。鱼幼微不敢反抗，也不敢怨怒，只望夫人出一口气后，便能接受自己成为一家人，为了能与爱人李亿在一起，尽管地位卑微，受到虐待，也都认了。谁知裴氏的怒气不是一发就消，她看不惯丈夫与幼微二人相亲相爱，长时间里，一直闹得鸡犬不宁，最后硬逼李亿写下休书，将鱼幼微赶出门外。李亿是个怯懦的人，在悍妻的压力下，真的写了休书，将鱼幼微赶走，但他此时还不忍心与幼微一刀两断，暗地把鱼幼微送到一处僻静的道观"咸宜观"，给此观捐出一笔数目可观的香油钱，并对鱼幼微发誓"暂时隐忍一下，必有重逢之日"以作安慰。此时鱼幼微年仅二十。

咸宜观观主为鱼幼微取了道号"玄机"，从此鱼玄机的名字代替了鱼幼微。在寂寞漫长的日子里，鱼玄机只好用泪珠和墨水写诗来表达对丈夫李亿的思念。其中一首诗写道：

醉别千卮不浣愁，离肠百结解无由。
蕙兰销歇归春圃，杨柳东西绊客舟。
聚散已悲云不定，恩情须学水长流。
有花时节知难遇，未肯厌厌醉玉楼。

正值痴情女子鱼玄机对李亿的"恩情须学水长流"的时候，裴氏对李亿的管束越来越严，裴家势力遍布京华，李亿不敢轻举妄动，他对鱼玄机"必有重逢之日"的诺言，成了空头支票。转眼三年过去了，李亿不仅没能把玄机接回同住，连看她一次的机会都没有；更令玄机伤心的是李亿此时已携带妻子出京，远赴扬州做官去了。此消息有如晴天霹雳，使鱼玄机痛不欲生，她缓过气来，才明白自己多年痴情，均已付诸东流。于是她下定决心，连夜写了一首《寄李亿员外》的诗，表示"自能窥宋玉，何必恨王昌"以与李亿决绝，并一改过去洁身自爱等待情人的态度，索性放荡起来。从此她凭着自己的才情和美貌，吸引了不少风流才子。

与鱼玄机结识的风流才子中，有位官人裴澄，对玄机十分爱慕，可玄机因他与李亿的原配裴氏同姓、同族，便心存顾忌，不肯与其结交。另一名陈韪，是乐师，相貌很像李亿，可能出于怀旧之心，玄机对陈韪最为喜欢。但陈韪是一个无行之人，他与玄机过了两三年艳丽而又醉生梦死的生活，玄机收留的一个丫鬟绿翘，长大成人，身姿丰腴，善弄风情，与陈韪偷情时被玄机发现，在玄机追问之下，绿翘不但不认错，还反唇相讥，历数玄机的风流韵事，玄机被激怒后，无法忍耐，一把抓住绿翘的脖子，将她的头往地上猛撞，等到松手时，发现绿翘已断气身亡。玄机顿时慌了手脚，趁着夜深人静，把绿翘的尸体埋在后院紫藤花下。后来此事败露，玄机被捕。事情总是这么巧合，鱼机被带上公堂时，抬头看见公堂座上负责审问她的，竟是旧时追求她而遭她拒绝的裴澄。鱼玄机见此，便将自己杀人经过和盘托出，结果被判死刑，于咸通九年（868）秋天处决。此年她才二十六岁。

鱼玄机这位年轻美丽而又无依无靠的才女，如果当时温庭筠不顾及年龄差距接纳了她，或者她相中的李亿具有男子气，不薄情相待，顶住原配妻子压力，教育裴氏宽容，或是她后来爱的陈韪行为检点，不伤害她，她都有可能过着平静甚至幸福的生活。可惜这些"如果"都不能变为现实。终鱼玄机的一生，确实"难得有情郎"。留给她的是爱情悲剧，身遭横死，令人嗟叹！幸有她的诗词遗作，可供后人欣赏、思考。

四、花开堪折直须折

金缕衣

唐·杜秋娘

劝君莫惜金缕衣,劝君惜取少年时。
花开堪折直须折,莫待无花空折枝。

这首《金缕衣》,是唐代才女杜秋娘在主人逼她赋诗赎罪时写出来的,既是诗,也是歌词,用明白无奇的语句说出人生哲理,劝诫人们"莫负好时光""爱惜少年时"。但这种诗句由杜秋娘这位含苞待放的芳龄少女表达出来,让人感受到其单纯又强烈的情感,自有一种温柔的风情和一种不可思议的魅力。这首诗重复而不单调,回环而有缓急,形成独有的优美旋律,在唐代是一首配乐演唱的能使人醉心而广泛流传的歌词。这首小诗,改变了杜秋娘一生的命运,使她度过了华丽而又多舛的复杂历程。

杜秋娘原是江苏间州(今镇江)人,出身贫贱,但美慧无双,知诗书,善歌舞,吟诗、填词、写赋、作曲,几乎都会。作为歌伎,她凭着才貌,风靡江南一带,周旋在江南显贵之间。

杜秋娘在歌舞场中,不知不觉长到十五岁,就在这一年,她的名字传到浙西节度使李锜耳中。李锜是皇室宗亲,重兵在握,某一回他逗留金陵,猛然忆起下属曾一再提及杜秋娘这一名字,便心中一动,请她来作陪。此时芳龄不过十五的杜秋娘,哪里见过百官齐聚的宏大场面,心中有怯意。李锜命她斟酒,她初执酒樽时并无异样,待靠近李锜身边时,猛然被一种彪悍男子的气场慑住,乱了方寸,在踟蹰惊慌的刹那,一杯酒竟洒到李锜身上。但李锜并没有责备她，他知道杜秋娘能诗，见她惊错，便故作凶狠，命她即时作诗赎罪。杜秋娘虽然心存畏惧，但见说要她作诗，她倒心静下来，稍一沉思，便吟道："劝君莫惜金缕衣，劝君惜取少年时。花开堪折直须折，莫待无花空折枝。"等杜秋娘吟罢，李锜觉得诗中似有意于己，顺手便将她搂入怀里，向众人宣布收杜秋娘为侍妾。一个才十五岁，在孤绝境地里独处难熬，一个虽然年届花甲，但驰骋浊世，心似少年，虽然年龄差距太大，好在两人对生活都充满激情，在春花秋月中，这对忘年夫妻倒也过得幸福。

杜秋娘作为青楼女子，就如别人手中的玩偶，为了结束自己浮华而空虚的岁月，当然希望找个意中人，过上平静的生活。如今与李锜结为一对忘年夫妻，倒也相知相惜，过得如意，但好景不长。随着唐德宗驾崩，李诵继位，是为顺宗。顺宗在位八个月，就因病不支而让位给儿子李纯，也就是唐宪宗。宪宗年轻气盛，登基后，决心扭转国内藩镇割据的局面，采取强制手段，削减节度使的权力。身为节度使的李锜，大为不满，依仗手中兵力，借口唐宪宗已为群小把持，打出清君侧的旗号，举兵叛乱，经朝廷大军镇压，叛乱很快平息。李锜也在战乱中被杀，杜秋娘作为罪臣家眷，被送入后宫为奴，此时她不过十六岁。

杜秋娘入宫之后，依据她的才能，被安排为歌舞姬，入宫为奴有些日子，很快就为唐宪宗表演了。李锜刚死，自己被掳，杜秋娘的心尚未缓过气来，没来得及准备新的歌舞，只好硬着头皮，卖力地表演了《金缕衣》。谁知道正值青春年少的唐宪宗李纯，被曲中那种热烈的情绪深深感染，他久久凝视着那演唱的女子明艳而纯洁的面孔，不禁为之心动，感到能编出如此婉转曼妙的歌舞，这女子的才情必定不浅，于是乘兴收了杜秋娘为妃子，封为秋妃。

作为秋妃的杜秋娘，深受唐宪宗的宠爱，她的一言一笑，一举一动，在唐宪宗看来都别有风韵，令人陶醉。唐宪宗还帮她改名为"仲阳"，乃春阳盛盛之意。当国家逐渐安定昌盛之后，宰相李吉甫曾好意劝宪宗再选美女充实后宫，唐宪宗此时不过三十岁，却自得地说："我有一秋妃足矣,李元膺有《十忆诗》,历述佳人的行、坐、饮、歌、书、博、颦、笑、眠、妆之美态,今在秋妃身上一一可见,我还求什么?"

秋妃十几年如一日地深得唐宪宗的专宠,但她深明大义,并没有使唐宪宗沉溺于享乐而忘国事,相反却潜移默化地帮助他治国安邦。她不仅是唐宪宗的爱妃,还是他的机要秘书,她以女人的柔情和宽容弥补了宪宗的年轻气盛、性情浮躁的缺点。唐宪宗常常与她商讨国家大事。不料厄运又一次降临。元和十五年(820)新春刚过,唐宪宗不明不白驾崩在中和殿上,时年四十三岁,正当年富力强。唐宪宗之死,有人说是服食长生不老金丹中毒而亡,也有人说是内常侍陈弘志蓄意谋弑,因其时在朝宦官势大,也就无人胆敢追究。

宪宗驾崩,太子李恒嗣位,是为唐穆宗,时年二十四岁。杜秋娘负责教育皇子李凑,因自己无子,把满腔母爱都倾注在李凑身上。穆宗李恒在位,沉迷于声色犬马,在位四年,不满三十岁,就驾崩离世。长子李湛才十五岁,不得已而继位,是为唐敬宗。但敬宗只知游猎,不理朝政,一年后,在宫中被刺身亡。此时杜秋娘负责教育的李凑已被封为漳王。秋娘眼见三个帝王连续暴死,必为宦官所弑,于是与宰相宋申锡密谋,决心除掉宦官王守澄,立李凑为帝,不幸的是,这一密谋被耳目众多的宦官探得,告知王守澄,王便利用宦官在朝权势,扶植李湛弟李昂为帝,是为唐文宗,将宋申锡谪为江州司马,李凑的王位被削,李凑傅母,当时年近四十的杜秋娘,削籍为民,"赐归"金陵。

公元833年,唐诗人杜牧过金陵,遇到潦倒的杜秋娘,昔日娇艳之花,如今已成白发老妇,深表同情,于是有感而写了一百一十多句的五古长诗《杜秋娘诗并序》(《全唐诗》520卷)记叙杜秋娘的传奇经历,又哀叹世事变化难测。在诗《序》中写道:"杜秋,金陵女也。年十五为李锜妾。后锜叛灭,籍之入宫,有宠于景陵。穆宗即位,命秋为皇子傅母。皇子壮,封漳王。郑注用事,诬丞相欲去己者,指王为根。王被罪废削,秋因赐归故乡。予过金陵,感其穷且老,为之赋诗。"据说杜秋娘最后茕茕一身，冻死在金陵玄武湖边。

杜秋娘从小沦为歌伎，依靠自己的才智和美丽，自创《金缕衣》这首摄人魂魄的诗歌，由一名风尘少女，先为节度使之妾，后作皇妃和皇子傅母，最后又赐归故乡，大起大落，令人唏嘘。从她先后与两个丈夫相处以及对宦官的态度，可以看出她是一位具有鲜明个性，大胆追求爱情和幸福，勇敢而有智慧、有担当的女性，尽管最后冻死乡里，但仍值得人们同情和敬重。

五、夺姬之痛岂能忘

荷叶杯

五代·韦庄

记得那年花下，深夜。初识谢娘时。水堂西面画帘垂，携手暗相期。

惆怅晓莺残月，相别。从此隔音尘。如今俱是异乡人，相见更无因。

据《古今词话》记载：韦庄为蜀王所羁，庄有爱姬，资质艳美，兼工词翰。蜀王闻之，托言教授宫人，强夺而去，庄追念悒怏，作《荷叶杯》词，情意凄怨。

此词上阕追忆前欢：在那年一个深夜的花下，与谢娘（代指爱姬）初次相识，在水堂西面画帘低垂处，彼此倾诉衷肠，互相期许爱慕之意。下阕写别后思念之深：在一个"晓莺残月"的清晨彼此相别，谁知从此天各一方，渺无音信，虽然相距不远，但如远隔异乡，没有办法再相见。回忆当初相聚的欢情，更使人追念惆怅。

韦庄，字端己，唐末五代长安杜陵（今陕西西安市东南）人，乾宁进士，后仕蜀，官至吏部侍郎兼平章事。韦庄不仅能诗而且工词，是西蜀花间词重要人物，与温庭筠齐名，人称"温韦"。他的词以"情深语秀"为人称道，清代况周颐在《历代词人考略》中称其词"运密于疏，寓浓于淡"。王国维在《人间词话》中也说韦庄的词有如"弦上黄莺语"，还说"韦端己词，骨秀也"。有《浣花集》传世。

韦庄出身书香门第，据考证他是唐代诗人韦应物四世孙。韦应物曾任滁州、苏州、江州刺史，有"韦苏州"或"韦江州"之称，其诗以写田园风物著名。其山水诗《滁州西涧》写道：

独怜幽草涧边生，上有黄鹂深树鸣。
春潮带雨晚来急，野渡无人舟自横。

此诗被收入《千家诗》和《唐诗三百首》中，是一首久传不衰的名诗。韦家以后虽然衰落，但祖先的功业和文采，仍然激励着后人。韦庄少时家境贫寒，但他一心向学，而且才思过人，对自己的前途充满自信。成年后，很希望通过科举考试实现人生抱负，但时运不济，屡试不第。四十五岁那年，韦庄再次到长安应考时，正值黄巢攻入长安，京城处在战乱状态。他目睹长安乱象，心里很难过，于是通过细致观察了解，以"秦妇"之口，描述长安的兵乱状况，写了《秦妇吟》。这是一篇现实主义作品，全诗一千六百余字，是唐代最长的叙事诗。此诗传出后，韦庄诗名大噪，竟被当时人称为"《秦妇吟》秀才"。

为了躲避战乱，韦庄避居江南，由于屡试不中，仕途坎坷，又逢乱世，韦庄的生活十分困苦，几乎是"数米而炊，称薪而爨"（宋·李昉《太平广记》）。但他仍然不忘通过科考来争取功名，以便一展宏图。唐昭宗乾宁元年（894），韦庄已经五十九岁，终于进士及第，并被任为校书郎。

乾宁四年（897），北方战乱频仍。唐朝廷遣"宣谕和协使"李询入川，六十二岁的韦庄随李询一同入川，由此结识了西川节度使王建。昭宗天复元年（901），六十五岁的韦庄应王建之邀，任王建的掌书记。天复三年（903），王建被封为蜀王，至唐哀宗天祐四年（907）唐亡，朱温称帝建立后梁时，王建也自称蜀帝，并任命韦庄为宰相。

这时韦庄在蜀地有一宠姬，姿色艳美，兼工词翰，算是一位绝代佳人。这消息传了出去，王建知道后，就以教授宫人学习才艺为名，将其宠姬召进宫，此时韦庄身为王建之臣，无法违抗，只好忍辱负恨，让爱姬进宫。谁知爱姬进宫之后，就被永远留在宫中，从此就再没有见过面。

韦庄自爱姬进宫之后，心情十分沮丧。王建不让他的爱姬回来，他心里虽然十分惦念爱姬，但既不敢直接找王建要回，又不敢怨恨王建，因为他和王建是君臣关系，而且王建召他爱姬入宫，师出有名，是叫她"教授宫人"。至于王建在宫中怎么对待爱姬，他就不敢多想了。另一方面，他又忘不了爱姬：因为爱姬在家时，不仅才艺出众，而且善解人意，两人情深爱浓，一旦分别，无法忘怀。他不时回忆与爱姬在一起的欢乐情景，二人离别时的心情，以及离别后相互思念的惆怅，反映在他很多的词作中，如《荷叶杯》中"记得那年花下……"就是在这种心情下写的。另外，还分别用女方和男方的口气写了两首《女冠子》：

一（女）

四月十七，正是去年今日。别君时，忍泪佯低面，含羞半敛眉。

不知魂已断，空有梦相随。除却天边月，没人知。

二（男）

昨夜夜半，枕上分明梦见。语多时，依旧桃花面，频低柳叶眉。

半羞还半喜，欲去又依依。觉来知是梦，不胜悲。

第一首：四月十七别君之日，女子记得清清楚楚，说明分别的伤痛，印象深刻。原以为暂别，虽然不舍，但还是忍着不流眼泪。如今无法相见，竟成永诀，想念到魂断，想念到梦醒，也无人可倾诉。只有向天空怀念，对月说相思了。第二首：前七句沉浸在甜美的乐，煞尾两句突变为浓重的悲，形成鲜明对比，极具感染力。

随着时间的推移，韦庄与爱姬分别的时间越长，心情越加沉重，思念也更为加深。可以说自爱姬被夺走后的余生，韦庄都在思念爱姬中度过。从他写的另一首《荷叶杯》和《谒金门》，以及用女子口气写的《小重山》等词中，可以看出他对爱姬的爱之深、思之切。

荷叶杯

绝代佳人难得，倾国。花下见无期。一双愁黛远山眉，不忍更思惟。

闲掩翠屏金凤，残梦。罗幕画堂空。碧天无路信难通，惆怅旧房栊。

谒金门

空相忆，无计得传消息。天上嫦娥人不识，寄书何处觅。

新睡觉来无觅，不忍把伊书迹。满院落花春寂寂，断肠芳草碧。

小重山

一闭昭阳春又春。夜寒宫漏永，梦君恩。卧思陈事暗销魂。罗衣湿，红袂有啼痕。

歌吹隔重阍。绕庭芳草绿，倚长门。万般惆怅向谁论。凝情立，宫殿欲黄昏。

这些词中反映的是"见无期""信难通""无计得传消息""寄书何处觅",以及"万般惆怅向谁论"等的痛苦心情。据说韦庄的爱姬听到韦庄凄绝词作后,伤痛欲绝,最后殉情"不食而死"。韦庄也一直因为爱姬被夺之事,忧伤不已,到七十五岁时在蜀地郁郁离开人世。

六、相将未肯分连理

尉迟杯

宋·柳永

宠佳丽。算九衢红粉皆难比。天然嫩脸修蛾,不假施朱描翠。盈盈秋水。恣雅态、欲语先娇媚。每相逢、月夕花朝,自有怜才深意。

绸缪凤枕鸳被。深深处、琼枝玉树相倚。困极欢馀,芙蓉帐暖,别是恼人情味。风流事、难逢双美。况已断、香云为盟誓。且相将、共乐平生,未肯轻分连理。

这首《尉迟杯》,是北宋词人柳永与江州名伎谢玉英相爱时,表示对谢玉英永不变心,希望两人永不分离而作。

柳永,又名柳三变,字耆卿,排行第七,故称柳七,崇安(今福建武夷山市)人,宋仁宗景祐进士,官屯田员外郎,故世称柳屯田。为人放荡不羁,终身潦倒。其词多描绘城市风光和歌伎生活,尤长于写羁旅行役之情。创作慢词独多,铺叙刻画,情景交融,语言通俗,韵律谐婉,在当时流传很广,是婉约派创始人,对宋词的发展有一定影响,《雨霖铃》《八声甘州》等均为名作,有《乐章集》传世。

柳永生于世家,父亲、叔叔、哥哥都是进士出身,连儿子、侄儿也不例外，一门书香，仕途得意，唯柳永却仕途坎坷。柳永青年时也是上进而博学的读书人，曾三次进京赴考，第一次落榜了，第二次又落榜了，这对一个自诩才子的人来说，打击太大了。于是他由着性子写了一首牢骚极盛的词《鹤冲天》：

> 黄金榜上，偶失龙头望。明代暂遗贤，如何向？未遂风云便，争不恣狂荡？何须论得丧。才子词人，自是白衣卿相。
> 烟花巷陌，依约丹青屏障。幸有意中人，堪寻访。且恁偎红倚翠，风流事、平生畅。青春都一饷。忍把浮名，换了浅斟低唱。

这首词，当时虽然只为发泄个人不满而写，但却影响柳永一生的命运。词中反映一些消极颓废思想，"且恁偎红倚翠，风流事、平生畅""青春都一饷。忍把浮名，换了浅斟低唱"等等，都成了他后来生活的实践和写照。再是这首词，有人呈给宋仁宗，送的人可能出于无意，而仁宗却认真一遍一遍地看，越看越生气。到了柳永第三次考试时，他顺利地过了前面几道关，终于到了皇帝朱笔圈点放榜的时候。皇帝看到名册簿上"柳永"的名字，龙颜大怒道："此人且去浅斟低唱，何要浮名！"令人立刻抹去柳永的名字。本来开科取士，是为了网罗有进取有作为之士，为国出力，皇帝对这种具有消极颓废思想的人不满，也在情理之中。柳永得了这一消息，非常后悔，痛恨自己不该写那样的词，但为时已晚。由于仁宗不满，柳永的仕途受到打击，在无奈的情况下，他表现出一种文人的傲气，索性专攻词作。

柳永的词，字字婉约，句句旖旎，创作颇丰，名气也越来越大，他的词在秦楼楚馆中歌唱，为那些青楼女子所倾倒。柳永本人经常出入"烟花巷陌"，把自己的作品交给万花楼的姐妹们谱曲演唱，他深深同情这些青楼女子的悲哀和无奈。他自己虽然落魄，甚至被人轻视，而那些青楼女子们都懂他，欢迎他，甚至笑说："不愿君王召，愿得柳七叫；不愿千黄金，愿得柳七心；不愿神仙见，愿识柳七面。"由此可见他在当时歌伎中的受欢迎程度。他的词在社会上流传极广，当时有句谚语"凡有井水处，即能歌柳词"。

到仁宗景祐年间，柳永五十四岁，终于考中进士。但由于《鹤冲天》一词的原因，始终得不到仁宗重用，仅仅放个余杭县宰。在赴任路上，途经江州，照例浪迹妓家，这时他遇到了谢玉英。谢玉英是江州名伎，色佳才秀，平生最爱柳永词作，却苦于不得与柳永相见。这次柳永到江州，见到谢玉英时，她案头上放一册《柳永新词》，翻开一看，字字都是用蝇头小楷精心抄誊，使柳永感动，与谢玉英一谈而知心，才情相配，遂结佳缘。二人闭门不出的日子里，谢玉英铺纸磨墨，柳永挥笔写下了《尉迟杯》这首词。词中描绘了谢玉英的美："算九衢红粉皆难比。天然嫩脸修蛾，不假施朱描翠……"述说了两人相处的幸福快乐："困极欢馀，芙蓉帐暖，别是恼人情味。"最后写"且相将、共乐平生，未肯轻分连理"表示永不变心。

柳永在谢玉英处住了一段时间，到了秋天，要去余杭上任，走时，谢玉英则发誓今后闭门谢客，等柳永回来，并恋恋不舍地到长亭送别。柳永写了一首著名的词《雨霖铃》：

寒蝉凄切，对长亭晚，骤雨初歇。都门帐饮无绪，留恋处、兰舟催发。执手相看泪眼，竟无语凝噎。念去去、千里烟波，暮霭沉沉楚天阔。

多情自古伤离别，更那堪，冷落清秋节。今宵酒醒何处？杨柳岸，晓风残月。此去经年，应是良辰好景虚设。便纵有千种风情，更与何人说。

这首词是柳永的代表作，被称为宋金十大名曲之一。它记诵与恋人难以割舍的情感，和自己前途暗淡渺茫的景况。

柳永与谢玉英分别后，两人相互思念自不用说，在这期间柳永写了

一首《忆帝京》词,来表达自己与谢玉英别离后的思念之情:

> 薄衾小枕凉天气,乍觉别离滋味。展转数寒更,起了还重睡。毕竟不成眠,一夜长如岁。
>
> 也拟待,却回征辔。又争奈,已成行计。万种思量,多方开解,只恁寂寞厌厌地。系我一生心,负你千行泪。

柳永还写了一首《蝶恋花》,来猜度描绘谢玉英对自己思念的情感。

> 伫倚危楼风细细,望极春愁,黯黯生天际。草色烟光残照里,无言谁会凭阑意。
>
> 拟把疏狂图一醉,对酒当歌,强乐还无味。衣带渐宽终不悔,为伊消得人憔悴。

这两首词明白如话,表达感情真切,特别是"系我一生心,负你千行泪""衣带渐宽终不悔,为伊消得人憔悴"最为人们乐诵。

柳永在余杭任上,一去就是三年,在三年中,他结识了许多江浙名伎,但从来没忘记过谢玉英。但三年对于青楼女子谢玉英来说,是一个太长的概念,她除了排遣寂寞外,还要生活。她原是靠接客为生,现在闭门谢客,以待柳永,但柳永又无音讯。后来迫于无奈,也可能是烟花女子本来薄情,没等柳永归来,她就重操旧业了。等到三年后柳永任满,急急忙忙赶到江州,希望与谢玉英相守一生,却见谢玉英大张旗鼓正在接新客,陪人喝酒去了。尽管柳永自己是个风流男子,但看到自己爱的人留恋在别人怀里,亦感到无比沉痛。于是没等谢玉英回来,就离开了,走前在墙上留一首词《击梧桐》,末两句说:"便认得,听人教当,拟把前言轻负。见说兰台宋玉,多才多艺善词赋。试与问、朝朝暮暮。行云何处去?"责备她"拟把前言轻负",说她新对象是否"多才多艺善词赋",问她"行云朝暮何处去"?

谢玉英回家,看见墙上的题词,想到自己曾被太多的男人辜负过,故这次对柳永也未守前言,重新接客,而柳永却守信归来,因而感到自愧,于是匆匆忙忙卖掉家私去寻找多情的柳永。几经周折,在东京名伎陈师师家找到了柳永。柳永也不计前嫌,原谅了谢玉英,二人重归于好。久别重逢的两个有情人,种种情怀,诉说难尽。从此谢玉英在陈师师的东院住下,与柳永同夫妻一般,生活在一起。

柳永始终是个桀骜不驯的才子,过去科考的打击并没有让他有多大改变,不久又得罪朝官。宋仁宗罢免了他的官职,并圣谕道:"任作白衣卿相,风前月下填词。"从此柳永改名柳三变,出入名伎花楼,由于本人无收入,衣食都由名伎们供给。名伎们多是求他赐一词,以抬高身价,他自己也乐得漫游名伎之家以填词为业,自称"奉旨填词柳三变"。

柳永放荡多年,身心俱伤,最后死在名伎赵香香家。因无家室,也无财产,死后无人过问,其安葬费都是谢玉英和陈师师等一班名伎为他凑起来的。在所有青楼女子中,谢玉英与他的关系最为密切,虽无一纸婚约,但毕竟拟为夫妻,谢玉英就为他戴重孝,众伎都为他戴孝守丧,据说出殡时,东京满城伎女都来了,在满城缟素、一片哀声中,"群伎合葬柳七",成为佳话。此后每年清明节,歌伎都相约到柳永坟前祭扫,称之"吊柳会"。

柳永死后,谢玉英日夜郁郁寡欢,终因哀伤过度,两月后便也过世,陈师师念她情重,葬她于柳永墓旁。柳永和谢玉英在风尘中结合,虽无什么名分,但两人相爱就足够了,尽管中途有点波折,而最终不失为一对自结连理、生死相依的实际夫妻。

七、风尘似被前缘误

卜算子

南宋·严蕊

不是爱风尘,似被前缘误。花落花开自有时,总赖东君主。

去也终须去,住也如何住!若得山花插满头,莫问奴归处。

严蕊是一位正直且具有铮铮铁骨的风尘女子。她出狱前写的这首《卜算子》,感叹过去,期望未来,认为过去沦为营伎,实非本人所愿,乃命运的捉弄;至于未来,只要能获得自由,那就海阔天空,什么困难都能克服。

严蕊,原名周幼芳,其父周海早逝,母亲王氏迫于生计,招当地一个名叫陈必大的无赖入赘。陈必大坏主意不少,他见周幼芳既漂亮又聪明,便特意请人细心调教,指望培养个"摇钱树"出来。待到周幼芳十四五岁时,陈必大偷偷把她骗到台州,为了能捞到一笔收入,将她没入伎籍,改名严蕊,使这良家女子,自此沦为台州(今浙江)营伎。严蕊不仅生得美丽,而且琴、棋、书、画、歌、舞、丝、竹无所不通,学贯古今,四方闻名。"营伎"顾名思义,乃"以慰藉军士"而设,"始于春秋时代越国,至汉武帝时,正式设立,历六朝、唐、宋而不衰,实即'官伎'之别称,官僚往来,必有营伎奉迎"。营伎地位之低甚至不如一般青楼楚馆中的女子,不只要供军中士兵玩弄取乐,平日也需劳作,若遇敌军围剿,首先被抛弃的也是这些手无寸铁的弱女子,围城之时，弹尽粮绝，烹"营伎"为食，也视作理所当然。

严蕊生在太平之年，稍稍幸运，不用随军出征。但她仍是那些官军取乐之物，纵使她饱学多才，美丽无双，但在人们看来，也无非是一件难得的精致玩物，与其他营伎有着同样的悲哀。尽管如此，由于严蕊才貌卓荦，终成台州一个传奇人物，其名声渐渐散入富户朱门，引得众人前来，甚至有千里慕名相访者。

台州太守唐与正，字仲友，风流倜傥，颇有文才，仰慕严蕊的美貌和才艺，有眷顾之心。宋时有法规定：官府酒宴，可以召歌伎侑酒，但不允许歌伎为官员侍寝。那一日抬头望见庭院中桃花盛开，白红相间，唐仲友备了酒宴，邀请友人饮酒赏花，严蕊也应邀助兴，席间，有人要严蕊以红白桃花为题赋词，但要求不点桃花之名。严蕊应声吟成一首《如梦令》：

道是梨花不是。道是杏花不是。白白与红红，别是东风情味。曾记，曾记，人在武陵微醉。

这首词语言清新，明白如话，但寓意深，既咏花，也自拟：我非梨花，也非杏花，乃武陵仙境一枝不染俗尘的仙葩。特别是"人在武陵微醉"句，典出陶渊明的《桃花源记》中"武陵渔人"，既明示咏的是桃花，又暗示不是世俗桃花。由此看出她具有非凡之才。严蕊的词赢得一阵喝彩。自这次宴会后，唐仲友看出这位才貌双全的女子，还是一位自视很高、圣洁倔强、不输于任何人的女性，不能用世俗眼光看待她，因而对她更加爱慕，更为尊重，当即赏了缣帛两匹。以后每遇宴饮，必请严蕊过来相伴，而严蕊一次又一次显露自己的才华，其声名与才气也越传越大，越传越远。

唐仲友对严蕊尽管心中爱慕，但也只是君子之交。可是才子佳人，本来就容易衍生浪漫故事。唐仲友这样另眼相待严蕊，却被台州一些人道是太守着迷了一个营伎。另一方面，时间久了在严蕊心中不免有些失望，她身陷风尘，何尝不期待一位翩翩少年能呵护她、理解她，给她一些希望，谁知对方总是态度暧昧，欲罢不舍，表面情清如水，而暗地又两情相悦。这样似爱非爱的情景，使严蕊想到自己不过只是一个营伎，即使写出千百首高风亮节的诗句，但仍是一"伎"而已，堕入风尘这淤泥之中，谁能信任她骨子里的贞节！

又一年七夕，唐仲友在府中开宴，召严蕊前来侍宴，那日宴席上多了一个谢元卿，他也是慕严蕊才名而来，想检验一下是否名符其实。他让严蕊作一首词，不仅限韵，而且要用自己的姓"谢"字为韵。严蕊略加思索，很快作了一首《鹊桥仙》：

> 碧梧初出，桂香才吐，池上水花微谢。穿针人在合欢楼，正月露、玉盘高泻。
> 蛛忙鹊懒，耕慵织倦，空做古今佳话。人间刚道隔年期，怕天上、方才隔夜。

词中说：在梧碧桂香的花池上，情人在穿针引线，只为那期盼的合欢，在人前欢笑歌唱的我，看到的是月色冷冷地流泻。男耕女织也曾是自己向往的幸福生活，如今只能是空想一场。幸福嫌时短，苦难怨天长，在人间红尘中已经沦落经年，而幸福的天上不过隔夜而已。严蕊是在写景，同样是在写自己。这首《鹊桥仙》让谢元卿倾倒，觉得这样的女子，实在可亲可爱。于是他勇敢地去亲近严蕊，得以登堂入室，亲沾芳泽。而唐仲友尽管先知她、慕她，也爱她，但因受官场规定约束或缺乏勇气，而让给谢元卿了。对严蕊来说，可能感到自己对唐仲友付出了爱恋之心，未见回报，在可望而不可即的情况下，极希望有个男子体贴抚慰，因此退而求其次，接受了谢元卿的殷勤。

事已至此，应该说严蕊是严蕊，唐仲友是唐仲友，已经不存在什么干系。尽管外面有关他俩的种种传闻，严蕊也不以为意。谁知当时朝政党派之争的灾难却降临到严蕊身上。

朱熹，字元晦，又字仲晦，号晦庵，南宋思想家，祖籍徽州婺源（今属江西），主张"存天理，去人欲"的理学思想。而唐仲友属永康学派，与朱熹理学相悖，唐本人又生性风流不羁，他与朱熹不可避免会产生嫌隙与不快。那一年，朱熹受皇命巡视浙江，到天台后听到唐仲友与严蕊间的风流传闻，决定惩办唐仲友，打算以"官府不得宿伎"定唐仲友的罪，便找来严蕊，要其承认二人有染。朱熹当严蕊不过一般娼门弱女，拷问之下必会供出他所要的结果，但他万没想到，任凭百般痛打，严蕊就是不承认自己与唐仲友有染，始终只一句话："循分供唱、吟诗侑酒是有的，曾无一毫他事。"后朱熹将严蕊关在台州狱中，逼其就范，可严蕊口供一如当初。朱熹得不到确凿证据，只好以"蛊惑上官"罪名，将她发配绍兴，让下级官员继续逼问。

绍兴知州也是道学之士，容不得风月颜色，认为"从来有色者，必然无德"，于是对严蕊又一番严刑拷打。尽管被打得皮开肉绽，死去活来，严蕊依旧不肯招半个字。严蕊这种百折不挠的傲骨，引起狱卒敬重和同情，劝她说："女人家犯淫，不过杖罪而已，况且你已被杖过刑了，如果招了，就不用受到这等牢狱之苦。"但严蕊却依然是铮铮傲骨，掷地有声地说："身为贱伎，纵是与太守为好，料不得死罪，招认了，有何大害？但天下事，真则是真，假则是假，岂可自惜微躯，信口妄言，以污士大夫！今日宁可置我死地，要我诬人，断然不成！"

严蕊的气节和精神，令狱中看守和所有知情人敬佩，她宁死也不诬人的表现，从根本来讲，是她本性刚正，澄澈磊落；同时也包含她对唐仲友的爱情，对唐仲友给她的尊重赏识和爱慕具有感激之意，不愿唐仲友因她而受到伤害。但看看唐仲友的表现，就较之逊色，这场风月案开始，唐仲友自身难保，自然无力救护严蕊，情有可原。但是后来听说严蕊并未诬自己，便到宋孝宗那里告御状，指责朱熹"酷逼娼流，妄污职官。公道难泯，力不能使贱妇诬服"。在状纸里只说朱熹"酷逼""妄污"，而闭口不谈严蕊的无辜与冤屈，还一再以"娼流""贱妇"称之，这既不公平，也显出唐仲友作为一名官员的狂傲和不义。

严蕊死不改口,她的高洁和义气以及她的冤屈,在民间流传。后来朱熹调走,新任官员岳霖,乃岳飞第三个儿子,当初岳飞及长子岳云被奸臣秦桧杀害,其余家人悉数充军岭南。宋孝宗为岳飞平反,岳霖也被召回起用。他因家庭遭遇,便非常痛恨冤狱,听说严蕊之事,立即提审严蕊,为其开释。他知道严蕊长于诗词,让严蕊当堂作词一首,陈述心事,于是严蕊感怀自己的经历和渴望自由心情,作了这首《卜算子》,诉说"不是爱风尘,似被前缘误"的不幸,又表达了"若得山花插满头,莫问奴归处",企求脱掉伎籍,获得自由的愿望。岳霖尤为知此,当即从营伎名册上除掉严蕊的名字,判她从良。

从良后的严蕊,欲娶者无数。严蕊经过这番人情冷暖,对权势金钱都已看淡。那一日,一干人来求见严蕊,她看到其中一人表现出同情和悲伤,反映其心地善良和真诚,这人姓赵,是皇族。严蕊认为有这么一点慰藉就足够了,于是被这位赵宗室纳为姜。婚后,赵宗室待她极好,这对一生坎坷的严蕊来说,无疑是最好的结局。

八、两处沉吟各自知

鹧鸪天·元夕有所梦

南宋·姜夔

肥水东流无尽期,当初不合种相思。梦中未比丹青见,暗里忽惊山鸟啼。

春未绿,鬓先丝,人间别久不成悲。谁教岁岁红莲夜,两处沉吟各自知。

这首词是姜夔在与合肥结识的恋人分别六年之后,元夕夜间,梦见恋人，醒后不胜伤感而写的。此词充分表达作者对恋人的思念绵绵没有尽期的心情，同时猜度恋人也会同自己一样，各自沉思，怀念当年相恋的情意。

姜夔，饶州鄱阳（今属江西）人，字尧章，因所居邻近苕溪白石洞天，故自号白石道人，约1155年出生。父噩，曾在隆兴初知汉阳县（今湖北省汉阳县）。姜夔孩提时随父做官在外，往来鄂、沔二十余年，父死，留寓湘、鄂间，诗人萧德藻爱其诗词，将其兄之女妻之，乃随萧移居湖州（今浙江吴兴）。姜夔因屡试不中，一生未能做官，过着依靠别人的清客生活。他往来鄂、皖、赣、苏、浙间，奔走于名公巨卿之门，在各处漫游作客，生活动荡不安，经济经常发生困难。他多与辛弃疾、范成大、张鉴、杨万里等诗人词客交游，但词风与辛弃疾大不相同，属婉约派词人。其词格律严密，字句雕琢，风格清妙秀远，情调感伤，但往往曲折传达出对国家命运的关心。词作上承周邦彦，下开吴文英、张炎一派。通音律，能自度曲，著《大乐议》，又作《铙歌鼓吹曲》十四章。《扬州慢》（淮左名都）及用林逋著名咏梅诗《山园小梅》而取名的两首词《暗香》（旧时月色）和《疏影》（苔枝缀玉）均为其名作，所著《白石诗说》，论诗的作法、体制、意境等，颇多独创见解。约1209年卒于杭州，享年五十五岁，有《白石道人诗集》《白石道人歌曲》传世。

姜夔二十岁时，在合肥（今安徽合肥市）结识了两位姑娘，因为她们是姊妹俩，又加上她们所住的合肥街巷及道路两旁多种柳树，风起时柳条拂地，萧萧作响，这些情景，都影响姜夔的词作，在怀念这两位恋人时所写的词都带有几个特点：一是将二人比作三国时著名的美女大桥和小桥（后人将桥省为乔），或比作晋代书法家王献之的爱妾桃叶、桃根；二是多用与柳字有关的词牌，或与柳有关的典故。

有一年，姜夔在合肥住在"小桥"家，填一首带"柳"字词：

淡黄柳

> 客居合肥南城赤栏桥之西，巷陌凄凉，与江左异。唯柳色夹道，依依可怜。因度此曲，以纾客怀。

空城晓角，吹入垂杨陌，马上单衣寒恻恻。看尽鹅黄嫩绿，都是江南旧相识。

正岑寂，明朝又寒食。强携酒，小桥宅。怕梨花落尽成秋色。燕燕飞来，问春何在？唯有池塘自碧。

此词中，作者用"小桥"来代表他心爱的人。

姜夔与合肥姑娘见面时多在杨柳青青的春天，而分开时又多遇江梅盛开的冬天。因此在他的词中，除涉及柳之外，还在咏梅中也有合肥姑娘的影子。如《江梅引》词中写道：

> 人间离别易多时。见梅枝，忽相思。几度小窗，幽梦手同携。今夜梦中无觅处，漫徘徊。寒侵被、尚未知。
>
> 湿红恨墨浅封题。宝筝空，无雁飞。俊游巷陌，算空有、古木斜晖。旧约扁舟，心事已成非。歌罢淮南春草赋，又萋萋。漂零客、泪满衣。

这是姜夔从无锡经过，途中想去合肥看看，终因生计所迫，未能成行，旅途中又梦见合肥姑娘，醒来作此词记之。词中把相思写得明白，痛苦也表现得清晰，所谓"漂零客、泪满衣"。

宋孝宗淳熙十六年（1189），姜夔三十五岁，旅居湖州（今浙江吴兴），时届暮春，与他内弟萧时父到城南郊区游玩，因遇到的事引起他对合肥两姐妹的忆念，乘兴写了一首词：

琵琶仙

> 吴都赋云："户藏烟浦，家具画船。"唯吴兴为然。春游之盛，西湖未能过也。已酉岁，予与萧时父载酒南郭，感遇成歌。

双桨来时，有人似、旧曲桃根桃叶。歌扇轻约飞花，蛾眉正奇绝。春渐远，汀洲自绿，更添了、几声啼鴂。十里扬州，三生杜牧，前事休说。

又还是、宫烛分烟，奈愁里、匆匆换时节。都把一襟芳思，与空阶榆荚。千万缕、藏鸦细柳，为玉尊、起舞回雪。想见西出阳关，故人初别。

词中的"桃根桃叶"，指晋代书法家王献之的爱妾桃叶和桃根。"歌扇轻约飞花"，指王献之在渡口送别桃叶时，桃叶作团扇歌回答，"歌扇"即指"团扇歌"。作者在这里把小船划过来时船上的姑娘比作"桃叶桃根"，也是意指船上的两姊妹，多么像我在合肥的恋人姊妹俩啊！

姜夔是位布衣词人，尽管必须在权贵门下生活，但却能不卑不亢，只与真正有才德的人交往。关于爱情，据说与合肥姑娘，是他一生中唯一的恋爱，到老未能忘怀。他留下的八十余首词里，有四分之一是写这段爱情的，再没有为别的女子写过一个相思字，够深情了吧！但有一点，他总想给姊妹俩最好的结局，又因自己穷，不想让她俩跟自己受苦，想让她们离去，而又舍不得绝情斩断，总想多挽留片刻。长期处在这种矛盾心情中，终究是误了她人，也误了自己。

宋光宗绍熙二年（1191），姜夔已经三十七岁了，这年正月二十四日他离开合肥时又写了一首《浣溪沙》，以抒发与所爱之人惜别之情。

钗燕笼云晚不忺，拟将裙带系郎船。别离滋味又今年。
杨柳夜寒犹自舞，鸳鸯风急不成眠。些儿闲事莫萦牵。

姜夔与合肥姑娘自此次分别之后，再也没有机会相见。有一次，他到吴兴之前顺道去合肥访旧情人，已经不见情人踪影。可能是这对女子在等他十几年后，一直没有结果，只好不等了。她们无声无息地离开合肥，再也没有回来。但姜夔对恋人的思念之情一直没有终止过，有时甚至在梦中萦怀，《鹧鸪天·元夕有所梦》（肥水东流无尽期）就是在这种情意下写出来的。无法再次相见，无奈之下，只好让它"两处沉吟"无限期地相互思念了。

九、小簟轻衾各自寒

桂殿秋

清·朱彝尊

思往事，渡江干。青娥低映越山看。共眠一舸听秋雨，小簟轻衾各自寒。

朱彝尊与他相爱的女子冯寿常邂逅船中，在无法相依以温，相偎以暖的情况下，写了这首词，表达他的无奈和痛苦。

朱彝尊，字锡鬯，号竹垞，晚号小长芦钓鱼师，又号金风亭长、醧舫，公元1629年出生于秀水（今浙江嘉兴），康熙十八年（1679）举博学宏词科，授翰林院检讨，曾参加撰修《明史》。是清初著名文学家，通经史，能诗词古文，其词成就尤高，填词宗姜夔、张炎，为"浙西派"词风创始者。所作词，多用力于字句声律，细致绵密，圆转浏亮，但疏于空灵碎巧，与陈维崧齐名，人称"朱陈乐府"。诗与王士禛齐名，时有"南朱北王"之称。著有《经义考》《日下旧闻》《曝书亭全集》，编有《词综》《明诗综》。1709年去世，享年80岁。

朱彝尊出身书香门第，曾祖朱国祚是明万历状元，官至户部尚书兼武英殿大学士，到父亲这辈，家道败落。朱彝尊自幼聪明过人，"书过眼复诵，不遗一字"，虽然家贫，但读书不辍。到了结婚年龄，因聘礼难出，于公元1645年十七岁时，由其父作主，入赘归安县儒学教谕冯镇鼎家，与其十五岁的女儿冯福贞成婚，从此朱彝尊就住在冯家。岳父也是读书人，通情达理，对朱彝尊的才学人品非常欣赏。朱彝尊在冯家读书写文章，有妻子温柔相伴，还有一个十岁出头的妻妹冯寿常，更给他带来无限快乐。

冯寿常，字静志，当时虽只十岁出头，但聪明活泼，俊俏可爱。开始，朱彝尊只是把冯寿常当作年少的妹妹看待，两人交谈，无拘无束。后来随着两人年龄渐长，交往日多，冯寿常的天真烂漫、明朗娇俏就引起朱彝尊的注意，他把自己对冯寿常的观察感受，写入自己的词中。

一年春天的"下九"日（所谓"下九"就是每月十九日，当时习惯，平时不出大门的女子到"下九"都会出来欢聚游玩），阳光明媚，冯寿常同其他女孩一起出游，朱彝尊也在场，他看到十二三岁的冯寿常，头上打两个小髻，懒洋洋地在雕栏旁享受这灿烂美好的春光，脸上没有一点春愁，她又轻手轻脚走近蔷薇花架下，把美丽的蝴蝶生擒在手，欢呼雀跃，多么天真烂漫。见此，朱彝尊迅即写出一首《清平乐》：

齐心耦意，下九同嬉戏。两翅蝉云梳未起，一十二三年纪。

春愁不上眉山，日长慵倚雕阑。走近蔷薇架底，生擒蝴蝶花间。

闲暇时，冯寿常会来到朱彝尊书房，要朱彝尊教她读书写字。那时朱彝尊很喜欢教冯寿常写王献之的《洛神赋》十三行残帖，原因是这帖中有"收和颜而静志兮，申礼防以自持"的句子，其中藏着她的字"静志"，这在当时是凑巧，将帖中有"静志"二字选出让她练习。后来这一练字的内容成为他俩的秘密："洛神赋，小字中央，只有侬知。"

冯寿常长成少女，渐渐少了些幼年的烂漫，多了少女的娇憨。这时她不仅把朱彝尊当姐夫，更是把他当作游玩的侣伴。有次在风雨过后，她拉着朱彝尊一同闲坐，看海棠花开，辛夷花落，边看边谈笑边斗草赌输赢，赌时总是朱彝尊输得多，冯寿常就调皮撒娇，要姐夫偿她，说："你今晚拿什么偿我？拿什么偿我？"朱彝尊为此填写了《鹊桥仙》一词：

辛夷花落，海棠风起，朝雨一番新过。狸奴去后绣墩温，且伴我日长闲坐。

笑言也得，欠伸也得，行处丹鞋婀娜。簸钱斗草已都输，问持底今宵偿我。

朱彝尊与冯寿常的姐姐冯福贞，本来就是奉父母之命成婚，尽管两人关系不坏，但缺乏爱情基础，实际上是互敬而不互爱。看到妻妹冯寿常一天天长大，出落得既美丽又娴雅，经常毫无拘束地拉自己谈笑、游玩，朱彝尊的心也自然跟随她转动了，看她慢慢成年，又不好过多去接近她，只好远远地望着她，欣赏她，猜度她。朱彝尊在一首《渔家傲》中写道：

淡墨轻衫染趁时，落花芳草步迟迟。行过石桥风渐起。香不已，众中早被游人记。

桂火初温玉酒卮，柳阴残照柁楼移。一面船窗相并倚。看渌水，当时已露千金意。

你看她穿着淡墨轻衫,在芳草萋萋的春光下散步,行过石桥,花香扑面,已经引起众多游人的注意。我们相并在柳荫下划动的船上饮酒看水,我看她似乎与我一样也露出了相爱之意。

朱彝尊看出冯寿常与自己互有相思之情,并且"已露千金意"之后,对冯寿常的恋情更深。自己在书房一遍遍摹写《洛神赋》中"收和颜而静志兮,申礼防以自持"的字句,既表达自己思念"静志"之情,又提醒自己要"自持",虽然预料这份感情难以有好的结果,但又无法自拔和摆脱。只好一步步走着瞧吧!

朱彝尊和妻妹冯寿常相恋,彼此都没有说破,但一举手一投足之间,都流露了相互眷顾和思念,特别是两双眼睛,眼神偶然相撞,无法隐藏传给对方的思恋。到公元1649年,朱彝尊携妻子搬离冯家到嘉兴梅会里居住,此时朱彝尊二十一岁,冯寿常也有十六七岁,都是青春妙龄,感情也最为丰富,两人都感到从此别后,便难相见,彼此难制盈盈之泪。

朱彝尊离开冯家后,在里中以授徒谋生。这个时期他与冯寿常逢年过节,还能见面,只是见面时眼中虽有传情,而口中依旧沉默,唯有将有关她的记忆情感和她的美丽,诉诸笔端。在此期间朱彝尊写了不少有关她的词,其中一首《菩萨蛮》写道:

低鬟十八云初约,春衫剪就轻容薄。弹作墨痕飞,折枝花满衣。

罗裙百子褶,翠似新荷叶。小立敛风才,移时吹又开。

这些词多是回忆自己与冯寿常相处、游玩,描述她所穿的衣裙和她的美丽。

公元1644年清世祖入关以后,在统一中国过程中,南方时有零星抗清活动。有一年为躲避战乱,朱彝尊与冯寿常偶然相遇在一条小船中,因路途较远,两人都在船上过夜,各自睡自己的竹簟,盖着自己的被子，明明相爱，又近在咫尺，却无法相依以温，相偎以暖，宛如远隔千里，各自忍受煎熬。一夜过去，只听秋风冷雨，敲打船篷，朱彝尊不成眠，冯寿常也未曾睡。在这种悲伤和痛苦的情况下，朱彝尊写下了这首《桂殿秋》词，记下了"共眠一舸听秋雨，小簟轻衾各自寒"的漫长一夜。

后来，冯寿常出嫁，朱彝尊也为生活奔波，辗转于浙江、广东等地。这期间两人见面很少，偶然相见，也是"乍暖乍寒花事了，留不住、塞垣春"。在这种情况下，两人都认为人已嫁、相距远，就可以淡忘，以免挂牵。谁知就在此时，冯寿常却于1667年因病去世。噩耗传来，朱彝尊悲伤万分，写了一首《洞仙歌》，"易求无价宝，惟有佳人绝世倾城再难得"，表达自己的伤痛和悔恨。

朱彝尊将对冯寿常的爱埋藏在心间，冯寿常去世后，将自己的书斋更名为"静志居"；收集自己有关冯寿常的寄情之作八十三首，编成《静志居琴趣》；又写了一首长诗《风怀二百韵》以怀念深爱的冯寿常。后来又将诗收集成册，取名《静志居诗话》。

朱彝尊晚年，还没有忘记与冯寿常的这段情，在编辑《曝书亭全集》时，决定把《风怀二百韵》选入此集。身边的人从传统伦理考虑多予劝阻，这让朱彝尊不得不思考。

朱彝尊对冯寿常，从相爱到冯寿常去世，尽管情深入骨，而始终按《洛神赋》中的"收和颜而静志兮，申礼防以自持"的要求，控制自己，没越雷池一步，相爱而未同枕，这反映他的精神境界和道德修养。但他认为俗世不能跨越的，文学或许可以通过，距离不能到达的，相思或许可以缩短，他相信，只要书还在，他的爱情就永存，经过"终夜不寐"的思考，毅然决定"吾宁不食两庑豚，不删风怀二百韵"，让他怀念冯寿常的长诗留在《曝书亭全集》中，流传后世。

十、恨不相逢未剃时

本事诗

民国·苏曼殊

乌舍凌波肌似雪,亲持红叶索题诗。
还卿一钵无情泪,恨不相逢未剃时!

这是近代名僧苏曼殊赠给恋人的一首七绝。

苏曼殊,原名玄瑛,字子榖,后为僧,法号曼殊。1884年生于广东香山(今中山),十五岁随表兄留学日本,漫游南洋各地,能诗文,善绘画,通英、法、日、梵诸文。曾在东京参加陈天华等人组织的革命活动,加入兴中会、光复会等革命组织。1903年在日本参加反对沙俄侵占我国东北的"抗俄义勇队"。同年在上海参加章士钊等人创办的《国民日报》的翻译工作。当过学校教师,与陈独秀、章炳麟、柳亚子等人交往,参加"南社",其诗清颖秀丽,别具一格,音响泠泠,多写惆怅感伤之情,亦有忧国伤时之作。创作恋情小说,开鸳鸯蝴蝶派先河,有《断鸿零雁记》《碎簪记》等著作,还翻译过拜伦、雨果等人作品。有《苏曼殊全集》传世。

苏曼殊的父亲苏杰生是中国人,母亲是日本人河合仙。据说其生母实际是河合仙的妹妹河合若子,也就是说,苏曼殊是其父与妻妹河合若子的私生子。苏曼殊出生后,河合姊妹俩即被苏家抛弃。曼殊才三个月,生母河合若子又离他而去,曼殊实际上由已同苏杰生分居的河合仙养大。曼殊十二岁时生了一场大病,眼看没有救活的希望,被家人扔在柴房里无人过问,后来又奇迹般地活过来了。由于幼小就经历沉重打击和疾病折磨,他看破红尘,去广州长寿寺出家。后因年幼无知,在寺院里偷吃鸽子肉，又被赶出庙门。

十五岁的苏曼殊，去日本横滨求学，在养母河合仙老家与日本姑娘菊子一见钟情，但遭到苏家强烈反对，菊子因遭自己父母痛打而投河自尽，这使年少的苏曼殊精神上受到极大刺激，既经受失恋的痛苦，又感受到人生无常。于是万念俱灰，去蒲涧寺出家，从此开始他流浪漂泊的一生，也开始从事写作活动，以自己与菊子的初恋作为题材，创作爱情小说《断鸿零雁记》。

苏曼殊二十六岁时离开上海至日本东京，与当时在东京的陈独秀同住，结识了日本歌伎百助眉史（又名"调筝人"），二人交往甚密，感情缱绻。但由于苏曼殊已经遁入空门，此时又与百助眉史的感情难以割舍，从他给百助的一些诗中可以看出端倪，如《寄调筝人》：

禅心一任娥眉妒，佛说原来怨是亲。
雨笠烟蓑归去也，与人无爱也无嗔。

既"任娥眉妒"，又说"怨是亲"，表面上说"无爱也无嗔"，而实际上非常在乎对方。

另一首《寄调筝人》：

偷尝天女唇中露，几度临风拭泪痕。
日日思卿令人老，孤窗无那正黄昏。

这首诗表达的恋情更清楚：已"偷尝"了"唇中露"，思念对方已达到"临风拭泪""令人老"的程度。

公元1911年后，苏曼殊在报上看到中国革命武昌起义成功，孙中山就任临时大总统，黄兴就任革命军总司令的消息，便急着要回国找朋友参加革命工作。母亲河合仙要他与调筝女百助见了面之后再回国，苏曼殊说，来不及等着与她见面了，留一首诗转给她吧！苏曼殊刚走，调筝女兴冲冲赶到，河合仙告知她："曼殊急于回国，走时托我将诗笺交给你。"调筝女一读：

春雨楼头尺八箫，何时归看浙江潮。
芒鞋破钵无人识，踏过樱花第几桥。

这诗对调筝女的爱怜表达较隐晦，调筝女反复念读，有些惊愕。河合氏便告知她"三郎刚走不远，可雇车追赶"。调筝女含着泪花说："不用追了，燕子既要飞去，谁也阻挡不了！"同时默默祝福："樱花落，樱花开，燕子飞去又飞来，千里迢迢多风雨，但求无难亦无灾。"此后她便下定决心去中国找苏曼殊，劝他还俗，自己要与他结为连理。

苏曼殊回到上海时，国内形势发生了变化，先是袁世凯窃国，黄兴在南京任讨袁司令，失败后逃往日本、美国。至1916年袁世凯死后，黄兴回到上海不幸病逝。黄兴去世，对苏曼殊来说，无疑是晴天霹雳，他神情木然地跟着随行人员到黄兴墓前，一边焚化《金戈铁马图》，一边哭祭，追忆自己与黄兴的情谊，缅怀先烈。他曾经受到黄兴的鼓舞，向往中山先生革命，建立民国，但如今有志难酬，又痛失挚友，心情十分悲痛，同时大骂袁世凯奸贼，祸国殃民。由于感情激动，胃病突发，随行人急忙扶他坐在树下，替他披上僧衣，去找水给他喝。此时调筝女已来到上海，经多方打听，千辛万苦，找到黄兴墓地，看见苏曼殊一人倚在石块上，面无血色，便惊叫着上前扶他，问是怎么一回事？苏曼殊睁开眼睛，见是自己日夜思念的恋人，便微笑着强打精神撑起身来说："没什么！"问她："怎么来此？"调筝女欣喜地告诉他自己已经重获自由之身，特从日本赶来，要与他结为终身伴侣。苏曼殊一听，悲喜交加，他非常感激调筝女的倾心和真诚，但回头一想，自己已经三十多岁了，又皈依佛门。目前国事沉沦，豺狼当道，自己虽然非常爱恋调筝女，但不可能给调筝女任何幸福。如果娶了她，那不是害了她吗？因此下决心劝调筝女说："我现在这个样子，加上时局这么乱，我又是佛门弟子，不可能还俗，你不如回日本去，另找佳偶吧！"调筝女听了，泪如泉涌，紧紧抱住苏曼殊不肯离去。苏曼殊心里也很难过，为她拭泪，从怀里取出紫色玉燕交给她说："这是你给我的信物，我还是交还给你呀！你我不同行，却同心，我们诚挚苦恋之情，当永远铭记在心。"调筝女接过紫色玉燕，动情地请苏曼殊赠诗一首，留作永久回忆。苏曼殊无限眷恋和伤感地念道：

乌舍凌波肌似雪，亲持红叶索题诗。
还卿一钵无情泪，恨不相逢未剃时！

此诗非常明白，先肯定调筝女的美丽可爱，两人恋情深厚，只恨相逢太晚，又说明不能相伴终身的原因，是自己已剃度成僧。

上海此时仍为袁世凯等反动势力所控制，他们知道苏曼殊是革命僧人，不容许他去墓地悼念黄兴。警员刘师培等到黄兴墓地来抓苏曼殊，曼殊的随行人员取水回来，见状即挡住警员，不准捉人。调筝女也拼力上去拖回苏曼殊，刘师培扯开调筝女，一掌将她推倒，她的头撞在大石上，惨叫一声鲜血直流。苏曼殊赶忙前去抱住调筝女，怒视刘师培。他的随行人员也怒斥刘师培残暴，并拎着木棍追赶他们。刘师培见势不妙，带着警员仓惶逃走。苏曼殊将调筝女的头放在自己肩上，顿时血染袈裟，他扯下一段袈裟为调筝女包扎，既怜惜又抱歉地表示自己连累了她，对不起她。调筝女反而说袈裟染上了血，更显得情谊珍贵，劝他不要难过。

在与调筝女分手之后，孤身漂泊三十五年的苏曼殊，于公元1918年留下"一切有情，却无挂碍"八个字离开了人世，葬于杭州西湖西泠桥，与六朝名伎苏小小的墓南北相对。在这旅游胜地，人们观赏风景的同时，也乘兴瞻仰和怀念这位半僧半俗，既看破红尘又投身革命的诗人苏曼殊，对他那一段"还卿一钵无情泪""不同行，却同心"的爱情故事，寄予无限的感慨。

第六章
丧偶悼亡

- 怀佳人兮不敢忘
- 穷泉重壤永幽隔
- 夜长开眼报平生
- 十年梦顾泪千行
- 香消卅载吊遗踪
- 憔悴年年愁独归
- 怎一个愁字了得
- 一生凄绝在招魂
- 青衫湿遍怎相忘
- 剪烛西窗少一人

一、怀佳人兮不敢忘

秋风赋

汉·（武帝）刘彻

秋风起兮白云飞，草木黄落兮雁南归。兰有秀兮菊有芳，怀佳人兮不敢忘。泛楼船兮济汾河，横中流兮扬素波。箫鼓鸣兮发棹歌，欢乐极兮哀情多。少壮几时兮奈老何。

汉武帝晚年，因怀念他最宠爱的李夫人而写的《秋风赋》文字虽短，但充分表达了对李夫人"不敢忘"的感情：李夫人在世时，两人极度欢乐，而今李夫人走了，就显得特别的"哀情多"。作为一个皇帝，有三宫六院、佳丽三千，而用诗赋来表达对一个妃子的怀念，这是历史上少见的，说明汉武帝对李夫人爱恋之深。汉武帝驾崩、汉昭帝即位后，托孤重臣霍光体念武帝心事，请汉昭帝追谥李夫人为孝武皇后，并将其衣物与武帝合葬，以慰其相思之情。

李夫人是汉武帝宫廷乐师李延年的妹妹，美丽聪慧，能歌善舞。有次，武帝在宫中宴请胞姐平阳公主，吩咐李延年侍宴助兴，李延年在席上酒酣之时，乘兴起舞，并边舞边唱自己新创作的一首歌曲：

北方有佳人，遗世而独立。一顾倾人城，再顾倾人国。宁不知倾城与倾国，佳人再难得。

此时汉武帝的宠妃王夫人新逝，后宫无人能撩动他的心弦，武帝颇感寂寞，听了李延年歌唱倾城倾国的佳人，不觉心动，问道："世间哪有你所唱的那种佳人？"李延年歌这首曲子，可能是有意用难得的佳人，来引起武帝的春心，让他妹妹好入宫。听了武帝的问话，李延年还来不及回答，坐在武帝对面的平阳公主听出李延年歌中的寓意，就说这个倾国倾城的佳人不是别人，正是李延年的妹妹。武帝一听，大喜，立即召见李延年的妹妹进宫，一见，果然美貌惊人，迅即纳为妃子，封为李夫人。

李夫人得到汉武帝宠幸，不久就生下一子名刘贺，被封为昌邑王，此后，母以子贵，武帝对她更是恩宠有加。可惜李夫人身体羸弱，生子不久，就害上一场大病。汉武帝找来最好的医生治疗，仍无好转。武帝既焦急又难过，于是有天亲自去看李夫人，谁知李夫人坚决不让看，知道武帝到来，急忙拉起锦被蒙上脸，不让武帝见到自己病中憔悴的面容，只是恳请武帝照顾好她的儿子和兄弟。但武帝仍是想见李夫人一面，甚至以赏赐黄金及封赠其兄弟官爵为条件，但李夫人执意不见。谁知李夫人越是不让见，武帝越是想见，甚至用手拉夫人的被子，李夫人一面把脸转向里边，一面哭泣哀求，武帝心里不悦，拂袖而去。

武帝走后，姐妹们埋怨李夫人不该如此忤逆武帝，怕影响将来对她亲人的照顾。而李夫人却解释说：大凡以色事人者，色衰则爱弛，爱弛则恩绝，今我将病死，他若见我颜色与以前大不相同，必然心生嫌恶，惟恐弃之不及，先前那种美好印象，也会一扫而光。他带着这种憎恶心情，又怎能在我死后照顾我的幼子和兄弟呢？

果然在李夫人死后，武帝非但没有发怒，反而对李夫人的美丽无限思念，命人按照皇后礼遇安葬李夫人，还让画师画了李夫人病前美丽容貌，挂在自己居住的甘泉宫里。有次在游昆明池时，武帝触景生情，想起李夫人，回到延凉室中休息，睡眼蒙眬中看到李夫人手持蘅香草放在自己手中，醒来时梦境历历在目，正巧此时闻到了一阵香气，经久不去，想起了梦中李夫人给的"蘅芜香"，于是改延凉室为"遗芳梦室"。

后来有个方士知道武帝日夜思念已故的李夫人，便说自己能把李夫人请来与皇上相会，武帝听信，让方士施法，果见帷帐中飘动的人影正是李夫人，武帝情不自禁起身上前，可刚一站起，李夫人就不见了。武帝非常伤感，凄然写道：是邪，非邪？立而望之，偏何姗姗其来迟！

武帝对李夫人的思念越发强烈，为了表达思念之情，他亲手写了一首悼念词《落叶哀蝉曲》：

罗袂兮无声，玉墀兮尘生。虚房冷而寂寞，落叶依于重扃。望彼美之女兮，安得感余心之未宁。

武帝命令乐官将自己在方士施法时看到李夫人人影写的话，和这次写的悼念词，都配上音乐，让宫人传唱，以慰自己对李夫人思念之情。与此同时，也满足李夫人的心愿，照顾好儿子昌邑王，封李夫人的兄弟李延年为协律都尉，提拔李广利为贰师将军，封为海西侯。

汉武帝作为皇帝，身边美女如云，然而他自从李夫人入宫后，一生真正爱过的唯李夫人一人，到晚年还写《秋风赋》，表达对李夫人之"不敢忘"的心情。唐代著名诗人白居易为记录这段爱情故事，专门写了一首长诗《李夫人·鉴嬖惑也》（《全唐诗》427卷），兹录于下，让人玩味思考。

汉武帝，初丧李夫人。
夫人病时不肯别，死后留得生前恩。
君恩不尽念未已，甘泉殿里令写真。
丹青画出竟何益？不言不笑愁杀人。

又令方士合灵药，玉釜煎炼金炉焚。
九华帐深夜悄悄，反魂香降夫人魂。
夫人之魂在何许？香烟引到焚香处。
既来何苦不须臾，缥缈悠扬还灭去。
去何速兮来何迟，是耶非耶两不知。
翠蛾仿佛平生貌，不似昭阳寝疾时。
魂之不来君心苦，魂之来兮君亦悲。
背灯隔帐不得语，安用暂来还见违。
伤心不独汉武帝，自古及今皆若斯。
君不见穆王三日哭，重璧台前伤盛姬。
又不见泰陵一掬泪，马嵬坡下念杨妃。
纵令妍姿艳质化为土，此恨长在无销期。
生亦惑，死亦惑，尤物惑人忘不得。
人非木石皆有情，不如不遇倾城色。

二、穷泉重壤永幽隔

悼亡诗

晋·潘岳

一

荏苒冬春谢，寒暑忽流易。之子归穷泉，重壤永幽隔。
私怀谁克从？淹留亦何益？僶俛恭朝命，回心反初役。
望庐思其人，入室想所历。帏屏无仿佛，翰墨有余迹。
流芳未及歇，遗挂犹在壁。怅恍如或存，回惶忡惊惕。
如彼翰林鸟，双栖一朝只。如彼游川鱼，比目中路析。

春风缘隙来，晨霤承檐滴。寝息何时忘，沈忧日盈积。

庶几有时衰，庄缶犹可击。

晋代诗人潘岳的妻子杨氏，是东武戴侯杨肇之长女，自幼和潘岳定亲，婚后夫妻感情甚笃，共同生活二十余年，于晋惠帝元康八年（298）冬去世。杨氏死后，潘岳写了不少诗赋来悼念缅怀她。在这些作品中，保存至现今三首《悼亡诗》的艺术成就最高，在诗史上有一定影响，自潘岳而后，《悼亡诗》成为悼念亡妻的专用诗题。

这首"荏苒冬春谢"，是潘岳三首悼亡诗的第一首，最为著名，写亡妻葬后，自己在将要离家赴任时，睹物思人，悲痛难抑的内心感受。诗中说：时光匆匆过去，冬去春来，转眼我的妻子已经去世一年，妻子归葬深泉，层层土壤让我们永远阻隔。我们曾经誓言，不去做官，永远相守不离，这个愿望现在已经不能实现，我再留在家里又有什么用呢？我现在竭力自勉，为朝廷效命，还是回到原官任所去罢！我在家望见我守孝的庐房，就想到妻子的人，进了我们的住屋就想到妻子所做的事。在帏屏间连亡妻的身影都见不到，在室间还留有她写字的墨迹，她的化妆用品依然散发着芳香，她的遗物还挂在墙上，这一切让我精神恍惚，似乎觉得她还活着，但回头来不见她的人影，我深感不安惶惑。如今我们好比双栖的林间之鸟，只剩下一只，又像水中比目鱼，中途被拆开。春风从墙间缝隙吹进来，屋檐间的流水不断向下滴。从白天到寝夜，我无时无刻不在思念亡妻，这么沉重的忧伤，一天一天在增加。我很希望对亡妻的这种怀念之情减少一些，但我做不到。我很难做到像庄周那样达观，妻子死了他不悲伤，反而去击缶唱歌。全诗通过对亡妻生前遗物的接触回忆和本人思绪的变化，将自己在妻子死后的痛苦心情，抒写得细致入微、真实感人。

潘岳另外两首《悼亡诗》是：

二

皎皎窗中月，照我室南端。清商应秋至，溽暑随节阑。
凛凛凉风升，始觉夏衾单。岂曰无重纩，谁与同岁寒。
岁寒无与同，朗月何胧胧。展转眄枕席，长簟竟床空。
床空委清尘，室虚来悲风。独无李氏灵，仿佛睹尔容。
抚衿长叹息，不觉涕沾胸。沾胸安能已，悲怀从中起。
寝兴目存形，遗音犹在耳。上惭东门吴，下愧蒙庄子。
赋诗欲言志，零落难具纪。命也可奈何，长戚自令鄙。

三

曜灵运天机，四节代迁逝。凄凄朝露凝，烈烈夕风厉。
奈何悼淑俪，仪容永潜翳。念此如昨日，谁知已卒岁。
改服从朝政，哀心寄私制。茵帱张故房，朔望临尔祭。
尔祭讵几时，朔望忽复尽。衾裳一毁撤，千载不复引。
𰼁𰼁期月周，戚戚弥相愍。悲怀感物来，泣涕应情陨。
驾言陟东阜，望坟思纡轸。徘徊墟墓间，欲去复不忍。
徘徊不忍去，徙倚步踟蹰。落叶委埏侧，枯荄带坟隅。
孤魂独茕茕，安知灵与无。投心遵朝命，挥涕强就车。
谁谓帝宫远，路极悲有余。

后两首诗与第一首诗所表达的对亡妻怀念和悲痛的感情相通，不过环境和重点有所区别。第二首主要叙述妻子去世一年来孤独寂寞的悲怀。从首联到"遗音犹在耳"等十一联是说妻子死后，四季更替，转眼寒冬，人去床空，谁同梦寒，又没能像汉武帝在帏幄上看到他死去的李夫人容貌那样，见到我亡妻杨氏的神灵，不觉令人伤心落泪，更加悲伤，一觉醒来，目中总有亡妻的形影，耳中还有亡妻的声音，无法忘怀。自"上惭东门吴"以后三联是说自己不如古人东门吴者和蒙县庄子那样达观：子死不忧，妻死不哭。我却始终对亡妻思念难忘，写诗难以记述自己的哀伤，我只有认命，自己承受了这长久的悲戚。

第三首则是抒写重赴朝廷任职时告别亡妻坟墓的悲怜之情。自首联到"泣涕应情陨"等前十联是说妻子转眼已逝去一年，我的丧服已满，要改朝服，今后初一、十五对妻子的祭祀即将停止，灵堂也得毁撤，想到这里我悲伤落泪。自"驾言陟东阜"至"安知灵与无"等五联，是抒发自己到妻子墓地辞别时，不忍离去的悲伤心情。最后两联是说自己挥泪离开墓地勉强上车前去上任，去路虽然很远却有尽头，自己思念亡妻的悲苦则永远没有止境，表达路有尽而悲无穷的哀思。

潘岳，字安仁，生于公元247年，荥阳中牟（今属河南）人，祖父潘瑾任过安平（今山东益都）太守，父亲潘芘曾任琅琊（今山东临沂）内史，潘岳少年即负才名，乡里称他为奇童，说他是终军、贾谊一样的人才，早年被召到司空太尉府选为秀才。因为他才华名声盖世，为世人忌妒，所以仕途并不得意，举秀才十年后，才任为河阳（今河南孟县）县令。他做县令后，在县中满种桃李，当时传为美谈，后任著作郎，转为散骑侍郎，官至给事黄门侍郎，人称潘黄门。

潘岳与陆机齐名，世称"潘陆"。长于诗赋，善缀辞令，造语工整，体现太康文学讲究形式的倾向。《悼亡诗》是其代表作，其《西征赋》《闲居赋》等均为名作。除诗赋外，他还"善为哀诔之文"，今存祭文、铭、诔等二十余篇，辞婉情切，哀痛感人。明人张溥将其著作辑为《潘黄门集》传世。

潘岳性情轻浮暴躁，趋附势利，他和石崇等人谄媚侍奉权贵贾谧。看见贾谧出门，两人就望着车马扬起的尘埃顶礼膜拜。贾谧起草关于愍怀的文章是潘岳执笔，贾谧关于《晋书》的起笔年限的议疏，也是潘岳手笔，贾谧的"二十四友"，潘岳是第一位。潘岳的母亲几次批评讥诮说："你应该知道满足，你还要侥幸冒险不停吗？"但潘岳始终不改。有一个名叫孙秀的人，诡诈自负，过去潘岳父亲潘芘任琅琊内史时，孙秀曾为小吏侍候过潘岳，但潘岳厌恶他的为人，多次鞭挞侮辱他，孙秀长期怀恨在心。到赵王司马伦辅佐朝政时，孙秀当了中书令，为了报复而诬告潘岳和石崇、欧阳建等图谋尊奉淮南王司马允、齐王司马冏反叛作乱，公元300年潘岳等被诛杀，并夷灭三族。潘岳在被送去斩首时对母亲说："我辜负了阿母的教诲。"他的母亲也同时被杀，潘岳死时五十三岁。

从潘岳的《悼亡诗》以及其写作的文、赋、铭、诔，可以看出他是一位既有才华，又具有丰富、诚挚感情的人。但由于少年骄躁，侮辱鞭挞了小人孙秀，壮年为了向上爬而趋炎附势，不听母亲教导，终为小人诬陷，招致杀身之祸，并牵连母亲及兄弟亲族，以悲剧结局。其本人过错和不当行为，很值得后人鉴戒。

三、夜长开眼报平生

遣悲怀三首

唐·元稹

一

谢公最小偏怜女，自嫁黔娄百事乖。
顾我无衣搜荩箧，泥他沽酒拔金钗。
野蔬充膳甘长藿，落叶添薪仰古槐。
今日俸钱过十万，与君营奠复营斋。

二

昔日戏言身后意，今朝都到眼前来。
衣裳已施行看尽，针线犹存未忍开。
尚想旧情怜婢仆，也曾因梦送钱财。
诚知此恨人人有，贫贱夫妻百事哀。

三

闲坐悲君亦自悲，百年都是几多时。

邓攸无子寻知命，潘岳悼亡犹费词。
同穴窅冥何所望？他生缘会更难期！
惟将终夜长开眼，报答平生未展眉。

  元稹，字微之，河南洛阳人，生于唐大历十四年（779），卒于太和五年（831），享年五十二岁。他八岁丧父，家中贫困，母亲郑氏贤淑知书，很重视对元稹的教育，加之元稹自幼聪慧好学，十五岁便以明两经擢第，二十一岁初仕河中府，二十五岁登书判拔萃科，授秘书省校书郎，二十八岁列才识兼茂明体用科第一名，授左拾遗，历任监察御史，后因触怒宦官遭贬。元和十年（815）回京，旋即外放通州司马，后召回京，仕途顺畅，曾官拜宰相。元稹以诗的创作成就最大，与白居易齐名，世称"元白"。有《元氏长庆集》传世。又有传奇《莺莺传》，为后来《西厢记》故事的取材。在结婚不过七年的妻子韦丛去世后，他写了许多感情真挚而又深沉的悼亡诗，其中《遣悲怀三首》流传最广，最为人们熟知和称道。

  元稹少年时，曾有一段美好的初恋，他对那位少女爱得很热烈，几乎无法离开对方，可是元稹的母亲非常反对这门婚事。他事母至孝，不得不听从母亲的劝说，与对方断绝联系，但心里还是惦念着那个女子，并为她写了不少艳诗，甚至在与韦丛新婚时，还在怀念这位少女。

  韦丛是太子少保韦夏卿的小女儿。在长安时，元稹以其才学博得韦夏卿的赏识，双方过往甚密，韦夏卿欲将女儿韦丛嫁给元稹为妻，元稹的母亲听说韦家小女很贤惠，极力赞成这门亲事。当时韦丛二十岁，元稹二十四岁，刚入仕途，仅是秘书省校书郎的小官，尽管如此，因元稹心中仍惦着原来的恋人，对这位出身豪门下嫁来的新娘子并不热情，新婚之夜一言不发。

  韦丛虽然门第高，但并不势利，对元稹的态度及家庭景况，没说半句嫌弃的话，相反，自嫁到元家之后，立即放下大家小姐的身段，勤俭持家，任劳任怨，对元稹温柔体贴，对老母也很孝顺。韦丛这些表现，元稹都看在眼里，记在心上。人非草木，渐渐地元稹对韦丛日久生情，而且感情一天比一天浓厚。元稹官小收入微薄，生活虽不宽裕，但小日子过得温馨甜蜜。韦丛看见丈夫衣衫单薄，就翻箱倒箧找点布料亲手给元稹缝制衣服，绣花针扎破了手指，她既不叫疼，也不呻吟，继续细心缝制。因为贫穷，没钱买米买菜，韦丛就亲自到外面挑野菜摘豆叶子做饭充饥，平常没钱买柴生火，她就到院子里扫槐树叶捡枯槐枝当柴烧。过这样的苦生活，韦丛心里坦然，还觉得很幸福。据说，有一次元稹的朋友远道来访，此时家中没有任何东西可以款待客人，正在元稹发愁的时候，韦丛毫不犹豫拔下自己头上最心爱的金簪，换钱来买了粮食和酒菜款待客人。日子一天一天过去，元稹对这位贤淑的妻子韦丛，由感激到感动，由感动到感情，由点滴动情，到倾心相爱，打心眼里恋上了她，觉得同她一起生活就是幸福，希望一生一世永不分离。

谁知老天不从人愿，元稹和韦丛在贫困中度过了幸福的七年，到唐宪宗元和四年（809），韦丛不幸因病去世。据说韦丛在去世的前一天，还拖着病痛之身，一针一线地为自己的丈夫缝绣菊花枕头，原因是元稹曾说过最喜欢菊花的香味。为了让元稹高兴，韦丛竟然不辞羸病，为把菊花枕头缝好，特别勤心。韦丛去世时，年仅二十七岁，此时元稹也才三十一岁。当时元稹官至监察御史，收入正在提高，正如其诗中所说"今日俸钱过十万"，马上就可以给妻子韦丛一个经济宽裕、轻松愉快的幸福生活，而韦丛却积劳成疾，永远离自己逝去，怎不叫元稹伤心欲绝。

韦丛死后，元稹一直沉浸在巨大痛苦之中，他守着空床和空空洞洞的房子，回想昔日妻子对待自己的温柔体贴、相亲相爱的情景，更加悲从中来，一点一滴的小事件，都会引起他对妻子的怀念。他按照韦丛生前的嘱咐，将韦丛的衣裳都施舍别人，可是把韦丛曾经用过的针线盒，依然保存下来，为的是记住妻子一生对自己的奉献，他看着这些针线盒子，似乎看见妻正在昏黄的灯下为自己一针一线缝衣服和枕头。在这种悲痛无法自拔的情况下，他用诗歌来抒发自己对妻子的感情，在此期间元稹写了不少悼念亡妻的诗,用生活中的具体实事,如搜箧缝衣、拔钗沽酒、野蔬充膳、槐叶作薪等等,述说妻子生前为自己的真情奉献和辛劳,而"今日俸钱过十万"却伊人长逝。诗中同时反映妻子死后自己的一些活动和心情感受,充分抒发自己悲伤、遗憾、追悔和感激之情,字字如诉,句句嚼血,使悼亡诗达到一个高峰。所以有人说"古今悼亡诗充栋,终无能出三首范围者"。元稹在写了《遣悲怀三首》后不久,又写了《离思五首》,其二写道:

> 山泉散漫绕阶流,万树桃花映小楼。
> 闲读道书慵未起,水晶帘下看梳头。

回忆自己与韦丛生前生活的温馨和浪漫,山泉绕阶,桃花映楼,闲读道书,卧赏梳头,多么惬意,而现在是伊人长逝,令人伤感。其四写道:

> 曾经沧海难为水,除却巫山不是云。
> 取次花丛懒回顾,半缘修道半缘君。

把韦丛比作巫山云和沧海水,相较之下,别的地方云和水都算不上云和水了,借喻与韦丛这么好的妻子相处之后,别的女人我都懒得一顾。后来又写了《六年春遣怀八首》,其中一首写道:

> 伴客销愁长日饮,偶然乘兴便醺醺。
> 怪来醒后旁人泣,醉里时时错问君!

虽然有朋友陪伴,但仍不能缓解我对你的思念和哀愁,只好饮酒解脱,但喝醉了仍然呼唤你的名字,连陪伴我的朋友看此情景也都为我落泪。

元稹在妻子去世两年后,纳安氏为妾,后来又续娶裴氏为妻,在这期间与才女薛涛也有过一段交情。有人因此认为他既没有在"花丛"中"懒回顾",也没有为亡妻而"修道",从而质疑诗中表达对亡妻的爱情是否真诚,他们的感情是否深厚。其实这种质疑是不必要的。元稹所谓在"花丛"中"懒回顾",是回忆韦丛的贤德无人可比,是对韦丛的爱慕和肯定,并非"誓言"。除对韦丛外,后来对妾安氏和后妻裴氏,都没有这样赞美的诗句,足见其对韦丛赞美和爱情出自真心。其实,元稹的悼亡诗反映出,他与韦丛在婚后,从日常生活一点一滴中培养积累起来的爱情,较之那些一见钟情的男女,可能爱情基础更牢固,感受更深刻,情意更真挚。

四、十年梦顾泪千行

江城子

宋·苏轼

乙卯正月二十日夜记梦

十年生死两茫茫,不思量,自难忘。千里孤坟,无处话凄凉。纵使相逢应不识,尘满面,鬓如霜。

夜来幽梦忽还乡,小轩窗,正梳妆。相顾无言,惟有泪千行。料得年年肠断处,明月夜,短松冈。

苏轼任密州太守时,宋神宗熙宁八年(1075)正月的一天晚上忽然梦见已故十年的妻子王弗,醒后感到十分悲伤,随即写了上面这首流传千古的词《江城子》。生死相隔茫茫十年,王弗在苏轼的心中始终是

"不思量，自难忘"，梦中面对"相顾无言，惟有泪千行"。这种夫妻感情，令人景仰，而能有这种感情，绝非偶然。

苏轼同他的父亲苏洵、弟弟苏辙皆居"唐宋八大家"之列。文学成就是很出名的，而他的个性表现在婚姻上，也很有名气。据说苏轼少时非常恐惧婚姻，七八岁师从眉山道士张易简，淡泊名利，常逃至大山中求道学仙。并且因为他姐姐由父母包办婚姻，出嫁没多久，被婆家折磨致死，这成为他恐惧婚姻的另一个因素。

有次，苏轼的父亲带他和弟弟苏辙到雅州住一段时间，雅州太守很欣赏他们父子三人的才华，曾亲自写书信向当时朝廷重臣韩琦、张方平、欧阳修三人推荐苏家父子。雅州太守有一女儿很喜欢苏轼，常常在晚上去偷看苏轼读书，后来干脆向苏轼坦白要嫁给他。太守知道女儿心事，便主动和苏轼的父亲商量，于是两家父亲便订下婚约。当时苏轼虽然不喜欢结婚，可又不能反对父命，只好敷衍说等到自己功成名就之后再谈此事。最后苏轼还是没有娶太守的女儿为妻，一直到十九岁遇到了王弗。

王弗家虽非大户，但父亲王方是乡进贡士，在家乡威望不错，他家乡青冲县岷江畔有一山叫中岩山，山中有一方由山泉汇成的清池，此池很特别，游人临池拍手，池中鱼会寻声游到岸边。有一天，王方特地请来远近青年才子到池边聚会，为这方清池取名，可能也想借此暗中选婿。这些才子取的名字千奇百怪、各显其才，王方都不满意，这时苏轼在山中闲走，听说这里为清池取名，也走近看看，问明情况后说：何不取名"唤鱼池"？苏轼的池名一出，马上得到王方的赞赏。当下苏轼大笔一挥，在池的石壁上写了"唤鱼池"三字。正在人们为苏轼题名喝彩时，王弗也让丫环送来自己的题名"唤鱼池"。这样的巧合，使苏轼认为王弗定是一位才女，王弗的父亲也认为苏轼与自己的女儿王弗心有灵犀，定是有缘，对苏轼分外赏识，随即邀请他到家小叙。

苏轼到了王方家中，二人聊得很投机，王方为苏轼小小年纪就能"学通经史"而赞叹；苏轼也没有想到这个小小的地方居然有一位如此博学的乡进贡士，于是对王方说，想到他任教的中岩书院来读书，这想法马上得到王方的认可。原来王方在苏轼命名"唤鱼池"之后，就有把女儿王弗许配给他的念头，在他与苏轼聊过之后这种想法就更坚定了，于是第二天留苏轼到中岩书院读书。

有一晚，当苏轼走出王家时，正是皓月当空，苏轼偶然一瞥，隔着纱窗看见一妙龄少女正在对镜梳妆，月色中，少女乌黑透亮的头发有如月华流泻，苏轼呆呆看着，直到少女转头面对自己，才醒悟地匆忙前行，苏轼知道这少女正是王弗。这时王弗从丫环口里已经知道苏轼为清池题名与自己一样为"唤鱼池"，并且苏轼已拜父亲为师，眼下窗前这位潇洒俊秀的少年，定是苏轼无疑。自这次隔窗相见，两人的心情都难以平静。这天之后，苏轼终于意识到自己对王弗的爱慕，已经走出了对婚姻的恐惧，并开始和王弗私下会面，有时两人会面后，苏轼回家辗转反侧，眼前全是王弗的一颦一笑，无法入眠，便干脆在天蒙蒙亮时，偷偷地跑到王家外，这时早起的王弗已打开闺房的门户，但苏轼并不去惊动她，只是静静地含情看着她在窗边梳妆打扮。就在苏轼为情所困的时候，王方找到苏轼，说要把自己的女儿王弗许配给他，苏轼此时既惊喜又担忧，喜的是自己正有意于王弗，忧的是怕自己的父母拒绝这门婚事，因为此前父母为他与雅州太守之女订下婚约。已经不惧怕婚姻的苏轼，十九岁那年，正式告知父母自己要结婚，自己要娶的女子不是太守的女儿，而是自己喜欢的王弗，并告知父母王弗的父亲已同意将女儿嫁给自己。父亲看着曾经要逃婚学道、隐身山林的儿子，有了这么大的转变，同时心中也对自己包办大女儿失败的婚姻感到后悔，虽然惦记着与雅州太守之女的婚约，但看见儿子要与王弗结婚的态度坚决，于是同意了儿子的婚事，不久便正式到王家提亲。

结婚那年，苏轼十九岁，王弗十六岁。王弗自幼受到良好教育，知情达理，温柔贤惠，侍亲至孝，小小年纪就懂得勤俭持家，深得苏家上下称赞；尤其是苏轼的母亲，特别喜欢这个儿媳妇。可惜婆媳只相处三年多，苏母便去世了。苏轼在成家之后着手男儿立业，专心学业，日夜苦读，而王弗始终不离左右。让苏轼没有想到的是，妻子王弗不仅温柔美丽，对自己体贴入微，而且聪敏、有学识，有时自己看书看到头昏，疲惫中忘了书中的词句或遗漏的篇章，这时陪坐在身旁的王弗就提醒他。苏轼有时问她一些问题，她全都知晓并能说出大概。这些使苏轼又惊又喜，原来自己娶来的妻子是位不折不扣的才女，他为自己拥有这样的妻子而高兴万分。

由于苏轼自己的努力、王弗的伴读，苏轼在宋仁宗嘉祐二年（1057）以第二名的优异成绩考中进士及第，时年二十一岁。中进士后苏轼开始出任官职，王弗自然随行。苏轼为人向来不拘小节，性情率真豪爽，在他眼里没有一个坏人，这一点他父亲苏洵很不放心，也让王弗牵挂。因她知道一些官场凶险狡诈，担心苏轼被利用和遭诬陷，每逢苏轼外出，她都反复叮咛小心，等苏轼回来还要问他待人接物的情形，经常用公公的话提醒苏轼待人处事要当心。

王弗对苏轼在家接待客人，也一样关心。"幕后听言"就是说的苏轼和王弗的故事：据说每当有客人来访时，王弗就在屏风后静听观察，并把自己细心观察到的情况向苏轼提出建议，并说某人可深交，某人不可交等等，苏轼有时笑她是"妇人之见"，不大重视，王弗也不在意。某次有人来结交苏轼，首次见面显得很夸张，大有与苏轼称兄道弟、相见恨晚之势。王弗见后劝苏轼此人"恐不能久，其与人锐，其去人必速"，意思是说这样的人交情不会太久，结交得突如其来的快，如果你一旦落难，他远离你一定比谁都跑得快。后来这人的行为果如王弗所料。经过较长时间，苏轼发现王弗的判断多是准确无误，才佩服妻子的眼力和见识。此后，官场上的一些事情，苏轼也会与王弗商量，并乐于听取她的意见。在这期间，王弗生下长子苏迈。膝下有子，苏轼与王弗伉俪之情，更加深厚。

苏轼考中进士后，出任了大理评事、凤翔府签判等官职，王弗一直陪伴左右，他们一起度过人间最美最幸福的十年。王弗本就体弱多病，加上生子消耗了体力，从四川到京城的来往奔波让她不堪负荷，于宋英宗治平二年（1065）不幸病逝，时年仅二十七岁。王弗的死，令苏轼伤心欲绝，对他来说不仅仅是失去了相爱的伴侣，也失去了一个体己的知音，更是失去了一个可以随时给予帮助的引路人。同时伤心欲绝的还有苏轼的父亲苏洵，他对这个媳妇赞不绝口。第二年苏轼的父亲苏洵也去世了。这时苏轼开始停官服孝，护丧回家，也将王弗之墓一同迁回老家眉州，按父亲生前交代，葬在母亲墓地西北八步的地方，为她立碑，还写下《亡妻王氏墓志铭》，铭文说："治平二年，五月丁亥，赵郡苏轼之妻王氏（名弗），卒于京师。六月甲午，殡于京城之西。其明年六月壬午，葬于眉之东北彭山县安镇乡可龙里先君、先夫人墓之西北八步。"苏轼在墓志中似很平静，没表悲痛之意，正是"大悲无言，大爱无声"，巨大悲痛已寓其中。

苏轼服孝期满后，公元1069年重返京城做官，在王弗去世两年之后，苏轼迎娶了第二任妻子王闰之，她是王弗的堂妹，比苏轼小十一岁。王闰之生性温柔，对苏轼百依百顺，把苏轼当偶像崇拜，两人感情虽然也好，但苏轼始终无法减轻对前妻王弗的怀念。转眼到了熙宁八年（1075）任密州太守时，也许是常年思念，使得苏轼精神恍惚，于正月十五日夜苏轼在梦中与王弗相会了，醒后在十分悲痛的心情下写了《江城子》这首词，表达了对亡妻王弗无尽的爱恋和相思。

苏轼先后共有三任妻子，他与后任妻子的感情都很好。第二任妻子王闰之陪苏轼历经乌台诗案、黄州贬谪等事件，宦海浮沉，从来没离开过他，二十五年后，王闰之又先苏轼去世，苏轼还为她写了祭文，在文中说自己的悲痛已是"泪尽目干"，允诺与她"同穴"。相传苏轼死后与王闰之合葬。第三任妻子王朝云，本是侍妾，比苏轼小二十六岁，在苏轼最困难的时候如贬谪海南儋州，王朝云一直伴其左右，可说是苏轼的红颜知己。苏轼给朝云写的诗歌最多，称其为"天女维摩"。不幸的是朝云被扶正十一年后也先于苏轼病逝。朝云死后，苏轼未再续弦，按朝云遗愿，苏轼将她葬在惠州西湖孤山南麓栖禅寺大圣塔下松林中，并在墓边筑六如亭以纪念，撰联一副："不合时宜，唯有朝云能识我；独弹古调，每逢暮雨倍思卿。"如今这座朝云墓已成惠州名胜之一。然而苏轼在三任妻子中，最爱的、最敬重的还是王弗，这不仅因为王弗是自己的结发妻子，贤淑美丽，温柔行孝，更重要的还是王弗人情练达，见识超常，可以匡扶苏轼在官场和社会交往中的缺失。如果她能陪伴苏轼一生，说不定能减少苏轼一生中所受的委屈和打击。然而天不佑人，苏轼在其青春鼎盛功业上升的时候，竟然失掉这位名符其实的贤内助，怎能不感到终身遗憾呢？

五、香消卌载吊遗踪

沈　园

宋·陆游

一

城上斜阳画角哀，沈园非复旧池台。

伤心桥下春波绿，曾是惊鸿照影来。

二

梦断香消四十年，沈园柳老不吹绵。

此身行作稽山土，犹吊遗踪一泫然。

陆游在他休弃而又是他最爱的前妻唐婉去世四十年后，第一次来到曾与唐婉春游相遇的沈园，写了上面两首悼亡诗，时陆游已经七十五岁，正如他在诗中所说"此身行作稽山土"。他老泪横流，吟诗悼念，含有多少悔恨和爱！令人感动和同情。

陆游，字务观，号放翁，越州山阴（今浙江绍兴）人。二十九岁赴临安省试，名列第一。次年应礼部试，为秦桧所黜。桧死，始出任福州宁德县主簿。孝宗继位，赐进士出身。中年入蜀，先后参加王炎、范成大幕府，投身军旅生活。一生力主抗战，能诗工词，是南宋著名爱国诗人，存诗九千三百多首，多抒发自己政治抱负和爱国热情，以及鞭挞投降派和反映人民痛苦等。有《剑南诗稿》传世，终其一生有两件憾事，至死不忘：一是未能恢复中原，他临终前的《示儿》诗中说"死去元知万事空，但悲不见九州同"即指此［详见本书第二章：骨肉分合（七）］。二是与前妻的仳离。前妻去世后，他心挂沈园，几次写悼亡诗，就是表达这种哀伤。

陆游的前妻唐婉，是舅父唐闳之女，字蕙仙，美丽清秀、沉静温婉，并有诗才，婚后感情很好，在两人诗词唱和中，爱情更加深浓。就在他俩吟诗作对热烈相爱的时候，陆游的母亲却逼迫陆游休掉唐婉，原因据说是两条：一是结婚一两年，唐婉没有怀孕，"不孝有三，无后为大"，唐婉未能为陆家传宗接代，是陆母不能原谅的；二是整天与陆游谈情赋诗，影响陆游进取功名，光耀门庭。在北宋时，陆游的祖父陆佃是王安石的学生，做过上书右丞。父亲陆宰，也当过京西路转运副使，后被免职。陆母经历过繁华和风浪，又经历过从北到南漂泊的痛苦，因而很希望陆游重振家声。看到陆游婚后沉浸儿女私情而忘记远大理想，就很不是滋味。正在此时，陆母又逢上一位名叫妙音的尼姑，信口开河说二人八字不合，指摘唐婉克夫，这更让陆母失控。有了上述几条，尽管唐婉是自己的侄女，陆母也顾不得了，决心强迫陆游休掉唐婉，并威胁道："否则老身与之同尽。"

母亲的决定，对陆游和唐婉来说，无疑是晴天霹雳。然而母命难违，遵照母亲的要求，一纸休书，使这对恩爱夫妻被生生拆散。但二人恩情难以割舍，又不甘心，陆游当时悄悄地另筑别院，安置唐婉，便于不时探望，以慰相思。同时他知道唐婉并没有忤逆公婆，又是姻亲，不相信母亲会真心休掉唐婉，待母亲一时气消之后，他就可以与唐婉重续鸳鸯。但不久，这一情况被陆母发现，为断绝二人重续前缘的梦想，陆母便很快为陆游娶了一个温顺的王氏为妻。这样，两位有情人要再成眷属的心愿，就彻底破灭了，其伤痛是不言而喻的。陆游另娶不久，唐婉也改嫁到同郡名士赵士程家。赵家本是皇家后裔，也算得门庭显赫，赵士程宽厚明理，对唐婉的遭遇，同情而又包容，在赵的善待和温暖之下，唐婉的感情伤口也慢慢愈合和淡化了。

宋朝惯例，每年农历三月初一至四月初七，私家花园（包括御花园）都要对外开放，以供人们游览赏春，越中（今浙江绍兴）名园，禹迹寺南之沈氏园也不例外。十年后的一个春天，陆游才三十一岁，游沈园时与唐婉偶然相遇。十载相隔，倍感情伤，各自有妇有夫，相对无语凝噎。素谙情理的赵士程，主动退到一边，让唐婉宴请陆游。二人默默相对，似有千言万语，却又欲语还休。唐婉含着泪水给陆游斟上一杯酒，不忍再相对而转身离去。陆游目送唐婉，回看酒杯，环顾春色，想起从前种种，感慨万千，惆怅良久，便在沈园墙壁上写了一篇凄楚的名词《钗头凤》：

红酥手，黄縢酒，满城春色宫墙柳。东风恶，欢情薄，一怀愁绪，几年离索。错、错、错！
春如旧，人空瘦，泪痕红浥鲛绡透。桃花落，闲池阁。山盟虽在，锦书难托。莫、莫、莫！

词中反映出对母亲"东风恶"的怨，对情缘薄的恨，对自己未能阻止母亲要求，决定休妻而自责，悲愤得连声喊"错、错、错"！而今相遇，对着过去心爱的人，回顾过去山盟海誓，面对现实，已是无可奈何，只好莫、莫、莫去想它了吧！这首词落款为绍兴辛未（1151）三月。据说墨迹受到保护，到二十多年后淳熙年间（1174—1189）还留存在壁。

陆游在沈园题词后不久，唐婉又来沈园，看到陆游在墙上写的《钗头凤》词，顿时泪流满面，想到过去与陆游二人的恩爱，想到婆婆强迫儿子陆游休掉自己的情形，以及两人偶然会面时的伤感和自己当前的处境等等，感到世情薄、人难作，伤痛至极。随即在陆游的词后按照原词牌也写了一首和答词《钗头凤》：

世情薄，人情恶，雨送黄昏花易落。晓风干，泪痕残。欲笺心事，独语斜栏。难、难、难！

人成各，今非昨，病魂常似秋千索。角声寒，夜阑珊。怕人询问，咽泪装欢。瞒、瞒、瞒！

这首词是唐婉在深感受迫害的情势下所写，比陆游的词抒发的感情更为凄楚。"欲笺心事，独语斜栏""怕人询问，咽泪装欢"等等，深刻地揭示自己内心的痛苦，如泣如诉，字字句句都像是对封建礼教的控诉。

唐婉经过这次与陆游相见和对陆游《钗头凤》词的回味、和答之后，感情再也无法平静。一方面是无法忘却前夫陆游的情，另一方面是难以背弃丈夫赵士程的义，在这种复杂感情矛盾中备受煎熬，郁郁寡欢，在沈园与陆游邂逅不久的同年秋天，便抑郁而死。

陆游是位爱国志士，他在沈园与唐婉相遇之后，就北上抗金，又转至川蜀任职。由于政治上屡遭投降派打击，其壮志难酬，最后不得不回到山阴老家农村蛰居。历时四十年，在其重到沈园凭吊前妻唐婉，写了《沈园》二首后六年，由于对唐婉的爱情始终不能释怀，因而夜梦游沈园，又作《十二月二日夜梦游沈氏园亭》（二首）：

一

路近城南已怕行，沈家园里更伤情。
香穿客袖梅花在，绿蘸寺桥春水生。

二

城南小陌又逢春，只见梅花不见人。

玉骨久成泉下土，墨痕犹锁壁间尘。

又一次对前妻唐婉进行回忆哀悼。此后三年，陆游去世的前一年，他仍挂牵着沈园，扶着老病之身再游沈园，又作《春游》一首：

沈家园里花如锦，半是当年识放翁。
也信美人终作土，不堪幽梦太匆匆。

这是陆游最后一次悼念唐婉的诗，第二年即嘉定二年（1209），陆游也追随唐婉去了另一个世界，享年八十五岁。

六、憔悴年年愁独归

双燕离

南宋·张玉娘

白杨花发春正美，黄鹄帘低垂。燕子双去复双来，将雏成旧垒。秋风忽夜起，相呼渡江水。

风高江浪危，拆散东西飞。红径紫陌芳情断，朱户琼窗侣梦违。憔悴卫佳人，年年愁独归。

这是张玉娘在其未婚夫沈佺不幸去世后，在郁郁愁苦和悲痛中写的一首词。

张玉娘生于宋理宗淳祐十年（1250），字若琼，号一贞居士，松阳（今属浙江）人。其曾祖是进士，祖父由贡元做过登士郎，父亲张懋，做过提举官。张玉娘自幼聪慧，虽是女子，父亲还是请先生专门教她，小小年纪，就通诗文、懂曲赋，其诗词又以古风称绝。

张玉娘的灵秀和文才，很快被传播出去，"所作文章诗词，震惊一时"。但这一情况，在历史洪流中，长期不被人知晓，现代著名词学家唐圭璋教授，在《宋代女词人张玉娘——鹦鹉冢故事的来源》一文中写道："谁也知道，宋代女词人有李清照、朱淑贞、魏夫人、朱淑姬这一班人，可是很少知道，宋代还有一位女词人张玉娘，足以和她们分庭抗礼。"张玉娘的作品，直到清代，剧作家孟称舜感其深情与才华，为其刊印《兰雪集》传世；同时为她创作了剧本《张玉娘闺房三清鹦鹉贞文记》，并写《一贞居士》悼亡诗一首：

> 千年恨骨葬秋山，一片枫林叶染丹。
> 岂是霜花夜凝紫，相思血泪成斑斑。
> 一贞贞洁心如玉，幽居长向兰房哭。
> 彩丝绣出沈郎名，生不相从死相逐。
> …………

当初，张玉娘到了谈婚论嫁的年龄时，前来提亲的人很多，这当中就有跟张家有表亲关系的沈家。沈家的儿子沈佺，与张玉娘同庚，是宋徽宗时状元沈晦的第七代孙，才思敏捷，人品端正，斯文有礼。经过权衡，张父决定将女儿许配给沈佺。玉娘与沈佺从小青梅竹马，玉娘抚琴赋诗，踏青作画，身边相伴除了侍女霜娥与紫娥外，便是表兄沈佺。十五岁那年，张、沈两家订下婚约。在两小无猜的欢乐时光里，张玉娘写下一首七绝《彩霞入池塘》：

> 天际红霞落池塘，水底荷花上天堂。
> 仙女采莲拨红桨，招手岸边少年郎。

张玉娘与沈佺订婚之后，见面机会就不像过去那么多了，他们通过书信诗词来表达情怀。张玉娘用《川上女》这首歌来表达她对沈佺"清澈"的情义和"风波不改"的决心：

川上女，行踽踽。翠鬟湿楚云，冰肌清溽暑。霞裾琼佩动春风，兰操蘋心常似缕。却恨征途轻薄儿，笑隔山花问妾期。妾情清澈川中水，朝暮风波无改时。

过了几年，沈佺家道败落。玉娘的父亲又感到沈佺虽有才学，却无意功名，担心女儿嫁过去，会受清贫之苦，于是有悔婚之意。玉娘坚决反对父亲悔婚，她一方面与父亲抗争，一方面写信赠物给沈佺，以表达自己的坚贞，她在《临江仙》中写道：

才女贤郎天作合，青梅竹马鸳鸯。寄托爱意赠香囊。情丝描洁雪，心曲吐兰芳。
怎奈王母横拆散，哀诗诉尽衷肠。更忧国难气轩昂。贞操吟绝唱，壮志铸华章。

张玉娘坚不悔婚，张父拗不过女儿，只好作出让步，同意不解除婚约，但要沈佺取得功名，方可嫁他，并向沈佺寄书通牒说"欲为佳婿，必得乘龙"。沈佺一看事情有了转机，只得一改无心功名的心性，答应考取功名之后来迎娶玉娘。于是与玉娘道别，远赴临安，求取功名。玉娘撑一把油纸伞，于瓯江水畔，在又送又望沈佺离去的同时，吟了一首《古离别》：

把酒上河梁，送君灞陵道。去去不复返，古道生秋草。
迢递山河长，缥缈音书杳。愁结雨冥冥，情深天浩浩。
人云松菊荒，不言桃李好。澹泊罗衣裳，容颜萎枯槁。
不见镜中人，愁向镜中老。

沈佺赴京之后，张玉娘觉得茶饭无味，夜夜不能入睡，难以忍受对沈佺的思念，因而叫紫娥和霜娥为自己研墨、铺纸，写下了《玉蝴蝶·离情》：

极目天空树远，春山蹙损，倚遍雕阑。翠竹参差声戛，环佩珊珊。

雪肌香、荆山玉莹，蝉鬓乱、巫峡云寒。拭啼痕。镜光羞照，孤负青鸾。

何时星前月下，重将清冷，细与温存。蓟燕秋劲，玉郎应未整归鞍。

数新鸿、欲传佳信，阁兔毫、难写悲酸。到黄昏。败荷疏雨，几度销魂。

她多么希望"星前月下""细与温存"，但玉郎"未整归鞍"，使她"欲传佳信""难写悲酸"。

沈佺离开家乡，心想此次考试，不是为高官，也不是图富贵，而是关系到自己一生的爱情与幸福，到了京城，顾不得观花赏景和调整休息，放下行李便发奋苦读。经几轮考试，终于到了放榜那天，沈佺考中榜眼，这年他才二十二岁。就在沈佺得知自己取得功名，心情喜悦的时候，却不幸得了伤寒，一病不起，无力回乡。为让玉娘安心，他给玉娘写了一封信，告知自己高中榜眼，眼下因病不能立刻返乡。玉娘见信，为自己心上人高中而喜，又为他生病而忧，立刻给沈佺写了封回信，叮嘱他安心养病，同时附古风一首《山之高》：

山之高，月出小。月之小，何皎皎。我有所思在远道，一日不见兮，我心悄悄。

采苦采苦，于山之南。忡忡忧心，其何以堪。

汝心金石坚，我操冰雪洁。拟结百岁盟，忽成一朝别。

朝云暮雨心去来，千里相思共明月。

这曲《山之高》，写尽了相思离别之苦，进一步许下盟誓：心比"金石坚"，操如"冰雪洁"。

玉娘的信到了京城，而沈佺的伤寒病仍不见好转，反而越发严重，他知道自己将不久于人世，提笔给玉娘回了一首诗：

隔水度仙妃，清绝雪争飞。娇花羞素质，秋月见寒辉。
高情春不染，心境尘难依。何当饮云液，共跨双鸾归。

这首诗实际是沈佺的绝笔诗。前四句都是称道玉娘，把玉娘视作仙姿清绝的天河女，美丽胜娇花、明亮如秋月。后四句是说我将离开人世，你的高情和心境，我在尘世间难以领受，不能和你同衾共枕，只盼同你跨鸾归月，阴间聚首了。玉娘接信，知道"何当饮云液，共跨双鸾归"，泪下如雨。她强忍悲痛写信给沈佺说"不偶于君，愿死以同也"。沈佺接到玉娘的信不久就去世，时年二十二岁。玉娘得知沈佺去世的消息，悲痛欲绝，当即写了一首五言绝句《哭沈生》，以此诗来表达她对沈佺矢志不渝的情义。

中路怜长别，无因复见闻。愿将今日意，化作阳台云。

沈佺去世以后，张玉娘在相思和痛苦的折磨中日渐憔悴。父母不忍她这样苦下去，想给她另觅佳偶，玉娘抵死不从，说："女所以不死者，因有双亲耳。"父母见她如此深情坚定，也断了给她另许人家的想法。

张玉娘把对沈佺的思念，全部化在诗词里，《双燕离》一词，就是她哀愁与伤痛的集中体现。词中张玉娘把自己与沈佺的生离死别，比作一对双飞燕子，被"风高江浪""拆散东西飞"，使自己像孤燕那样，成了被憔悴护卫的佳人,年年孤独地在愁苦中回来。玉娘在凄凄惨惨冷冷清清中煎熬了六个年头,于1277年元宵节后,茶饭不思,悲绝成疾,不久撒手人寰,时年仅二十八岁。

张玉娘父母知道玉娘因思念沈佺而死,征求沈家同意后,将张玉娘与沈佺合葬,让这对情侣生未能同衾,死后却能同穴,也算是一种安慰。

玉娘有两个侍女:霜娥、紫娥,终日陪伴,感情甚笃,还有一只鹦鹉,当时这二婢与鹦鹉被称"闺房三清"。传闻玉娘死后一月,霜娥为她悲伤而病死。紫娥看了这种情形,心想自己活着也没有意思,便自尽殉主。不久鹦鹉也悲鸣而死。家人感于二婢、鹦鹉与玉娘情深义重,便把"闺房三清"陪葬在沈佺、玉娘的墓地左右,这就是松阳县城西名为"鹦鹉冢"的墓葬。这个墓冢封存着令人荡气回肠的挚爱悲情。

七、怎一个愁字了得

声声慢

宋·李清照

寻寻觅觅,冷冷清清,凄凄惨惨戚戚。乍暖还寒时候,最难将息。三杯两盏淡酒,怎敌他、晚来风急?雁过也,正伤心,却是旧时相识。

满地黄花堆积,憔悴损,如今有谁堪摘?守着窗儿,独自怎生得黑?梧桐更兼细雨,到黄昏、点点滴滴。这次第,怎一个愁字了得!

李清照此词,不完全是针对丈夫赵明诚去世而写,但丈夫去世,中年丧偶,是造成她冷清、凄惨、愁戚的根本所在。她用生动通俗的词汇和多组叠词，将丧偶后的心情和生活，描绘得淋漓尽致。此词在当时影响很大，按《声声慢》词谱，历来多用平韵格，但由于李清照这首"寻寻觅觅"用的是仄韵，而且是入声韵，又最为世所传诵，后人多效之，此后仄韵遂成定格。

李清照，号易安居士，公元1084年出生于山东济南，所作词前期多写悠闲生活，后期多悲叹身世，情调感伤，有的也流露出对中原的怀念。李清照善用白描手法，自辟途径，语言清丽。论词强调协律、典雅、情致，提出词"别是一家"。有《漱玉词》《李清照集》传世。

李清照的父亲李格非，进士出身，在朝为官，是著名学者、散文家，受苏轼赏识而为苏轼的学生，母亲是官宦之家闺秀，也有文学才能。李清照很小就显出卓越的文学才能，在少女时一首《如梦令》流传至今：

常记溪亭日暮，沉醉不知归路。兴尽晚回舟，误入藕花深处。争渡，争渡，惊起一滩鸥鹭。

此首小令一出，李清照的词名立即轰动京城，加上本人美丽，又是官宦闺秀，让京城少年为之倾倒，她的丈夫赵明诚就是其中之一。赵明诚，字德甫，公元1081年出生，山东诸城人，出身官宦世家，父赵挺之，宋徽宗崇宁年间宰相。赵明诚爱好收藏字画和文物，进行金石研究，一日，他得到一幅苏轼的字画，想找人鉴别真伪。他知道李格非是苏轼的学生，便到李府请教，以此与李家取得联系，使李家对自己有个好印象，并借机探听一下李家才女李清照的信息。他进门经过李府后花园时，看见一个美丽活泼的女孩在荡秋千，当时只觉得这女孩娇俏可爱，引人怜惜，呆看了一会就离开了。过了不久，他读到李清照的一首《点绛唇》：

蹴罢秋千，起来慵整纤纤手。露浓花瘦，薄汗轻衣透。
见客入来，袜刬金钗溜。和羞走，倚门回首，却把青梅嗅。

这时赵明诚才明白那日去李家请教时,在花园中引起自己痴看的女孩,原来就是李清照,从此他对李清照更加有了相思之情。也许是日有所思、夜有所梦,某夜,赵明诚梦见一本书,他看了不少内容,谁知醒来多已忘记,仅记下三句:"言与司合,安上已脱,芝芙草拔。"这三句是什么兆头,自己百思不得其解,无奈去求教父亲。父亲赵挺之解释说:言与司合是一"词"字,安上已脱是一"女"字,芝芙草拔是"之夫"二字,合起来就是"词女之夫"四字。赵挺之猜想这可能是儿子想娶李格非的女儿李清照为妻,因为当今称得上"词女"的能被儿子看上的,只有李清照一人。

赵挺之与李清照的父亲李格非同朝为官,但政见不一致,李格非是偏于保守一派,赵挺之原想给自己儿子找个与自己政见相近的同僚的女儿,而今儿子却看中李格非之女,回头一想,这也不是坏事,与政见对立的李格非家结亲,万一哪一天自己被政见不同的派别推下台,也可以找个人来照应一下,因此决定向李家求亲。开始李格非也不想把女儿嫁给与自己政见不同的赵家,但看到赵明诚人品修养都很优秀,与自己女儿志趣也相投。在女儿幸福与政见之间,李格非以女儿的幸福为重,将女儿许配给赵明诚。此时李清照十八岁,赵明诚已二十一岁。

赵明诚与李清照婚后,在花月相伴、诗酒相酬中享受着幸福和甜蜜的生活。李清照知道自己很美,也知道丈夫欣赏自己的美,对自己宠爱有加,因此有时着意在赵明诚面前撒娇取乐。在一个春天早上,她买了一枝花,把自己打扮了一下,想与花比美给丈夫看。在一首《减字木兰花》中说:

卖花担上,买得一枝春欲放。泪染轻匀,犹带彤霞晓露痕。

怕郎猜道,奴面不如花面好。云鬓斜簪,徒要教郎比并看。

赵明诚不仅欣赏李清照的美，更钦佩她的学问和才思。他们夫妻趁休闲机会，有时指着堆积如山的书籍，猜某个典故在某书第几卷、第几页，猜中了就喝一盅新茶。有时玩得兴高采烈，把茶碗都打翻了，比赛后，赢家总是李清照。夫妻俩有时也比赛写词，结婚之初，赵明诚还是太学生，每月只有朔望才回家，小别是经常的，李清照为了排遣思念，就写些小词取乐。有次她写了一首《醉花阴·重阳》：

薄雾浓云愁永昼，瑞脑销金兽。佳节又重阳，玉枕纱橱，半夜凉初透。

东篱把酒黄昏后，有暗香盈袖。莫道不销魂，帘卷西风，人比黄花瘦。

赵明诚看后，一方面对词中透露的对自己的相思很感动，同时心中有些不服，自恃有才，想写一首超过妻子的词。于是绞尽脑汁，花了三天写了十五首，和李清照的词放在一起，拿给朋友评点。友人看后说只有三句最好："莫道不销魂，帘卷西风，人比黄花瘦。"此后，赵明诚就更心服了妻子的才思。赵明诚喜爱文物收集和金石鉴赏，在丈夫的影响下，李清照对金石也有了兴趣。赵明诚在家时，二人结伴到大相国寺去淘文物，因没有官职，零用钱有限，二人就去典当首饰换钱，将搜罗回来的书画古董金石碑帖，一起整理、鉴赏、考订。

就在两人沉浸在新婚的喜悦和诗文金石的乐趣中时，先是李家名列"元祐奸党"，李格非被罢官，不久赵家又发生变故，公元1107年，赵挺之被迫辞去宰相一职，卸任不过五六天就因病去世。新任宰相蔡京上台后，又抄了赵家。赵明诚与李清照夫妇不得已而离开京城回山东青州老家居住。两人在青州一住就是十年，在这期间，生活是清苦很多，但两人的精神世界仍然很愉悦和丰富，继续进行金石研究，读书写诗，自得其乐，以共同兴趣打造两人安稳充实的爱情生活。后来赵明诚又被朝廷起用，先后任莱州、淄州知州，出任时，李清照没有随去，继续住在青州老家。在分居的日子里，李清照备受相思之苦，深感寂寞，还对两人的感情有些担忧，于是写了一首著名的词《一剪梅》：

红藕香残玉簟秋。轻解罗裳，独上兰舟。云中谁寄锦书来？雁字回时，月满西楼。

花自飘零水自流。一种相思，两处闲愁。此情无计可消除，才下眉头，却上心头。

经过漫长等待之后，李清照也到了莱州，随后又跟赵明诚一道到淄州。她陪伴在丈夫身边，享受相爱之乐，没有前时那么担忧了。

不久，靖康之变发生，金人入侵中原，赵构南渡，在临安建立南宋政权。公元1129年，李清照已四十五岁，赵明诚于危乱中受命任江宁知府。此时故乡沦陷，李清照独自带着十五车书籍文物随丈夫南逃。逃难时李清照坐船，赵明诚骑马在岸上。李清照在《金石录后序》中回忆当时的情景说："余意甚恶呼曰：'如传闻城中缓急，奈何？'（赵）戟手遥应曰：'从众，必不得已，先弃辎重，次衣服，次书册卷轴，次古器，独所谓宗器者，可自负抱，与身俱存亡，勿忘之。'遂驰马去。"一个独自照顾家族逃难，一个匹马赴任，生离死别，惶急如此。宗器是古代家庭宗庙祭祀的礼器，赵明诚竟然要妻子与这些礼器共存亡，李清照竟也答应了，由此看出两个人都迂得可以，也证明二人是至死可以相互信任的夫妻。

谁知一年过后的秋天，赵明诚患了疟疾。此时李清照在安徽池州，得知丈夫生病，连忙赶到建康，虽然精心照料，但赵病情未能好转，最终撒手人寰。接着金兵南下，李清照孤孓一身，奔走逃亡，流离道路。在这场浩劫大难中，一切珍贵心爱的东西统统丢失，她"忧从中来，不可断绝"，提笔写了《声声慢》这首词，开头连用十四个叠字"寻寻觅觅……"细致地描绘了失去心爱的人心爱之物的凄惨的心理过程。全词写"愁"，但没有直接述愁，只是从刻画冷清、凄惨环境来烘托，使得

"愁更愁"了。

李清照在丈夫赵明诚去世后,漂泊于杭州、越州、台州和金华一带,颠沛流离,居无定所。因生活所迫,曾一度想改嫁,以改变自己的困难处境,结果因所选非人而失败了。在赵明诚去世后二十多年的日子里,李清照更多时间是在生活困窘和孤独、愁苦中度过,约于绍兴二十五年(1155)在临安逝世,终年七十二岁。

八、一生凄绝在招魂

忆侯慧卿

清·冯梦龙

诗狂酒癖总休论,病里时时昼掩门。
最是一生凄绝处,鸳鸯冢上欲招魂。

这是明末文学家、戏曲家冯梦龙,在曾经相爱的女人侯慧卿去世后,写的许多首相忆诗中的一首,述说自己一生最伤心凄绝之时,是思念已故的恋人侯慧卿。

冯梦龙,字犹龙,又字子犹、耳犹,别号龙子犹、顾曲散人、墨憨斋主人等,公元1574年生于长洲(今江苏苏州),曾任明朝寿宁知县,清兵渡江时参加过抗清运动,1646年死于故乡,享年七十二岁。冯梦龙毕生致力于文学创作,编选的作品有《喻世明言》《警世通言》《醒世恒言》,世称"三言";整理刊行民歌集《挂枝儿》《山歌》,散曲集《太霞新奏》;编印《古今谈概》《笑府》《情史类略》;改写小说《三遂平妖传》《新列国志》。戏曲创作有传奇剧本《双雄记》,并修改汤显祖、李玉、袁于令诸人作品多种,合称《墨憨斋定本传奇》。

冯梦龙出身书香门第，兄冯梦桂是画家，弟冯梦熊是太学生，兄弟三人各有才学，有"吴下三冯"之说。三兄弟中，冯梦龙成就最大，即"仲者为最"。时人说他"文章霞焕，才辩珠流，天下之士，莫不延颈企踵"，名倾当时，但他应举赴考却屡屡受挫。冯梦龙性本风流，加上科场失意，就进了青楼酒肆，过着"逍遥艳冶场，游戏烟花里"的生活。然而冯梦龙游青楼烟花与别人不同，他更喜欢"才女"型的伎女。

冯梦龙在结识侯慧卿之前，曾认识一位叫冯喜生的名伎，这个名伎让冯梦龙难以忘怀。后来冯喜生从良，出嫁前夕，她把冯梦龙请去话别。她知道冯梦龙喜欢民歌，便留下《打草竿》《吴歌》的曲词，并唱给他听。冯梦龙回忆冯喜生时曾说："人面桃花，已成梦境，每阅二词，依稀绕梁声在畔也。佳人难得，千古同怜，伤哉！"

冯梦龙二十几岁时结识了侯慧卿。侯慧卿是苏州名伎，色艺俱佳。他们一起把酒言欢，作诗作赋。侯慧卿的美貌与举止，智慧与情怀，让冯梦龙心驰神往。有次冯梦龙问侯慧卿："卿辈阅人多矣，方寸得无乱乎？"侯答："不也，我曹胸中，自有考案一张，何乱之有？"冯梦龙感到拥有这样智慧的女子沦落至此，更让人怜惜。日子一天天过去，冯梦龙渐渐对侯慧卿动了真情，希望同她白头偕老。

侯慧卿是一位有理想的女子，她早就厌倦青楼生活，认为这种生活是一种痛苦和折磨，她希望早日从良，离开这个烟花之地，做一个平凡的女子、普通的妻子。冯梦龙也知道她的想法，非常希望用自己的钱来为她赎身，然后两相厮守。侯慧卿当然也希望如此，但她名气大，赎金自然也更高，其身份非富商高官负担不起。冯梦龙虽是有名的大才子，但经济条件十分有限，根本没有这样的经济能力来满足侯慧卿的愿望。侯慧卿承受不起在青楼的痛苦，她的青春也等不得，她不能因为自己的情郎没有钱来换取自己的自由身，就放弃从良。最后她被一个富商赎身而离开了对自己一片痴心的冯梦龙。走时，她找冯梦龙话别，场面非常凄凉，让冯梦龙深受打击，感到深深的痛苦。可是侯慧卿又有什么错呢？冯梦龙既然不能帮助她脱离苦海，她又不能不从良，那就谁也怨不得谁了。

与侯慧卿话别之后，冯梦龙郁郁而归，伤心欲绝，大病一场，此后生活方式与人生态度较先前大变："子犹自失慧卿，遂绝青楼之好。"从此不进妓院，长时间沉浸在痛苦之中不能自拔，终日写诗歌、散曲，借以怀念侯慧卿。其中有一首是这样写的：

[太师引] 他去时节也无牵扯，那期间酥麻我半截。自没个只字儿伤犯，也何曾敢眼角差撇？蔷薇花臭味终向野，越说起薄情难赦。不信你自看做寻常狭邪，把绝调的琵琶，轻易埋灭。

[其二] 几番中热难轻舍，又收拾心狂计劣。譬说道昭君和番去，那汉官家也只索抛却。姻缘离合都是天判写，天若肯容人移借，便唱个诸天大喏。算天道无知，怎识得苦离别？

[三学士] 忽地思量图苟且，少磨勒恁样豪侠，谩道书中自有千钟粟，比着商人终是赊。将此情诉知贤姐姐，从别后我消瘦些。

[其二] 这歌案的相思无了绝，怎当得大半世郁结。毕竟书中那有颜如玉，我空向窗前读五车。将此情诉知贤姐姐，从别后你可也消瘦些？

冯梦龙在这支曲子后面点明写给侯慧卿。在曲中一会儿自责没钱给她赎身，一会儿又怨侯慧卿薄情寡义；一会儿怨自己不该对她动真情，酒场上不过逢场作戏，一会儿又埋怨自己现在不能自拔是自找的，但总的还是表达对侯慧卿的关心和自己失去侯慧卿后的痛苦思念之情。

就在冯梦龙因相思不相见而愁苦消瘦的时候，传来了侯慧卿去世的消息，这让他更是伤痛。当时话别，虽然伤痛而后会有期，而今天人永别，再无相见之日，令人刻骨铭心。冯梦龙在侯慧卿离去一年后，写下了《端二忆别》：

> 五月端二，即去年失慧卿之日也。日远日疏，即欲如去年之别，亦不可得，伤心哉！行吟小斋，忽成商调。安得大喉咙人，顺风唱入玉耳耶？噫！年年有端二，岁岁无慧卿，何必人言愁，我始欲愁也。
>
> ［黄莺儿］端午暖融天，算离人恰一年。相思四季都尝遍，榴花又妍，龙舟又喧，别时光景能辨。惨无言，日疏月远，新恨与旧愁连。
>
> ［集莺儿］隔年宛似隔世悬，想万爱千怜。眉草裙花曾婉恋，半模糊梦里姻缘。情深分浅，攀不上娇娇美眷。谢家园，桃花人面，教我诗向阿谁传？
>
> ［玉莺儿］想红楼别院，剪新罗成衣试穿。昨朝便起端阳宴，偏咱懒赴游船。三年艾怎能医愁病瘥？五色丝岁岁添别怨。怪窗前，谁悬绣虎？又早唬醒我睡魔缠。
>
> ［羽林莺］蒲休剪，黍莫煎，这些时，不下咽。书斋强自闲消遣，偶阅本离骚传。吊屈原，天不可问，我偏要问天。
>
> ［猫儿逐黄莺］巧妻村汉，多少苦埋怨！偏是才子佳人不两全，年年此日泪涟涟。好羞颜，单相思万万不值半文钱。
>
> ［尾声］知卿此际欢和怨，我自愁肠不耐煎，只怕来岁今朝更想颠。

此后，冯梦龙又写了多首忆侯慧卿的诗，他在《挂枝儿》卷二《感恩》篇附记中写道："余有忆侯慧卿诗三十首"，末一章云：

> 诗狂酒癖总休论，病里时时昼掩门。
> 最是一生凄绝处，鸳鸯冢上欲招魂。

冯梦龙对侯慧卿用情专一，爱到刻骨，即使她已投入别人怀抱，对她还一直牵挂在心，她去世了，还伤心凄绝为她招魂。明朝亡了，心爱的人离开自己又去了阴间，冯梦龙自己也于1646年在思念和忧愤中离开人世，这段爱情所产生的余痛，终于画上了句号。

九、青衫湿遍怎相忘

青衫湿遍·悼亡

清·纳兰性德

青衫湿遍，凭伊慰我，忍便相忘。半月前头扶病，剪刀声、犹在银釭。忆生来、小胆怯空房。到而今，独伴梨花影，冷冥冥、尽意凄凉。愿指魂兮识路，教寻梦也回廊。

咫尺玉钩斜路，一般消受，蔓草残阳。判把长眠滴醒，和清泪、搅入椒浆。怕幽泉、还为我神伤。道书生，薄命宜将息，再休耽、怨粉愁香。料得重圆密誓，难禁寸裂柔肠。

清代词人纳兰性德，在其妻子卢氏去世半月后，想到妻子在世时胆小，连空房都不敢独守，现今却独自长眠于冰冷的地下，因而控制不住悲痛的情绪，执笔创作这首千古绝唱《青衫湿遍·悼亡》词。这是纳兰性德多首悼亡词中最早写给亡妻的一首。

纳兰性德，公元1655年1月19日出生于北京，原名成德，字容若，为避皇太子胤礽（小名保成）名讳，改名性德，后自号楞伽山人，属满族正黄旗。清初著名词人，被后世誉为"清朝第一词人""第一学人"，与陈维崧、朱彝尊并称"清词三大家"。传世的《纳兰词》享有盛誉。王国维称赞其词"以自然之眼观物，以自然之舌言情，初入中原未染汉人风气，北宋以来，一人而已"。

纳兰性德的父亲是康熙时权倾朝野的太傅纳兰明珠，母亲爱新觉罗氏为英敦王阿济格第五个女儿，一品诰命夫人。纳兰性德生于冬季，家人呼为"冬郎"。他自幼天资聪颖，读书过目不忘，幼时还学骑射，十七岁入太学，十八岁参加顺天府乡试中举，十九岁准备参加会试，后因病缺席殿试，二十岁时娶卢氏为妻。

卢氏1657年出生沈阳，父卢兴祖是镶白旗人，官至两广总督、兵部右侍郎、都察院右副都御史。卢氏自小受诗书礼仪的熏陶，是一位"生而婉娈，性本端庄""贞气天情，恭容礼曲"和"幼承母训，娴彼七襄；长读父书，佐其四德"的端庄美丽、家教严谨的淑女。

纳兰性德与卢氏结婚前，传说纳兰与其才貌双全的表妹纳喇惠儿有恋情，他们青梅竹马，两小无猜。后来朝廷选秀，其表妹被选到宫中，纳兰为此念念不忘，心里一直感到寂寞和伤感。

纳兰性德与卢氏婚前知名而不相识，新婚之夜，两人初次见面。当纳兰揭开盖头时，卢氏看到纳兰比自己想像中更加清俊文雅，漂亮的面孔顿时红若玫瑰。烛光下，纳兰性德看见少女的面孔带着新娘特有的羞涩和红晕，眉清目秀，眼波清澈，有一种温柔亲和的感觉。他们一见钟情，一见倾心。婚后的卢氏，对公婆恪尽孝道，浆衣洗裳，编织袜帽，谨慎躬行。她虽不善诗歌，但却能以自己的娴静与淡淡馨香吸引着忧郁高贵的纳兰性德，以兰心蕙质读懂纳兰的寂寞，理解和包容纳兰失去表妹的忧伤。

纳兰性德婚后，将更多精力与心思放在学业上，二十二岁时以殿试二甲第七名的成绩考中进士，此后，并未立即进入仕途，以便有更多的时间与卢氏享受爱情，享受轻松与快乐。纳兰在一首《蝶恋花》中写道：

  露下庭柯蝉响歇。纱碧如烟，烟里玲珑月。并著香肩无可说，樱桃暗解丁香结。

笑卷轻衫鱼子缬。试扑流萤，惊起双栖蝶。瘦断玉腰沾粉叶，人生那不相思绝。

这首词是纳兰和卢氏幸福生活的写照。你看夫妻二人在月光下并着香肩暗结丁香结，卷起轻衫笑扑流萤，惊起花蝴蝶。这种相亲相爱温馨的生活，怎不勾起无限相思？

后来，纳兰性德被康熙皇帝授予三等侍卫，不久又晋升为二等、一等。当时能当上侍卫是非常荣耀的事情。纳兰性德长期伴在皇帝身边，随皇帝巡视、狩猎，皇帝十分信任他，并对他委以重任。他的官越做越大，陪皇帝的时间越多，离开妻子的时间就越长，而纳兰的心又无时无刻不在思念自己的爱妻。

康熙十六年（1677），卢氏身怀有孕，纳兰性德分分秒秒数着盼着期待孩子的降生。四月，卢氏顺利地产下男孩，起名海亮。当时府里上上下下还沉浸在新生命诞生的喜悦中，噩运却悄悄降临到卢氏和纳兰性德头上。一个月后，即五月三十日，正是一个"寒更雨歇，葬花天气"的日子，卢氏因产后受风寒而离开人世，时年仅二十一岁。卢氏走了，带着那份"茫茫碧落，天上人间情一诺"的爱情走了。纳兰性德从此开始了"悼亡之吟不少，知己之恨尤深"的忧伤而悲痛的生活，把他对卢氏的思念，化作一首又一首的悼亡词。

相爱多深，悲伤就有多深。卢氏去世后，纳兰性德一直神不安，心不定，遇到朱阁绮户、亭台楼榭、小桥流水等过去与卢氏闲步的地方，随时都忆起卢氏的身影和声貌。在写了那首《青衫湿遍·悼亡》词之后，有一日，面对卢氏画像，又伤痛不已，随即写下《南乡子·为亡妻题照》：

泪咽却无声，只向从前悔薄情。凭仗丹青重省识，盈盈，一片伤心画不成。

别语忒分明，午夜鹣鹣梦早醒。卿自早醒侬自梦，更更,泣尽风檐夜雨铃。

这首词是说,悔不在你生前我对你好一点再好一点,今天梦醒你却已经归去,而我留在伤心的旧梦中,只好在风檐夜雨中伤心流泪。

日有所思,夜有所梦。卢氏去世三个月后,时近重阳,纳兰性德在梦醒后写《沁园春》时记载:"丁巳重阳前三日,梦亡妇淡妆素服,执手哽咽,语多不复能记。亡妇临别有云:'衔恨愿为天上月,年年犹得向郎圆。'妇素未工诗,不知何以得此也,觉后感赋长调。"

瞬息浮生,薄命如斯,低徊怎忘。记绣榻闲时,并吹红雨;雕阑曲处,同倚斜阳。梦好难留,诗残莫续,赢得更深哭一场。遗容在,只灵飙一转,未许端详。

重寻碧落茫茫,料短发、朝来定有霜。便人间天上,尘缘未断;春花秋叶,触绪还伤。欲结绸缪,翻惊摇落,减尽荀衣昨日香。真无奈,倩声声邻笛,谱出回肠。

卢氏去世一年后,被安葬到纳兰家族的祖茔,入土为安。此事又勾起纳兰性德的伤痛,睹物生情,深感物是人非,于是写下《沁园春·代悼亡》:

梦冷蘅芜,却望姗姗,是耶非耶?怅兰膏渍粉,尚留犀合;金泥蹙绣,空掩蝉纱。影弱难持,缘深暂隔,只当离愁滞海涯。归来也,趁星前月底,魂在梨花。

鸾胶纵续琵琶,问可及、当年萼绿华?但无端摧折,恶经风浪;不如零落,判委尘沙。最忆相看,娇讹道字,手剪银灯自泼茶。今已矣,便帐中重见,那似伊家。

又一年,纳兰性德被康熙帝任命为御前侍卫,上任前的夜晚,他一人望着月色，感到月有圆缺，人有悲欢，如今卢氏不在，倍感寂寞凄凉，因而写下《蝶恋花》：

辛苦最怜天上月。一昔如环，昔昔都成玦。若似月轮终皎洁，不辞冰雪为卿热。

无那尘缘容易绝。燕子依然，软踏帘钩说。唱罢秋坟愁未歇，春丛认取双栖蝶。

词中说，月缺仍有圆时，人亡则无期盼，要期盼无非羽化成蝶，双双飞翔在空中。

卢氏去世三年的忌日，又触动了纳兰性德的伤痛，他提笔写了《金缕曲·亡妇忌日有感》：

此恨何时已。滴空阶、寒更雨歇，葬花天气。三载悠悠魂梦杳，是梦久应醒矣。料也觉、人间无味。不及夜台尘土隔，冷清清、一片埋愁地。钗钿约，竟抛弃。

重泉若有双鱼寄。好知他、年来苦乐，与谁相倚。我自终宵成转侧，忍听湘弦重理。待结个、他生知己。还怕两人俱薄命，再缘悭、剩月零风里。清泪尽，纸灰起。

词中说，几年来在魂梦中盼相逢，而醒来却是冷清一片，是不是过去的钗钿之约均被忘却抛弃？天上人间相隔几年，不知你是苦还是乐，是否有人与你相扶相倚，种种苦楚，怎不叫人"清泪"流尽！

由于长期被爱情折磨，纳兰性德积郁成疾，连皇帝派来的御医都束手无策。在卢氏去世八年后的同一天，即公元1685年5月30日，纳兰性德匆匆离开人世，此时他才三十一岁。纳兰性德和卢氏婚后只有三年的幸福时光，而他却用自己一生的时间来怀念，直到最后随妻子而去。这也算得上爱得真切、爱得深沉。

十、剪烛西窗少一人

南乡子

清·吴藻

门外水粼粼,春色三分已二分;旧雨不来同听雨,黄昏,剪烛西窗少个人。

小病自温存,薄暮飞来一朵云;若问湖山消领未,琴樽,不上兰舟只待君。

这是清代女词人吴藻,为悼念被她冷淡十年的亡夫黄公子写的一首词。

吴藻,字苹香,自号玉岑子,约清仁宗嘉庆五年(1800)出生于安徽黟县,后随父定居浙江仁和(今杭州附近)。吴藻的父亲从事丝绸生意,家庭富裕。吴藻小时,居家与厉鹗的旧居比邻。厉鹗,字太鸿,号樊榭,是清代有名的文学家,工诗词,有《樊榭山房集》传世。吴藻的父亲虽是商人,但对厉鹗这位名士的风采与文才很是景仰倾羡,他看到自己的女儿吴藻聪颖好学,便请了名师教她学诗、填词、弹琴、作画,希望她将来也能成为一名文人。吴藻没有让父亲失望,学习很用功,书、画、琴、诗,学得娴熟,尤其以词曲见长,被誉为"清代四大女词人"之一。所写诗词,后来由自己整理编入《花帘词》和《香南雪北词》两集中。

吴藻在幼童时期就开始写词,如在《如梦令》中写道:

燕子未随春去,飞入绣帘深处,软语话多时,莫是要和侬住？延伫，延伫，含笑回他："不许！"

在幼年吴藻眼中，燕子是可以与之交谈的。燕子飞入绣帘，与我软语多时，好像说要和我同住，我含笑回答"不许"，小孩稚嫩和喜悦的词句跃然纸上，可看出她已初绽才华。

随着年龄增长，吴藻诗才横溢时，很希望有人与自己交流和沟通，但她父亲是商人，亲友中又无人有此爱好，没有以诗会友的机会，因而感到寂寞和愁苦，这种情绪也反映在诗词中，如她在《行香子》中说：

长夜迢迢，落叶萧萧，纸窗儿、不住风敲。茶温烟冷，炉暗香销，正小庭空，双扉掩，一灯挑。

愁也难抛，梦也难招，拥寒衾、睡也无聊。凄凉境况，齐作今宵，有漏声沉，铃声苦，雁声高。

上阕"长夜""落叶""风敲""炉暗""香销"，皆托出一个"愁"字；下阕的"愁也难抛""梦也难招""拥衾睡""无聊"，已到苦闷之极，最后又加上"漏声""铃声""雁声"，把"凄凉境况，齐作今宵"八字倾倒出来，更是令人肠断。

在愁闷凄凉中，吴藻渐渐到了婚嫁年龄，她以自己的才华，当然希望有位满腹诗书，懂得情趣的男子来陪伴自己。但仁和地方小，少有文人雅士，所以上门提亲的虽然很多，却很难找到一位与吴藻的家世、容貌、才华相匹配的男子。而光阴不等人，转眼吴藻已二十二岁了，在那个时代，像吴藻这样大的年龄还没有婆家，是罕见而又不大光彩的事。这时同城有位富商黄家的黄公子，与吴藻年龄相当，据说为人也很好，吴家与黄家也门当户对，在两家长辈的促成下，吴藻嫁到了黄家。

黄公子娶了家庭富裕、才貌双全的吴藻，当然满心欢喜，他家做绸缎生意，他本人也很懂经商之道，但对诗词却不甚了解，而且也没兴趣去学习。但他知道自己的新婚爱人吴藻，不仅美丽，而且会写诗填词，很是佩服和尊重，特意为她布置了一间整洁宽敞而又雅致的书房，使她有一个读书与写诗作词的环境。而吴藻虽然与黄公子结为夫妻，但对他不懂诗文，与自己兴趣不相投，不懂自己，不理解自己，感到十分遗憾，而且有些愁苦感伤。她在《连理枝》这首词中写道：

> 不怕花枝恼，不怕花枝笑，只怪春风，年年此日，又吹愁到。正下帷趺坐没多时，早蜂喧蝶闹。
> 　天也何曾老？月也何曾好？眼底眉头，无情有恨，问谁知道？算生来并未负清才，岂聪明误了。

花满枝头，风吹蝶闹，年年春风，只吹愁到。天月何好，无情有恨，曾未负清才，却被聪明误了。全词虽未直言对爱人嫌怨，但反映的是既无情趣，又没欢乐，唯有愁和恨，却无人知道。如果丈夫与自己爱好和兴趣相同，多予理解和交流，那么这些愁和恨就不会存在了。

吴藻在另一词《祝英台近》中，就直接提到与丈夫的关系了。

> 曲栏低，深院锁，人晚倦梳裹。恨海茫茫，已经觉此身堕。那堪多事青灯，黄昏才到，又添上影儿一个。
> 　最无那，纵然着意怜卿，卿不解怜我，怎又书窗依依伴行坐？算来驱去应难，避时尚易，索掩却，绣帏推卧。

上阕反映自己懒得梳妆打扮，感觉很孤独，却又喜孤独，连青灯照出一个人影，都生厌恶。下阕是反映自己对丈夫来书窗伴坐，关心与怜爱，不感兴趣，采取回避甚至索性以睡觉来推脱。

吴藻的丈夫黄公子很爱吴藻，他看吴藻终日愁眉不展，身体日渐憔悴，自己心里也很难过。他知道吴藻爱好写诗填词，以文会友，而自己又没有这方面的兴趣和才能，为了让爱人快乐，他鼓励吴藻走出深宅大院，外出结交一些红粉闺友，参加一些男性的诗文酒会。有了丈夫的首肯，吴藻开始走出家门结交女友，也参加一些有男人参加的文人酒会，一同饮酒赋诗、泛舟放歌，有时深夜才回，或带醉而归。看着吴藻日渐活跃开朗，丈夫也觉得高兴。对吴藻的行为，有人背后议论指责，吴藻的丈夫听了，并不在意，没有因此而阻止吴藻外出。

吴藻对自己能与一些少女文人宴饮赋诗，如鱼得水，非常兴奋和快乐。从她两本诗集中考见，先后与吴藻交往的有七十三人之多，其中包括官宦、名媛、逸士、将军、商贾、同学、画家、书法家、师长等。她自己在这期间也写了不少诗词，其中主要是题咏交游之作，风格与前大不相同，如《水调歌头·题"柳暗花明又一村图"》：

　　佳士爱名句，粉本拓烟霞。峰回路转何处，茅屋两三家。如在山阴道上，步步引人入胜，望望酒帘斜。一带水杨柳，万树碧桃花。
　　绕村郭，闻鸡犬，见桑麻。不因蜡屐，谁信春色到天涯。好个绿濛濛地，添段夕阳昬画，无处不繁华。仙亦在尘境，何必武陵夸。

此词写得挺秀怡人，用典高雅恰当，思想清明开朗，一反过去落寞愁苦的词风。据统计，吴藻的《花帘词》全集一百六十八首词中，题咏词占了四十七首，约占全集四分之一。

吴藻为了方便出游，与人交往，干脆换下女装，穿上男服，扮成一位翩翩公子，与男子一道出酒楼茶馆，方便多了，有时还跟一些文友到青楼中去玩。潇洒俊秀的她，很快得到一位姓林的歌伎的青睐，她为此写了一首《洞仙歌·赠吴门青林校书》：

　　珊珊琐骨，似碧城仙侣，一笑相逢淡忘语。镇拈花倚竹，翠袖生寒，空谷里、想见个侬幽绪。
　　兰釭低照影，赌酒评诗，便唱江南断肠句。一样扫眉才，偏我清狂，要消受、玉人心许。正漠漠、烟波五湖春，待买个红船，载卿同去。

她真的把自己当作大男人了，写来放荡不羁，"要消受玉人心许"，又要"买个红船，载卿同去"了。吴藻在外与文友高谈阔论，评诗作赋，出入青楼酒馆，完全忘却了忧伤和寂寞。但回到家里，对这么爱她、对她理解和宽容的丈夫黄公子，却依然爱不起来，不仅无爱回报，也未给他生下一男半女。丈夫尽管与她兴趣爱好不一致，不一定懂她，但是确实爱她，为她付出许多，无怨无悔，而她却无动于衷，接受丈夫的付出似乎理所当然。她和丈夫生活十年，都只是这样麻木地度过。谁知一场疾病，让爱她的丈夫离开了人世。

吴藻失去了丈夫，孤单一人，才发现这个男人给自己多大的爱、多大的包容，自己却没有珍惜他、了解他。现在，爱自己的人、呵护自己的人离开了这个世界，再也没有人像他那样爱护、关怀自己。她如梦初醒，好像错过或失去了什么一样，内心感到悔悟和不安。在这种心情下，她写下了《南乡子》这首词，在词中对"剪烛西窗少一人"表示感伤。回想过去丈夫在家独自守在窗前等待自己的情景，从而感到丈夫在自己生命中多么重要，进一步产生了消领"湖山"美景，"不上兰舟只待君"的感情。

丈夫去世之后，吴藻在追悔的同时，对红尘人事开始淡漠，主动告别过去宴饮游乐生活，而去学佛参禅，从古佛青灯中寻找心灵的解脱和宁静。她取释典语意题其居曰"香南雪北庐"，又用诗词来表达她"忧患余生"（《香南雪北词》序）的哀愁。很为人们称誉的《苏幕遮》词，就是在这时写的：

曲阑干，深院宇，依旧春来，依旧春又去；一片残红无著处，绿遍天涯，绿遍天涯树。

柳花飞，萍叶聚，梅子黄时，梅子黄时雨；小令翻香词太絮，句句愁人，句句愁人句。

这一佳作，既可看出吴藻的聪慧之质，也可看出她虽然与早期一样在写愁，但此时写得更沉着隐晦了。"春来春去"皆在曲阑深院，不看愁，而愁自在其间。此外，她在一首《浣溪沙》中还表达了对丈夫的思念和追悔之情：

一卷离骚一卷经，十年心事十年灯。芭蕉叶上几秋声。
欲哭不成还强笑，讳愁无奈学忘情。误人犹是说聪明。

在这首词里，吴藻似乎在对与丈夫的相处进行反思：醒悟到自己和丈夫相处十年，丈夫呵护包容自己十年，而自己却冷淡丈夫十年，自作聪明，却耽误自己一生的幸福。她知错了，而丈夫却永远不能回到身旁。在追悔思念和哀愁中，吴藻寡居二十多年，于清文宗咸丰十年（1860）左右离开人世，享年六十岁。

第七章

友朋聚散

- 证帆一片绕蓬壶
- 生离死别梦中悲
- 跋涉三千访翰林
- 挚友心源无异端
- 西出阳关无故人
- 寻芳惜与故人违
- 到处逢人说项斯
- 志士情倾唱和词
- 对床夜语怀今古
- 一诺千金救友人

一、征帆一片绕蓬壶

哭晁卿衡

唐·李白

日本晁卿辞帝都，征帆一片绕蓬壶。
明月不归沉碧海，白云愁色满苍梧。

李白听到日本朋友晁衡回国途中遇难的消息后，写了这首七绝诗，表示对友人的哀悼和思念。

《哭晁卿衡》诗的题目用"哭"字，表现了诗人对失去友人的悲伤和哀婉，以及两人超出国籍的真挚感情。诗的首句直接点明友人晁衡回国这事，次句用"征帆一片"表明友人在茫茫大海中，回到像蓬壶仙岛一样的祖国，暗示晁衡归途的不幸。第三句将晁衡的遇难比作明月沉入大海。李白是非常爱明月的人，这里把明月比作友人，是对异国友人晁衡高洁品德的赞美和惋惜。末句是写自己的思念和悲痛。古人往往用白云象征远去的亲人，这句意思是惊悉你遇难，我的悲痛愁苦和思念与天上的白云融合在一起，已经布满了海上的苍梧山（今江苏连云港的云台山，唐时称苍梧山，是海内"四大名山"之一），用迂曲含蓄的诗句来把这场悲剧，渲染得更加浓厚，寄兴深微，令人产生联想，回味无穷。

晁衡是我国唐代由日本国派来中国的留学生。公元7世纪时，日本圣德太子摄政，励精图治，锐意改革，为了吸收中国先进文化，曾先后四次派遣使者到访隋朝。唐灭隋后，日本正进行"文化革新"运动，日本天皇为学习先进的唐代文化，继续向唐朝派出使节。从7世纪到9世纪末，日本先后向唐朝派出十几次使团，其成员有舵师、水手、阴阳师、医师、画师、乐师、各行各业工匠，还有留学僧、留学生等。中国经、史、子、集等各类典籍和先进技术大量输入日本，使得中国文化风靡日本上层，渗透和影响日本的各个方面。这些使节和留学生到中国后，除专心学习中国文化传回日本外，有的长期留在中国，甚至通过科举考试，在唐朝取得功名，担任官职，晁衡便是其中之一。

晁衡的日本名字叫仲满、阿倍仲麻吕，唐玄宗开元五年（717）随日本遣唐使来中国留学，改姓名为晁衡，又称朝衡，是日本留学生中的佼佼者。他到达长安，进入国子监太学读书，成绩优异，毕业后参加科考，一举中进士。唐玄宗时开始做官，凭着他的学识和勤奋，一路升迁，到唐肃宗时，担任左散骑常侍兼安南都护，正三品官职。晁衡的汉诗也写得很好，结识了一大批汉族诗人学者，如李白、王维等就是他当时结识的诗人，并与他们建立了真诚的友谊。

唐玄宗天宝十二年（753），晁衡十分思念故乡，当时正好有日本使团回日本，他便以唐使的身份随日使团乘船回国，走前向汉唐的朋友一一辞别，这些朋友也为晁衡送行，有的还为晁衡作诗送别，以表达对这位日本朋友的深厚情谊。其中最感人而又流传最广的是王维的诗《送秘书晁监还日本国》：

积水不可极，安知沧海东。九州何处远，万里若乘空。
向国唯看日，归帆但信风。鳌身映天黑，鱼眼射波红。
乡树扶桑外，主人孤岛中。别离方异域，音信若为通！

王维在这首诗的前面用对偶句写了一篇六百多字的序，介绍当时日本的情况、晁衡来中国学习和现在回国的情形。他说日本"服圣人之训，有君子之风，正朔本乎夏时，衣裳同乎汉制"。肯定中日关系是

"我无尔诈,尔无我虞,彼此好来,废关弛禁……人民杂居,往来如市"。说晁衡来中国留学是"结发游圣,负笈辞亲,问礼于老聃,学诗于子夏,……名成太学,官至客卿"。认为晁衡现在要回国是"稽首北阙,裹足东辕,篚命赐之衣,怀敬问之诏。金简玉字,传道经于异域之人,方鼎彝尊,致分器于异姓之国。……去帝乡之故旧,谒本朝之君臣。咏七子之诗,佩两国之印"。最后说"子其行乎,余赠言者"。应该说这篇序和诗都是王维对晁衡的赠言。王维写的这首送别诗也打破了送行诗通常要交代时间、地点、环境的惯例,一开头就开门见山抒发对茫茫大海无边无际的深沉感叹:不知道沧海东边是什么景象?接着三、四两句以一问一答的句式说:中国以外,哪里最为遥远呢?恐怕要算迢迢万里,好像要到天外的日本了呀!这头四句,极写大海的辽阔无垠和日本的遥远,令人产生惆怅、迷惘、惴惴不安的感觉。第二个四句是描写友人晁衡渡海回国可能遇到的情景:海船向着日出的方向,靠着风帆漂流前行。能把天空映黑的巨鳌眼中的光芒,和能把海波射红的大鱼会时常出没在海船周围,这一切景象是多么恐怖和奇诡神秘啊!最后四句是说今后见面很困难。认为友人晁衡战胜艰难险阻,平安回到祖国家乡,像神仙一样居住在海岛上,有什么办法能够互通信息呢?以此来进一步突出依依不舍、难以分离的感情。王维此诗把惜别和思念、忧愁和怅惘融织在一起来形容与友人分离的心情,进而表达与友人的至诚友谊,是一首超凡脱俗、十分感人的赠别诗。

在送别晁衡时,李白没有写送别诗。他当时向晁衡表示:你这次回国,没多久就会回来的,我就不写诗送你了,等你回到长安,我们再去酒楼,好好喝上三百杯。谁知与晁衡离别不久,就有噩耗传来:晁衡乘坐的船,遇到大风暴,船都被风浪打成碎片,全船的人都遇难。当时住在长安的李白,得此消息后,想到与晁衡相处多年以及离别时的情景,不由得痛哭,随即挥泪写了这首《哭晁卿衡》,以表达自己对晁衡的思念和哀悼。谁知晁衡命不该绝,在海船遇上风暴被打翻时,他抱住了一块船板,随风浪漂荡,不知漂流了多少时日,经过九死一生,到达海南岸边，被当地渔民救起，后来辗转回到长安。有人把消息告知李白，李白又惊又喜，急不可耐地飞奔至晁衡的府第，不等通报，就闯入堂上，紧紧握住晁衡的手说：晁兄，我以为今世再也见不到你了呀！望着李白既欣喜又激动的面容，晁衡也感动得流下泪水。

李白与晁衡一同坐了下来，随即将自己写的《哭晁卿衡》的诗念给晁衡听，说：可笑我那时以为你真的遇了难，伤心得很，写这诗来悼念你。我去不了海边，但想到天下的河水最终都会流到海里去，所以到渭水河倒了酒，诵了诗祭奠你，好在你人大命大，活着回来了，十分庆幸。晁衡非常感动，握着李白的手说，我没有你那样惊绝的诗才，我只将我回国时写的一首《衔命还国作》的诗送给你，以表示对你赠诗的答谢。

衔命将辞国，非才忝侍臣。天中恋明主，海外忆慈亲。
伏奏违金阙，骓骖去玉津。蓬莱乡路远，若木故园林。
西望怀恩日，东归感义辰。平生一宝剑，留赠结交人。

自此，李白的《哭晁卿衡》，王维的《送秘书晁监还日本国》以及晁衡的《衔命还国作》，就成为中日文化交流和人民友谊的见证。

晁衡经过此次海难脱险回到长安后，就再也没有回日本国，他留在唐朝做官，于唐代宗大历五年（770）卒于长安。

二、生离死别梦中悲

梦李白（二首）

唐·杜甫

一

死别已吞声，生别常恻恻。江南瘴疠地，逐客无消息。
故人入我梦，明我长相忆。君今在罗网，何以有羽翼。
恐非平生魂，路远不可测。魂来枫林青，魂返关塞黑。
落月满屋梁，犹疑照颜色。水深波浪阔，无使蛟龙得。

二

浮云终日行，游子久不至。三夜频梦君，情亲见君意。
告归常局促，苦道来不易。江湖多风波，舟楫恐失坠。
出门搔白首，若负平生志。冠盖满京华，斯人独憔悴。
孰云网恢恢，将老身反累。千秋万岁名，寂寞身后事。

杜甫听到李白被流放夜郎，生死未卜，忧思成梦，作了这两首《梦李白》，以表达他对李白最真挚、最深厚的友情。一千多年来，凡是读了这两首诗的人，无不为诗中的真情所感动，从而使这两首诗永垂不朽。

这两首诗都是分别按梦前、梦中、梦后叙写梦境，在十六句中，按前四句后两个六句分为三个层次。前一首主要写初次梦见李白的心理状态，表现对故人吉凶生死的关切。头四句以"死别"衬托"生别"，说故人之所以入我梦，是因为我长久思念的原因。接着六句都说李白入梦情况，对梦中相见产生怀疑：莫非李白真的死了，不然在遥远的罗网中人，怎么能飞来见我？最后六句写梦后回忆。他魂来时飞越南方千里枫林，魂去时度过黑沉沉的秦陇关塞。在照亮屋梁的月光下，我恍惚看到李白活在人间；他夜深归去，江湖风浪险恶，是不是会和屈原这位伟人一样，为蛟龙所苦呀？第二首着重写梦中见李白的形象，以及对李白悲惨命运的同情。首四句说连续三夜梦见李白的原因：一是我每日每时见到浮云就想着李白怎么还没有回来；二是李白对我情深，所以一再来访。接着六句写梦中两人分手时的情景。李白苦苦诉说：来一趟不容易，江湖风浪，恐怕沉船。李白出门时搔首，似乎不忍离去，表现出失意的样子。最后六句是醒后回顾，为李白鸣不平。认为权贵充斥长安城，而李白这样了不起的人却献身无路，晚年又被囚禁放逐，还有什么"天网恢恢"可言。即使身后名重万古，而人已是寂寞无知了，有何意义？两首用"死别"开头，以"身后"结束，至诚至真，相互呼应，连成一体，结构谨严。

杜甫，字子美，因长居长安城南的少陵以西，故自称"少陵野老"，世称"杜少陵"，祖籍湖北襄阳，出生于河南巩县，初唐进士诗人杜审言之孙。少时勤奋好学，七岁能诗，二十岁后南游吴越，北游齐赵，天宝五年（746）去长安应试不第，后寓居长安。安禄山军陷长安，乃逃至凤翔谒见肃宗，官左拾遗。随肃宗回长安后，任华州司功参军。不久弃官居秦州同谷，后移家成都，筑草堂于浣花溪上，世称"浣花草堂"。曾任职于剑南节度使严武幕中，官至检校工部员外郎，故有"杜工部"之称。严武死后，移家出蜀，死于湘江途中，时年五十九岁。在文学史上，他把现实主义传统推向更高更成熟阶段，与李白齐名，世称"李杜"。有《杜工部集》传世。

杜甫与李白的友谊，始于唐玄宗天宝三年（744）五月，李白辞官回山东，途经洛阳，杜甫当时也在洛阳，两人在洛阳相识之后，即成莫逆，结下深厚的友谊，并乘兴一同出游，到汴州遇上诗人高适，于是三人一同游了梁园（开封）、东鲁等地。杜甫对李白的诗才很赏识敬佩，对他的感情也特别深厚，两人相识后就不忍分离。到了暮秋，杜甫决定回长安，李白也打算赴江东越中漫游，临行时，李白为杜甫饯行，写了一首《鲁郡东石门送杜二甫》诗相赠：

醉别复几日，登临遍池台。何时石门路，重有金樽开。
秋波落泗水，海色明徂徕。飞蓬各自远，且尽手中杯。

此诗以醉别开始，以干杯结束，表现出豪放不羁与乐观开朗性情。这首诗用山水自然美与人情美来表现二人真挚友情，是一首脍炙人口的佳作。

杜甫回长安后，对李白十分怀念，他在长安寓所写了《春日忆李白》诗：

白也诗无敌，飘然思不群。清新庾开府，俊逸鲍参军。
渭北春天树，江东日暮云。何时一樽酒，重与细论文。

杜甫在诗中热烈赞美李白的诗才，说他的诗冠绝当代，因思想情趣不凡，才能写出尘拔俗的好诗，说他的诗兼有庾信、鲍照等众家之长。接着写两人相互思念的感情：杜甫在渭北长安遥望江东天边的晚云，估计李白也会在江东远看渭北的春树，不说怀念，而怀念之情更显深厚。最后两句则表达了热切期望见面，而且要在见面后边饮酒边细论诗文的愿望。

在这期间，李白也不时写诗表达对杜甫的思念，天宝四年（745）李白写了《沙丘城下寄杜甫》的诗：

我来竟何事，高卧沙丘城。城边有古树，日夕连秋声。
鲁酒不可醉，齐歌空复情。思君若汶水，浩荡寄南征。

此诗反映李白与杜甫分别之后，感到很寂寞，无法排遣思念之情，

"思君若汶水，浩荡寄南征"，表现"流水不息，相思不断"的意境，显出语尽情长的韵味。

后来安史乱生，李白在安史之乱中曾当过永王李璘的幕僚。安史乱平，唐宗室争夺王位的斗争中，永王璘兵败，李白受到牵连而被流放到夜郎（今贵州西部）。在这期间杜甫思念李白，除写了《梦李白》二首之外，还写过其他的诗。如有名的《不见》诗中写道：

不见李生久，佯狂真可哀。世人皆欲杀，吾意独怜才。
敏捷诗千首，飘零酒一杯。匡山读书处，头白好归来。

此诗是杜甫在客居成都时辗转得知李白已在流放中获释，有感而作。这时他与李白已十五年未见面了，所以用个"久"字。他对李白怀才不遇而疏狂自放、不满现实而佯狂避世，表示哀伤和同情。对有人因永王李璘案而主张杀李白，他持对立态度。这里用的"怜才"二字，包含着对李白蒙冤的同情。如他在另一首《寄李十二白二十韵》（《全唐诗》卷225）中，把李白比作苏武、黄公，力言他不是叛臣。这期间杜甫本人也因上疏救房琯而被逐出朝廷，他因自己的遭遇很自然与挚友李白的心连在一起，更感哀怜。第三联用"诗酒飘零"对李白一生予以概括。最后两句是希望李白在获释后能落叶归根，回到四川他原来在绵州彰明（在今四川北部）大匡山读书的处所，以便就近与住在成都的杜甫相见。

杜甫和李白的友谊，可称古代文人友谊的典范，他们相互之间都对对方的才华予以肯定和怜惜，并都在分别后相互思念，一反世俗间所谓"文人相轻，自古皆然"的陋习，而为后人所肯定、称赞和学习。

三、跋涉三千访翰林

金陵酬李翰林谪仙子

唐·魏万

君抱碧海珠，我怀蓝田玉。各称希代宝，万里遥相烛。
长卿慕蔺久，子猷意已深。平生风云人，暗合江海心。
去秋忽乘兴，命驾来东土。谪仙游梁园，爱子在邹鲁。
二处一不见，拂衣向江东。五两挂海月，扁舟随长风。
南游吴越遍，高揖二千石。雪上天台山，春逢翰林伯。
宣父敬项橐，林宗重黄生。一长复一少，相看如弟兄。
惕然意不尽，更逐西南去。同舟入秦淮，建业龙盘处。
楚歌对吴酒，借问承恩初。宫买长门赋，天迎驷马车。
才高世难容，道废可推命。安石重携妓，子房空谢病。
金陵百万户，六代帝王都。虎石据西江，钟山临北湖。
二山信为美，王屋人相待。应为歧路多，不知岁寒在。
君游早晚还，勿久风尘间。此别未远别，秋期到仙山。

《金陵酬李翰林谪仙子》是魏万访遇李白后，同游金陵，临别时写赠李白的诗。诗的主要意思是叙述访问李白的原因，寻访相会过程，同游金陵情况以及对李白的关心。魏万和李白，原来并不相识，他们第一次见面即成莫逆，他们的相会、相交，很具传奇色彩。

魏万，后改名魏颢，号王屋山人，唐上元初登进士第。其人狂傲自负，爱文好古，长期在王屋山隐居，浪迹不仕。《全唐诗》仅保存他这一首《金陵酬李翰林谪仙子》诗。

魏万年轻时，自视很高，但十分崇拜李白，他在诗中说李白"抱碧海珠"，自己则"怀蓝田玉"，两人都是"希代宝"。说自己很久以来就仰慕李白，想拜访李白，就像司马相如仰慕蔺相如，像王子献想拜访嵇康一样。李白在朝为官期间，魏万尽管仰慕李白，却没有进京寻访，原因可能是没有机会，也可能因李白在皇帝身边，去寻访他有诸多不便。

天宝三年（744），魏万听说李白在朝受毁谤排斥，不得不辞去官职，被唐玄宗"赐金还山"，离开长安，要回东鲁，途经洛阳。此时魏万在嵩山，认为洛阳离嵩山很近，是拜见李白的大好时机，就决心赶去洛阳寻寻李白。此时秋高气爽，便"命驾来东土"，到了洛阳却没碰上李白，听说李白在洛阳遇到了杜甫，相约一同出游，后来又会到诗人高适，三人一路去了梁园（开封）了。魏万迅即赶到梁园，却听说他们三人已离开开封去了东鲁，于是魏万又赶到山东李白的家乡兖州。

李白、杜甫、高适等到山东已是暮秋，这时杜甫决定要上西京，而李白也与高适告别，决定再度漫游，前去江东探望贺知章，顺便重游越中。等到魏万赶到东鲁时，李白已经到了江南，两人又错过了。

魏万马不停蹄又向吴（江苏）越（浙江）出发。在寻访李白不遇的时候，他乘便访游天门、谢公石门等名山胜景。在这期间，李白到了会稽，谁知贺知章在两年前已经去世，李白很悲伤，当时写了《对酒忆贺监》两首诗怀念贺知章后，即转身北上，此时已是天宝六年（747），他从越中前往金陵，途经他三十年前旧游之地扬州。此时，苦寻李白的魏万赶到会稽之后，听说李白未见到贺知章，转而北去金陵，他马上北去，终于与李白在扬州相遇，兴奋万分。魏万三年前从嵩山出发，只靠步行和马车、木筏等原始交通工具，经河南、山东、江苏、浙江四省，由西向东，又由北向南，再由南向北，辗转三千多里，终于找到自己要寻访的李白，这在人类友谊史上，恐怕也是绝无仅有的事。

魏万见到了李白，还有李白的儿子明月奴，自然内心欢喜。李白深为魏万所感动，也很赏识魏万，两人一见如故，因魏万年纪小，二人成了忘年交。在交谈中，李白连连夸奖魏万说："尔后必著大名于天下，无忘老夫与明月奴。"两人虽是初次见面，但李白认为魏万是位可靠可以付托的人，便将自己平生所作诗文，尽交于魏万，请魏万为他编集。魏万乐于接受这个任务，后来将李白的诗文编成《李翰林集》，并为此集作序。

李白与魏万二人在扬州游了几天之后，按照原来的计划，一同到金陵（今南京）旅游。分别前，魏万写了这首《金陵酬李翰林谪仙子》。诗题"李翰林"是指李白在朝的官名"供奉翰林"；"谪仙子"是贺知章对李白的赞语："子，谪仙人也。"魏万诗的最后四句，先是对李白的关心："君游早晚还，勿久风尘间"，劝李白要保重身体，不要长久在外，经受风尘之苦，还是早点回去吧！后表示自己离开此地回去，将隐居在仙山里，希望有机会能在"仙山"相见。

李白读了魏万的诗很受感动，想到魏万这次寻访自己的经历很值得记述和称颂，一时兴起，提笔写了一首五古长诗《送王屋山人魏万还王屋并序》：

见王屋山人魏万，云自嵩历兖，游梁入吴，计程三千里，相访不遇。因下江东，寻诸名山，往复百越。后于广陵一面，遂乘兴共过金陵。此公爱奇好古，独出物表，因述其行，遂有此作。

仙人东方生，浩荡弄云海。沛然乘天游，独往失所在。
魏侯继大名，本家聊摄城。卷舒入元化，迹与古贤并。
十三弄文史，挥笔如振绮。辩折田巴生，心齐鲁连子。
西涉清洛源，颇惊人世喧。采秀卧王屋，因窥洞天门。
揭来游嵩峰，羽客何双双。朝携月光子，暮宿玉女窗。
鬼谷上窈窕，龙潭下奔潈。东浮汴河水，访我三千里。
逸兴满吴云，飘摇浙江汜。挥手杭越间，樟亭望潮还。
涛卷海门石，云横天际山。白马走素车，雷奔骇心颜。
遥闻会稽美，且度耶溪水。万壑与千岩，峥嵘镜湖里。

秀色不可名，清辉满江城。人游月边去，身在空中行。
此中久延伫，入剡寻王许。笑读曹娥碑，沉吟黄绢语。
天台连四明，日入向国清。五峰转月色，百里行松声。
灵溪咨沿越，华顶殊超忽。石梁横青天，侧足履半月。
忽然思永嘉，不惮海路赊。挂席历海峤，回瞻赤城霞。
赤城渐微没，孤屿前峣兀。水续万古流，亭空千霜月。
缙云川谷难，石门最可观。瀑布挂北斗，莫穷此水端。
喷壁洒素雪，空濛生昼寒。却思恶溪去，宁惧恶溪恶。
咆哮七十滩，水石相喷薄。路创李北海，岩开谢康乐。
松风和猿声，搜索连洞壑。径出梅花桥，双溪纳归潮。
落帆金华岸，赤松若可招。沈约八咏楼，城西孤岧峣。
岧峣四荒外，旷望群川会。云卷天地开，波连浙西大。
乱流新安口，北指严光濑。钓台碧云中，邀与苍岭对。
稍稍来吴都，裴回上姑苏。烟绵横九疑，漭荡见五湖。
目极心更远，悲歌但长吁。回桡楚江滨，挥策扬子津。
身著日本裘，昂藏出风尘。五月造我语，知非佁拟人。
相逢乐无限，水石日在眼。徒干五诸侯，不致百金产。
吾友扬子云，弦歌播清芬。虽为江宁宰，好与山公群。
乘兴但一行，且知我爱君。君来几何时，仙台应有期。
东窗绿玉树，定长三五枝。至今天坛人，当笑尔归迟。
我苦惜远别，茫然使心悲。黄河若不断，白首长相思。

李白在诗中，用生动形象的语言，描绘魏万浪迹江湖，隐居不仕的风采，以及跋涉三千里寻访自己的传奇历程。全诗一百二十句，虽然较长，但不难读，也值得一读。其中第一句"仙人东方去"至第二十二句"龙潭下奔潈"主要是称赞魏万的人格风采，即仙人独游"迹与古贤并"，以及隐居王屋山，爱奇好古，独出物表等情况。从"东浮汴河水"至"昂藏出风尘"，这一段共七十六句，叙述魏万寻访自己的过程和在途中游历的名山大川景况,写得细微生动,描绘了许多景点。"五月造我语"至"且知我爱君"等十二句,写自己与魏万会面的快乐和二人同游江宁(南京)的过程。自"君来几何时"至最后"白首长相思"的十句,是表达惜别之情。

自这次会面后,魏万回王屋山,两人再未会面。不久,安史乱起,李白抱着平乱的意愿,曾任当时都督江陵永王李璘的幕僚。因李璘谋乱兵败的牵累,流放夜郎,中途遇赦东还。晚年漂泊困苦,依靠时任当涂令的族人李冰阳,至公元762年卒于当涂,享年六十一岁。代宗即位,以左拾遗召,而李白已卒。唐文宗时,以李白歌诗、裴旻剑舞、张旭草书为当时"三绝"。有《李太白集》传世。

四、挚友心源无异端

赠元稹

唐·白居易

自我从宦游,七年在长安。所得惟元君,乃知定交难。
岂无山上苗,径寸无岁寒。岂无要津水,咫尺有波澜。
之子异于是,久要誓不谖。无波古井水,有节秋竹竿。
一为同心友,三及芳岁兰。花下鞍马游,雪中杯酒欢。
衡门相逢迎,不具带与冠。春风日高睡,秋月夜深看。
不为同登科,不为同署官。所合在方寸,心源无异端。

这是白居易赠元稹的第一首诗。此诗写于唐德宗贞元二十一年(805),其时白居易三十四岁,元稹二十七岁。诗中主要反映白居易对元稹的认识和评价,二人交往的活动和成为至交的原因。诗的意思是,我自参加进士考试到做官，在长安已有七年，得到的知心朋友只有元稹一人，可见选择友人的困难。难道我没有相识的人吗？泛泛之交倒是有的，但这种友谊只如幼苗一样没有经过岁寒的考验。我也与一些身居要职的大官有交往，可要与他们成为至交就更困难，稍有不慎就在很小的地方掀起波澜。可元稹就不一样，我和他的友情将会长存，永不相忘。他心地明净如古井中的水面，他的道德操守好像有节的秋后竹竿直而且硬。我和他做知心朋友已经三年，春天一同骑马在花下游赏，冬天睡到日上三竿，秋季共同赏月到深夜。我们之所以成为好友，不是因为同科考中进士，也不是由于在同官署做官，而是因为我们两人心心相印，彼此没有私心。

白居易，字乐天，晚年号香山居士，官太子少傅，后人称白傅。太原（今山西太原市西南）人，后迁居下邽（今陕西渭南北）。年二十携诗求见名士顾况，顾氏读到"野火烧不尽，春风吹又生"句，为之惊叹动容。贞元十六年（800）年二十八岁的白居易进士及第，授秘书省校书郎，元和中授翰林学士，拜左拾遗。白居易为官直言敢谏，以致屡遭贬谪，先贬江州司马，徙忠州刺史，后任苏、杭二州刺史。他受贬时不气馁，常在贬所为民兴利，至今杭州、江州（今江西九江）、忠县（四川忠县）仍流传白居易惠民的故事。文宗立，以秘书监召，迁刑部侍郎，后以刑部尚书致仕。卒，赠尚书右仆射，谥曰文，享年七十四岁。白居易一生勤于诗文写作，今存诗作三千余首，散文代表作七十五篇。所作《长相思》《忆江南》词，促进词体兴起。有《白氏长庆集》传世。

白居易与元稹在贞元十八年（802），同登进士并授职，成为挚友，世称"元白"。两人诗风相近，他们赋诗意在"救济人病、裨补时阙"（见《与元九书》）。元和间互相酬唱，长庆间分别编有诗集，即白氏或元氏《长庆集》，称为"元和体"或"长庆体"。

元白二人，在京经常会面饮酒赋诗，一旦远别，则通过诗歌来表达思念之情。唐宪宗元和四年（809），元稹任监察御史，被派往东川审理案件，送别十几天后，白居易与弟白行简郊游至李建（排行十一，人称李十一）家饮酒，正喝得高兴时，白居易忽然放下杯子说："微之（元稹字）应该到梁州了！"于是叫人拿笔墨在房间墙上题了一首七绝《同李十一醉忆元九》：

花间同醉破春愁，醉折花枝当酒筹。
忽忆故人天际去，计程今日到梁州。

白居易饮酒赋诗是三月二十一日，十几天后，梁州使节带来一封元稹给白居易的信，信中附七绝一首《梁州梦》：

梦君同绕曲江头，也向慈恩院院游。
亭吏呼人排马去，忽惊身在古梁州。

诗前有小序云："是夜宿汉川驿，梦与杓直、乐天同游曲江，兼入慈恩寺诸院，倏然而寤，则递乘及阶，邮使已传呼报晓矣。"有趣的是元稹梦见与白、李同游曲江的那一天，也是三月二十一日，与白、李同游曲江后又饮酒赋诗是同一天。这里有所为，那里有所梦，感情真挚的朋友，真是心灵相通了。

元、白二人都是敢言直谏之臣，因忤逆权贵而屡遭打击和贬谪。元稹在东川因弹劾节度使，平反了八十八家冤案，引起朝廷执政大臣忌恨，回朝后被迫调任分司东都。但他仍不畏权势而弹劾豪门，此后两次被贬：第一次是罚俸调职；第二次由监察御使贬为江陵士曹参军时，白居易曾联合其他朝官三次上书为元稹辩解无罪，但均无效果，只好在送行时勉励元稹保持不畏权贵、坚决揭露贪暴违法的志向和气节。白居易还在元稹走后写了一首《别元九后咏所怀》，诗的结尾道："相知岂在多，但问同不同。同心一人去，坐觉长安空。"表示你一人离开长安，我马上觉得长安城都空了。元稹到江陵后将自己在旅途上写的十七首长诗寄给白居易，两人时有唱和。至元和十年（815），元稹被任命为通州司马，到任后写信给白居易谈到自己对诗歌创作的见解和自己被贬的悲愤心情，同时介绍了通州的情况。白居易接信后，写了四首七律《得微之到官后书，备知通州之事，怅然有感，因成四章》给元稹，对他表示同情和慰藉。其中第四首写道：

> 通州海内恓惶地，司马人间冗长官。
> 伤鸟有弦惊不定，卧龙无水动应难。
> 剑埋狱底谁深掘，松偃霜中尽冷看。
> 举目争能不惆怅，高车大马满长安。

诗中说元稹被流放到荒僻的通州，当司马这样没有职责的闲官。有如受伤的大雁，无水的卧龙（暗喻诸葛亮），深埋的龙泉、太阿宝剑，斜倒的青松，实在令人惆怅，而长安城却到处是高车大马的达官贵人。大有"冠盖满京华，斯人独憔悴"（杜甫《梦李白二首》）之慨。

元和十年（815），白居易因要求追查杀死宰相武元衡的凶手事件而被贬至江州（今江西九江）任司马。此时元稹在通州因疟疾卧病在床，听到这个不幸的消息，惊而坐起，随即写了一首七绝《闻乐天授江州司马》：

> 残灯无焰影幢幢，此夕闻君谪九江。
> 垂死病中惊坐起，暗风吹雨入寒窗。

短短二十八个字，表达出元稹对白居易的深厚友谊，真切地记录了元稹当时的思想感情。其中第一句和第四句勾画出一种浓重凄凉的情调。白居易在赴江州后，读到元稹此诗时，激起悲凉的心情，几乎难以忍受，他在给元稹的信中说："此句他人尚不可闻，况仆心哉，至今每吟，犹恻恻尔。"

唐文宗大和五年（831）7月，元稹突然在武昌军节度使任内去世，年五十三岁。白居易时年六十岁,任河南尹。在得到讣告后,悲伤不已,除写了《祭微之文》外,还写了三首悼念的七绝《哭微之》。其中最后一首写道:

> 今生岂有相逢日,未死应无暂忘时。
> 从此三篇收泪后,终生无复更吟诗。

我们今生再无相逢之日,但只要我健在,永远也不会忘记你。我写完这三首诗和滴完泪水后,恐怕终生再也不能吟诗了。这些诗句真正体现了白居易在《赠元稹》诗中所说的"久要誓不谖""心源无异端"的挚友情谊。

五、西出阳关无故人

送元二使安西

唐·王维

渭城朝雨浥轻尘,客舍青青柳色新。
劝君更尽一杯酒,西出阳关无故人。

这是王维为他朋友元二奉朝廷之命前往安西,写的一首送别诗。古时从长安往西去,多在渭城送别,渭城即秦都咸阳故城,位于长安西北,在渭水北岸。

这首诗前两句,写送别的时间、地点、环境气氛。渭城清晨,在黎明的曙光中,看出刚刚下了一场小雨,雨已停了,把朋友从长安西去大道上的灰尘都浸润洗涤,显得洁净清爽。我们下榻的宿舍周围灰蒙蒙的杨柳树，经过这场朝雨，洗出它那青翠本色，焕然一新，映衬着宿舍也青起来。在这新雨之后清新的早晨，我和你马上就要离别了，接着的第三、四两句写情说：请你再干一杯酒吧！你出了阳关西去之后，就再也见不到我这位老朋友了呀！这里第三句"劝君更尽一杯酒"用了一个"更"字，说明送别的酒会已进行了好一阵子，频频举杯，干了一次再干一次，表明诗人舍不得友人离去，总望他多留一刻，再"尽一杯"吧！诚挚之心跃然纸上，让惜别之情达到顶点。王维的这四句诗，从内容看，只是描写一种最普通的离别，"不作深语"却"声情泌骨"（《唐诗笺要》），意味无穷，堪称送别诗中的绝唱。

诗中的元二，名不详，因排行第二，故称元二，是王维同朝为官的好友。王维，字摩诘，乃取佛经《维摩诘经》中的维摩诘居士以为名字。山西永济县（古称蒲州）人，唐玄宗开元九年（721）进士。官至尚书右丞，故又称王右丞。他从壮到老都是朝廷命官，出入王公贵族府第，亦官亦隐亦居士，过着豪华生活，写了不少应制应教的诗歌，但他在诗歌上的成就，又是多方面的。无论边塞、山水还是律诗、绝句都有不少脍炙人口的佳篇，同时精通音律，擅长绘画，特别是山水田园诗，成就最高，创作了不少"诗中有画，画中有诗"的艺术精品。有《王右丞集》传世。

王维写离别、送别的诗，很有特色，如他的《山中送别》写道：

山中相送罢，日暮掩柴扉。
春草明年绿，王孙归不归？

还有一首《送别》：

下马饮君酒，问君何所之？
君言不得意，归卧南山陲。
但去不复问，白云无尽时。

《山中送别》用与送行毫不相干的"掩柴扉",来表达送的人去后的寂寞、怅惘。用"春草明年绿"来表示担心离人久久不归的感情。《送别》则用不再苦苦追问友人,来表达对友人"不得意"的同情。用山中"白云"无尽的可供长期欣赏相伴来反衬荣华富贵的短暂难求,对友人进行鼓励和劝慰。两首诗都以极平常的事和景来表达真挚深厚的感情。语言平淡,但词浅意深,意味深长。

如他在十七岁时,写的《九月九日忆山东兄弟》:

独在异乡为异客,每逢佳节倍思亲。
遥知兄弟登高处,遍插茱萸少一人。

这是一首登临抒怀之作,抒发对兄弟怀念之情,此诗不说自己作客他乡,未能参加兄弟登高山的遗憾,反而用体贴的语气"遍插茱萸少一人"来表达兄弟不能完满团聚的遗憾,以此来衬托兄弟情谊的深厚。意境创新、语言清淡、语调流畅、情深意浓。十七岁少年写出这样的作品,真是难得。此诗是他入选《唐诗三百首》唯一的一首绝句。与此同时,他的《送元二使安西》,以《渭城曲》之题作为"乐府"也选入《唐诗三百首》。说明这两首诗脍炙人口,千百年来被人们吟诵不衰。

《送元二使安西》在《全唐诗》中也称《渭城曲》。题解说:"渭城一曰阳关,王维之所作也。本送人使安西诗,后遂被于歌。刘禹锡与歌者诗云:'旧人唯有何戡在,更与殷勤唱渭城。'白居易对酒诗云:'相逢且莫推辞醉,听唱阳关第四声',即'劝君更尽一杯酒,西出阳关无故人'也。渭城,阳关之名,盖因辞云。"这里白居易诗中说的"听唱阳关第四声"是指此诗谱入乐府,当作送别曲,并把末句"西出阳关无故人"反复重叠歌唱,称《阳关三叠》,又称《渭城曲》。宋代郭茂倩《乐府诗集·近代曲辞》中也题作《渭城曲》。其歌词以原诗为主干,增加了一些语言,逐步演变成以下"三叠"更富激情和便于歌唱的词曲:

清和节当春，渭城朝雨浥轻尘，客舍青青柳色新。劝君更进一杯酒，西出阳关无故人！霜夜与霜晨。遄行，遄行，长途越渡关津，惆怅役此身。历苦辛，历苦辛，历历苦辛宜自珍，宜自珍。

　　渭城朝雨浥轻尘，客舍青青柳色新。劝君更进一杯酒，西出阳关无故人！依依顾恋不忍离，泪滴沾巾，无复相辅仁。感怀，感怀，思君十二时辰。参商各一垠，谁相因，谁相因，谁可相因，日驰神，日驰神。

　　渭城朝雨浥轻尘，客舍青青柳色新。劝君更进一杯酒，西出阳关无故人！芳草遍如茵。旨酒，旨酒，未饮心先已醇。载驰骃，载驰骃，何日言旋轩辚？能酌几多巡！千巡有尽，寸衷难泯，无尽的伤感。楚天湘水隔远滨，期早托鸿鳞。尺素申，尺素申，尺素频申如相亲，如相亲。噫！从今一别，两地相思入梦频，闻雁来宾。

这首送别诗改编成上述歌曲之后，也根据送行时的人情、习惯，用关心被送者的语言，在三叠中，分别增加了内容，具体分析，有以下三个方面：

　　一、你此去长途跋涉，越渡关津，一定很辛苦，希望你注意身体，善自珍重。

　　二、你去后，这里再也没人关心我，与我相辅相因，我万分神伤。

　　三、你此去之后，不知什么时候能回来，希望经常给我来信，慰我相思。

　　充实了这些纯朴真诚的内容后，一唱三叹，复沓婉转，显得更加富于激情，让王维这短短四句送别诗，饱含极其深沉的惜别之情，更加情意缠绵，真切动人。诗人与作曲家相得益彰的创造，使这一佳篇伴随着哀怨而挺拔的旋律，更加韵味悠长。

六、寻芳惜与故人违

留别王侍御维

唐·孟浩然

寂寂竟何待,朝朝空自归。欲寻芳草去,惜与故人违。
当路谁相假,知音世所稀。只应守索寞,还掩故园扉。

此诗约为唐玄宗开元十六年(728)孟浩然四十岁时科举落第,离开长安,赠别友人王维之作。首联抒发落第后的心情,用"寂寂""竟""空"等字渲染,感到落第后十分寂寞,每天回家觉得非常空虚。颔联是说既然功名没有希望,呆在长安也没意思,很想回归山林隐居,但一想到要与老朋友分别,又感到难舍难分。颈联认为人情淡薄,世态炎凉,执政当权者中我没有能依托的人,在这世上与我知音的人太少了,充满愤慨和沉痛之感。尾联是说自己就此守定寂寞,还是回到老家去罢!表明归隐之意。全诗语言平淡,对偶自然,通首连串,一气呵成,把对友谊的珍惜和落第后的复杂心情,表现得细致入微,颇为感人。

孟浩然,湖北襄阳人,生于公元689年,早年隐居襄阳鹿门山,闭门读书,写诗作赋。其诗作,特别是五言诗很有名气,为当时达官贵人所赏识,与当时诗坛名将李白、王维、王昌龄等有交情并时有唱和。四十岁西去长安参加进士考试,自己及友人都认为取得功名没有问题,却不幸落第,失意而归。他辞别好友王维,回到襄阳家乡后,一直郁郁寡欢,有时甚至连觉也睡不好。大约在次年冬天四十一岁时,写了一首五律《岁暮归南山》(一作《归故园》《归终南山》):

北阙休上书，南山归敝庐。不才明主弃，多病故人疏。
白发催年老，青阳逼岁除。永怀愁不寐，松月夜窗虚。

诗中抒发坎坷不遇，年华易逝，事业无成的心情，词句通俗，含蕴丰富。其中第二联本意是反映世态炎凉，但"不才明主弃"一句却得罪了唐玄宗，影响孟浩然后半辈子。

孟浩然处在"开元盛世"，很想谋个出身，虽然落第，仍不甘心，他原本与当时宰相张九龄有诗词来往。开元二十一年（733）他四十四岁，再游长安，为了获得张九龄的赏识和推荐，写了一首诗《临洞庭湖赠张丞相》：

八月湖水平，涵虚混太清。气蒸云梦泽，波撼岳阳城。
欲济无舟楫，端居耻圣明。坐观垂钓者，徒有羡鱼情。

此诗反映孟浩然虽然求仕心切，有干谒之意，但诗却写得委婉含蓄，不落俗套。前四句写洞庭湖，其中最受人激赏的是"气蒸"二句，传神地再现了洞庭湖雄浑壮阔的景象。后人认为："洞庭天下壮观，骚人墨客者众矣，终未若此诗颔联一语气象。"（《西清诗话》）后四句是希望张丞相引荐自己，但诗中无一字提出求官的话，只是用"济"（代官）、"无舟楫"（比喻自己求出仕），而且这些字词都与咏洞庭湖紧密联系，一气呵成，了无痕迹，只是让人从回味中理解其意。

孟浩然写诗给张丞相想请他引荐为官，还没有一个结果，却发生一件影响自己一生的事。一天，他的老友王维邀请他到在朝办公的官署做客，谈诗论文，突然唐玄宗驾到，孟浩然来不及离开，慌忙中躲在王维的床下。玄宗进房后，王维不敢隐瞒，只得将孟浩然来访不及回避的情况禀报玄宗。可能王维当时也想借此机会让孟浩然面驾，取得皇帝信任以进身为官。玄宗听说孟浩然在，也很高兴，说："我早听说这人了，让他出来吧！"玄宗见孟浩然问道："你带诗来了么？"孟浩然便念了他落第后在家乡写的那首《岁暮归南山》。玄宗听了,对其中"不才明主弃"句大为反感,说:"我从来不抛弃人,你从未积极反映求官,为什么要在诗中那样诬赖我呢?"当即下令让孟浩然回南山去。皇帝金口一开,就决定了孟浩然的命运。从此孟浩然死了为官这条心,终身归隐田园。后人认为孟浩然当时如果把《临洞庭湖赠张丞相》一诗呈给唐玄宗,也许能取得唐玄宗的好感,情况就不一样了,但天不佑人,鬼使神差地读了《岁暮归南山》诗,造成终身不得仕的结果,令人惋惜。

孟浩然断了仕路归隐南山后,经常与友人饮酒赋诗,并不寂寞。据《新唐书·文艺传》载:有一天朝廷采访使韩朝宗,因爱孟浩然的诗,专程来访,想劝告孟浩然再次进京,表示自己打算向朝廷推荐,让他做官,以施展他的才能。孟浩然因几次受打击,早已断绝仕进的念头,碰巧有老友来访,陪老友在客厅开怀畅饮,非常快乐,都忘记了韩采访使到访的事,家人提醒"韩大人还在书房等你"。孟浩然醉意朦胧地说:"我在这儿尽兴饮酒,用不着再跟他扯那些仰人鼻息的事。"韩朝宗见孟浩然久不出来接待,气得拂袖而去。

在孟浩然归隐期间,李白当时住在安陆,就近来襄阳访问孟浩然。李白来时,孟浩然热情接待,二人成为好朋友。李白后来写了一首五律《赠孟浩然》:

吾爱孟夫子,风流天下闻。红颜弃轩冕,白首卧松云。
醉月频中圣,迷花不事君。高山安可仰,徒此揖清芬。

这首诗表达了对孟浩然的崇敬之情,极力赞美他风流的形象和隐居不仕的清高品格。

张九龄后来被李林甫排斥,由宰相位上贬谪荆州,并未忘记在襄阳隐居的友人孟浩然,召他为从事。开元二十八年(740),王昌龄游襄阳探望孟浩然,孟此时背上已经生了毒疮,他们相聚甚欢,吃了些鲜鱼之类的食物,诱发疽病。"食鲜疾动",孟不久即在故乡南园去世,享年五十二岁。

孟浩然去世时,正遇好友王维奉命到南方考察选拔官员,经过孟浩然的故乡襄阳,面对与老友的死别,当即写了一首悼念诗《哭孟浩然》:

故人不可见,汉水日东流。借问襄阳老,江山空蔡州。

这首诗开头就直说故人已逝,不可能再相见了,哀悼之情,奔进而出。次句说汉水照常不停地东流而去,有如我友人已一去不复返。第三句痴问:我的襄阳老友,你如今到哪里去了呀!末句是说老友孟浩然去世后,面前满眼只见江山寂寞,蔡州(在襄阳东北汉水中,这里泛指襄阳)空旷,暗示孟浩然去世,襄阳地区诗坛将是空寂无人了。

王维和孟浩然,一位是达官贵人,一位是山林隐士,孟浩然落第返乡隐居,只是舍不得离开老友,有"惜与故人违"之慨。二人相隔多年,王维顺路到襄探望孟浩然,恰遇老友去世,而哀叹"故人不可见"。两人相亲相敬,始终保持真挚的友谊,并不因为地位高低或相隔日久而影响感情。王维对孟浩然真诚的思念和哀悼,悲戚感人,值得后人敬重。

七、到处逢人说项斯

赠项斯

唐·杨敬之

几度见诗诗总好,及观标格过于诗。
平生不解藏人善,到处逢人说项斯。

这是一首被人喜读流传很广的七绝诗。此诗不仅赞美友人项斯的诗写得好，同时称赞项斯的人品更好。诗中说我几多次吟读你写的诗，总觉得诗写得特别好，等到我同你见面交谈接触后，更觉得你的人品气质比你的诗更好。我这一辈子都不知道去隐藏别人的长处和好处，所以读到你的诗同你交往后，逢人就宣扬你项斯的诗好和人品好。

杨敬之，字茂孝，唐宪宗元和二年（807）进士及第，官至屯田、户部二郎中，因李宗闵党连累，贬连州刺史。后文宗尚儒术，召任为国子祭酒（相当于现在的教育部部长）。能诗，作品多遗失，《全唐诗》仅存诗二首，《赠项斯》乃二首之一。

杨敬之赞扬的项斯，字子迁，江东人，年龄与杨敬之相仿，但资历、声望与杨敬之相去甚远。杨敬之早年登第，步入官场。项斯早年则过着隐居生活，闭门读书写诗，曾参加科举考试，不幸落第，落第后心里很不好受，甚至闭门不出。他曾写了一首五律《落第后寄江南亲友》，反映落第后的心情：

古巷槐阴合，愁多昼掩扉。独存过江马，强拂看花衣。
送客心先醉，寻僧夜不归。龙钟易惆怅，莫遣寄书稀。

大意为：落第后回到槐树荫下的古巷老家，因为心里不快活，终日掩门不出。有时也勉强自己骑着马到野外走走，看看花。送走客人之前心里有些难舍不安，到寺庙里去同僧人交谈到深夜都不想回来。人到失意潦倒的时候，精神不振，容易烦恼，希望亲友们不要责怪我很少给你们写信问好。诗中将自己落第后的落魄无聊刻画得形象生动，同时反映他对亲友的谦逊和真诚。

项斯在隐居期间，创作了不少诗篇，内容多为怡情自适之作，有些诗写人情风俗也较有特色。如他的七律《山行》（一作《山中作》）写道：

青枥林深亦有人，一渠流水数家分。
山当日午回峰影，草带泥痕过鹿群。
蒸茗气从茅舍出，缲丝声隔竹篱闻。
行逢卖药归来客，不惜相随入岛云。

此诗将在山中穿行所看到的景物进行描写：你看山上青绿色的枥树林中有人来往，渠水两边住着几户人家，我从这里走过时，正是中午，山峰的影子正在慢慢回头向这小村子移动。草地上有鹿群踩过的泥土脚印。在住房附近，嗅到茅屋里飘出蒸新茶叶的清香，听到竹篱后面传出来缲丝的声音。在村头遇到去山外卖药回来的山客，他家住在高山深处，我只好由他引路一道慢慢地走到山林云雾的深处。这首诗将山中所见所闻，描写得细致入微，读此诗时，仿佛随诗人在山中前行，走到一处桃花源那样清静的世界。从项斯写的这些诗来看，杨敬之肯定他的"诗总好"，确有道理。

项斯将自己的诗送给时任国子祭酒的杨敬之，当然是希望这位管教育的长官赏识。在我国古时，一些怀有诗才的青年人，以诗投见名家和在位的名人，从而受到赏识而被推荐的故事是很多的。杨敬之认为项斯的诗写得好，后来两人见面，又感到项斯的人品风采更好，于是两人结为至交。杨敬之写的这首《赠项斯》传出后，使项斯名重一时，诗声大振。赠诗不到一年，即唐武宗会昌四年（844），项斯考取了进士，并做了丹徒尉的官。官虽不大，但能进士及第，与杨敬之这首赞扬他的诗，可能也有一定关系。当然，主要还是项斯本人的诗写得好。《全唐诗》录其诗一卷，共九十八首另八句。

杨敬之这首《赠项斯》，明白如话，看似简单的四句，但其内容，在古代"文人相轻"的世风下，却具有反潮流的意义。此诗不仅没有文人相轻之意，相反具有多看别人的长处、乐于助人、提携后进的精神，在当时具这种思想显得很新鲜，说明这诗名气大、流传广，并非偶然。正因为如此，后来此诗中"到处逢人说项斯"一句，就成为"说项"的有名的典故。这一典故，起初是用杨敬之《赠项斯》诗的原意，说人家的好话，表扬人，帮人说个人情，等等。后来却变了味，当作"只说好话""为人说情""拍马屁"等的代名词。如新中国成立初期（1949）民主人士柳亚子发牢骚的一首七律《感事呈毛主席》：

开天辟地君真健，说项依刘我大难。
夺席谈经非五鹿，无车弹铗怨冯驩。
头颅早悔平生贱，肝胆宁忘一寸丹！
安得南征驰捷报，分湖便是子陵滩。

柳亚子这首诗的第二句"说项"二字，就是用杨敬之《赠项斯》的典故。柳诗在这里的用意是："让我给人说好话，拍马屁，让我像汉朝王粲那样投靠刘表去依附人，我根本办不到。"柳亚子在诗中还表示因为不愿"拍马屁"（说项）和依附人，所以想脱离政界，像东汉严子陵一样到老家分湖去隐居钓鱼。

1949年春，柳亚子从香港到东北，转道北京。当时大军正渡江作战，毛主席一方面指挥作战，一方面忙着写《评白皮书》，工作很忙，因此全国政治会议不能立即召开，要推迟到九月，还来不及与著名民主人士一一沟通。柳因而不满，用"说项"这一典故，写诗发牢骚。但毛主席没有因为柳亚子先生说"说项依刘"这些不太礼貌的牢骚话而生气。相反，他在百忙中，于1949年4月29日给柳亚子和了一首七律《赠柳亚子先生》：

饮茶粤海未能忘，索句渝州叶正黄。
三十一年还旧国，落花时节读华章。
牢骚太盛防肠断，风物长宜放眼量。
莫道昆明池水浅，观鱼胜过富春江。

毛主席此诗主要是用情来感动劝说柳亚子先生，诗的前四句用"饮茶粤海""索句渝州"的历史事实来回顾两人几十年的友谊。诗的后四句是劝他不要发牢骚，这样会影响健康，希望他把眼光看远些，留在北京比回家归隐好。表达了毛主席对老友和民主人士的真诚爱护。柳亚子读了毛主席的诗后，很受感动，便打消了离开北京回家乡归隐的念头。

读《赠项斯》，应该学习杨敬之多看别人的长处，真诚交友，提携后进的精神，不要把"说项"当作"拍马屁"等贬词看待和使用，免得使这一名典庸俗化。

八、志士情倾唱和词

贺新郎

南宋·辛弃疾

把酒长亭说，看渊明、风流酷似，卧龙诸葛。何处飞来林间鹊？蹙踏松梢微雪。要破帽、多添华发。剩水残山无态度，被疏梅、料理成风月。两三雁，也萧瑟。

佳人重约还轻别。怅清江、天寒不渡，水深冰合。路断车轮生四角，此地行人销骨。问谁使、君来愁绝？铸就而今相思错，料当初、费尽人间铁。长夜笛，莫吹裂。

这是辛弃疾在陈亮来访后，为抒发思念之情写的一首词。词的题序说："陈同父自东阳来过余，留十日。与之同游鹅湖，且会朱晦庵于紫溪，不至，飘然东归。既别之明日，余意中殊恋恋，复欲追路，至鹭鸶林，则雪深泥滑，不得前矣。独饮方村，怅然久之，颇恨挽留之不遂也。夜半投宿吴氏泉湖四望楼，闻邻笛悲甚，为赋《贺新郎》以见意。

又五日,同父书来索词,心所同然者如此,可发千里一笑。"从题序中看出辛弃疾舍不得陈亮离开而去追他,因"雪深泥滑"未能追上,而写此词。词中说"费尽人间铁""铸就而今相思错"以表示思念之深。

辛弃疾,字幼安,号稼轩,历城(今山东济南)人。少年参加山东农民领袖耿京的抗金起义军,失败后南归,受高宗召见,历任湖南、湖北、福建安抚使等职,很有政绩。一生力主抗金,果敢有为。提出不少恢复失地建议,均未被采纳,被当权者忌恨,长期落职居于江西上饶一带二十多年。晚年起用为浙东安抚使和镇江知府,不久去职,怀着恢复中原的宏愿,抑郁而殁,死时年六十七岁,是南宋杰出爱国词人。《四库全书总目提要》评其词"慷慨纵横,有不可一世之慨"。有《稼轩长短句》传世。陈亮,字同父(同甫),婺州永康(今属浙江)人,南宋时进步思想家、文学家。南宋孝宗时,多次上书力主抗金,反对议和,其报国之志,不被理解,大臣们诬他为"狂怪",横加陷害,使其多次下狱。个人生活遭遇很多不幸。一生没有做官,死的前一年考取进士第一,有《龙川词》传世。

陈亮访辛弃疾时,还有一段故事。据《词林纪事》载:"幼安流寓江南,陈同甫来访。近有小桥,同甫引马三跃而马三却,同甫怒,拔剑斩马首,徒步而行。幼安适倚楼,见之大惊异,即遣人往询,而陈已及门,遂与定交。"他们两人都有抗金大志和卓越见识,创作豪迈精神也相似,而又同处于失意时期,所以陈亮来访,辛弃疾很殷勤地招待他,二人成为莫逆。

辛弃疾的《贺新郎》寄给陈亮后,陈亮迅即和了一首《贺新郎·寄辛幼安和见怀韵》:

老去凭谁说。看几番、神奇臭腐,夏裘冬葛。父老长安今余几,后死无仇可雪。犹未燥、当时生发。二十五弦多少恨,算世间、那有平分月。胡妇弄,汉宫瑟。

树犹如此堪重别。只使君、从来与我,话头多合。行矣置之无足问,谁换妍皮痴骨。但莫使、伯牙弦绝。九转丹砂牢拾取,管精金、只是寻常铁。龙共虎,应声裂。

辛弃疾收到陈亮的和词后,于次年春天答一首《贺新郎·同父见和再用韵答之》:

老大那堪说,似而今、元龙臭味,孟公瓜葛。我病君来高歌饮,惊散楼头飞雪。笑富贵、千钧如发。硬语盘空谁来听?记当时、只有西窗月。重进酒,换鸣瑟。

事无两样人心别。问渠侬:神州毕竟、几番离合?汗血盐车无人顾,千里空收骏骨。正目断、关河路绝。我最怜君中宵舞,道"男儿到死心如铁"。看试手,补天裂。

陈亮收到辛弃疾这首答词,于当年又回复一首《贺新郎·怀辛幼安用前韵》:

话杀浑闲说。不成教、齐民也解,为伊为葛。樽酒相逢成二老,却忆去年风雪。新著了、几茎华发。百世寻人犹接踵,叹而今、两地三人月。写旧恨,向谁瑟。

男儿何用伤离别。况古来、几番际会,风从云合。千里情亲长晤对,妙体本心次骨。卧百尺、高楼斗绝。天下适安耕且老,看买犁卖剑平家铁。壮士泪,肺肝裂。

以上四首词同步一韵,在诗词唱和史上少有、难得。从内容看四首是相互呼应、相互鼓励、相互表示崇敬,但每首各有重点和特色。辛弃疾的第一首《贺新郎》,主要是表达真挚友情和不忍离别之意。陈亮第一首和词,除表达两人感情深厚非常投机之外,还寄托对辛弃疾恢复中原的不灭志向的鼓励:只要坚持,龙虎这样的九转仙丹定能炼出来。辛弃疾对同父见和的答词，除表示对陈亮来访的欢迎外，还抒发了彼此怀才不遇的苦闷。同时也表达坚决抗敌、至死不渝的共同意志，显现出了慷慨悲歌爱国志士的高大形象。陈亮第二首词，除表达两人心心相印、刻骨（次骨）铭心外，着重表达对幼安的崇敬，说他应该卧在百尺高楼之上，是百年一遇的圣人。这样的人才不得重用，是由于朝廷"卖剑买犁"苟安求和的结果，让"壮士泪，肺肝裂"。

陈亮这次来访辛弃疾，对两人来说都具有历史意义。可惜陈亮在写这两首词之后，不过五年，就因病去世，时年五十一岁。辛弃疾为悼念这位志同道合的挚友，写了一篇《祭陈同父文》。文中除叙述两人感情和陈同父的才德外，还对两人相会作了概述："憩鹅湖之清阴，酌瓢泉而共饮，长歌相答，极论世事"，以回忆这次相会之乐，同时也怀念两人精神上的契合无间。

九、对床夜语怀今古

贺新郎·送胡邦衡谪新州

南宋·张元幹

梦绕神州路。怅秋风、连营画角，故宫离黍。底事昆仑倾砥柱，九地黄流乱注。聚万落千村狐兔。天意从来高难问，况人情易老悲难诉。更南浦，送君去。

凉生岸柳催残暑。耿斜河、疏星淡月，断云微度。万里江山知何处？回首对床夜语。雁不到，书成谁与？目尽青天怀今古，肯儿曹恩怨相尔汝！举大白，听金缕。

这是胡铨反对南宋朝廷与金人议和，上疏请斩秦桧，触怒宋高宗而被贬福州后，又被押送至广东新州（今广东新兴），他的好友张元幹此时辞官在福州，为他送行时写的一首词。

胡邦衡，名铨，邦衡是其字，号澹庵，是张元幹在朝为官时的好友，吉州庐陵（今江西吉安）人，公元1102年生，建炎进士。绍兴五年（1135）任南宋枢密院编修官，因反对与金人议和，先被贬福州签判，后被除名，押送至广东新州编管，不久又远送至吉阳军（今海南岛南部）。流落二十年后，孝宗乾道初被召回，任起居郎、权兵部侍郎，仍反对与金议和。于1170年去世，享年六十八岁，有《澹庵文集》和《澹庵词》传世。

南宋初年，由于金人企图用武力消灭南宋，南宋小朝廷即使想同侵略者谈判，也不可能谈拢。但到了绍兴八年（1138），情况已经有较大变化：高宗南渡后，用了韩世忠、岳飞等名将抗击金兵，1130年春天韩世忠将金兵堵截在黄天荡四十八天，金将兀术所率部队差点被全歼。抗金名将岳飞也多次击败兀术，并先后收复襄阳、洛阳、郑州等地，使高宗赵构在南方站稳了脚跟。金朝十多年来对宋朝攻掠，在北方广大地区一直没有建立稳固的统治，此时更感疲惫不堪，为了赢得喘息时间，同时麻痹南宋，扬言要跟宋朝和好。宋高宗出于私心，担忧金人失败后，会被迫将靖康元年（1126）掳去的宋钦宗放回，使自己的帝位不保，就赶紧命令停止向金人进攻，并指使秦桧与金朝议和。从绍兴八年（1235）开始派和议使王伦赴金国谈判，条件是宋金之间东以淮河、西以大散关（今陕西宝鸡西南）为界，南宋向金称"臣"，每年向金献银二十五万两，绢二十五万匹，金国退还陕西河南的土地，并送回宋徽宗棺木，但不要求送回宋钦宗。金使来宋，以"诏谕江南"为旗号，竟让高宗皇帝跪拜受"诏书"。此时朝廷内外，风闻和议以及屈辱投降条件后，群情激昂，纷纷上书反对和议。胡铨时任枢密院编修官，他愤然上书，反对议和，并要求斩秦桧、王伦和参知政事孙近三人之头，"竿之藁街，然后羁留虏使，责以无礼，徐兴问罪之师，则三军之士不战而气自信。不然，臣有赴东海而死耳，宁能处小朝廷求活耶！"因此触怒宋高宗和秦桧等人，秦桧当即"以铨狂妄凶悖，鼓众劫持"为名，将胡铨贬为监广州盐仓，次年改调福州签判。绍兴十一年（1141），名将韩世忠、岳飞等被解除兵权，岳飞随后被秦桧诬杀，投降派气焰不可一世。绍兴十二年（1142），秦桧又指使谏官弹劾胡铨，胡铨被除名，由福州被押送新州编管（即送到广东新兴县交地方官看管）。在这种高压下，当时士大夫畏罪钳舌，不敢谈论此事。胡铨的好友张元幹当时已辞官，在福州闲居。听了这个消息，不顾个人安危，在福州为胡铨饯行，并作此《贺新郎》词相送。

全词写得激昂悲愤，充满了对侵略者的仇恨和对投降派的愤怒，同时对朋友胡铨的遭遇寄予无限同情。上阕主要是感怀旧事，一开头就说人们对中原故乡魂牵梦绕，思念难忘。在秋风萧瑟的日子里，军号凄凉，到处是侵略者的营垒，汴京的宫殿，已长满野草。接着便追问为什么昆仑山倒下擎天柱，让污浊的河水倾泻泛滥淹没中华大地，为什么千村万落渺无人烟，让狐兔横行？面对敌人的侵略，有人主张投降。而那些主张正义、反抗侵略的人，都受到迫害贬斥，这些违背常理、颠倒黑白的问题，谁能回答清楚呢？真是像杜甫诗中所说"天意高难问，人情老易悲"呀！而且这些悲情无处诉说。这里所说"难问"的"天意"实际上是指以宋高宗为首的统治集团和其所推行的屈辱求和政策，只是不便挑明而已。张元幹在这里表示，自己是在对这些旧事怀着极其悲痛的心情到南浦来为胡铨送行的。下阕主要是抒写别情，开始写饯行的环境。当时送行的筵席多在晚间进行，相叙时间较长，有到深夜或五更天客人才起程，所以词中说这新秋的柳岸已经有凉意，银河渐渐斜落，疏星淡月的空中有几缕散断的白云飘过，这时两位亲密的朋友马上就要离别了，在话别时不禁想到我们这个国家，大好中华的万里河山向何处去，会落在谁人之手？这些国家大事，我和老友胡铨在平常夜晚对床睡觉时都关心议论过，我们的看法都很一致。如今他被遣送至南方新兴县这个山辟荒远，雁都飞不到的地方，我给他写的信怎么才能到他的手呢？信到时他还能健康活着看到我的信吗？词写到这里，把两人的感情和对离去人的深深关怀推向高潮，同时也透露出无限悲情。但词人马上收住笔墨，转而劝说朋友，要抛开个人荣辱，应该看到古往今来，特别在历史的紧要关头，一些仁人志士，临大节而不辱，赴刀锯而不辞，岂肯像小儿女辈那样，为个人恩怨耿耿于怀，做出可怜的样子？相反，应该把酒斟得满满的，碰碰酒杯，听听激昂慷慨的《金缕曲》（是《贺新郎》词的别名）分手前行吧！这样结语，意气昂扬，表现了作者对投降派的轻蔑，对被送行者的鼓励：即使被贬也是一个爱国者！此词写出后，被当时的人们广泛传唱。南宋词人杨冠卿说，他在秋天乘船过吴江垂虹桥时，听到溪边有儿童唱"目尽青天怀今古"，非常感慨。

张元幹，字仲宗，号芦川老隐、真隐山人，长乐（今属福建）人，生于宋哲宗元祐六年（1091）。靖康元年（1126）李纲为东京留守时，张元幹任行营属官，后官至将作监丞。在职时与李纲、胡铨等人均反对议和，主张抗金，志趣相投，遂成至交。后因不愿与奸臣秦桧同朝为官，辞职在家闲居。胡铨被贬至福州任签判时，张元幹也住在福州，好友相见，谈论国事，有时深夜不眠，"对床夜语"。当听到朝廷将胡铨除名并押送广东新州软禁的消息后，张元幹义愤填膺，立即写了这首《贺新郎》为胡铨送行。几年之后，这首《贺新郎》传到秦桧耳中，气得秦桧暴跳如雷。由于张元幹当时已经辞官，秦桧便利用手中的权力将张元幹除名，永远取消他再出任官职的资格，时张元幹年仅四十一岁，此后终老福州家乡，于公元1170年去世，享年七十九岁，有《芦川归来集》和《芦川词》传世。

张元幹的词，在北宋末年词风近于婉约，肩随秦观、周邦彦等人。如他的《长相思令》：

香暖帏。玉暖肌。娇卧嗔人来睡迟。印残双黛眉。
虫声低。漏声稀。惊枕初醒灯暗时。梦人归未归。

此时之词，多是这一类狭窄香软之作。但"靖康之变"以后，进入南宋，由于国难当头，张元幹的词风大变。如绍兴七年（1137）原宰相李纲，本已被贬为保静军节度副使，建昌军安置，但以国事为重，仍上书反对议和，又被罢归福建长乐，张元幹此时闲居福州，听此消息后，忧思难忘，抑塞难平，写了一首浩气纵横的《贺新郎·寄李伯纪丞相》送给李纲，表示支持和同情。

曳杖危楼去。斗垂天、沧波万顷，月流烟渚。扫尽浮云风不定，未放扁舟夜渡。宿雁落、寒芦深处。怅望关河空吊影，正人间、鼻息鸣鼍鼓。谁伴我，醉中舞？

十年一梦扬州路。倚高寒、愁生故国，气吞骄虏。要斩楼兰三尺剑，遗恨琵琶旧语。谩暗涩、铜华尘土。唤取谪仙平章看，过苕溪、尚许垂纶否？风浩荡，欲飞举。

此词上阕用东晋刘琨、祖逖两人"闻鸡起舞"，立志恢复中原的故事，来比照自己与李纲的关系。在此夜深人静，我觉得形影相吊，感到孤独，壮志无人理解时，谁来伴我醉中起舞呢？只有你李纲才是知己。下阕用汉昭帝时傅介子计杀楼兰王和汉元帝将王昭君嫁给匈奴和亲两个故事，表示自己与李纲始终坚持抗金立功，遗恨的是南迁十年来，朝廷一直推行向金朝屈膝投降的政策，壮志无法实现。最后又相互鼓励，认为形势不容我们去苕溪垂钓，应该继续有所作为，乘风"飞举"。

张元幹分别送给胡铨和李纲的两首《贺新郎》词，表现出慷慨悲壮的精神和爱国意志。其中"梦绕神州路"一首，很得毛主席、周总理的肯定：1933年，周恩来在建宁时看到中共地下党负责人陈金来笔记本中抄有这首《贺新郎》词，当时表示"我们共产党人要好好学习这首词，学习张元幹锄奸靖国、抵抗侵略的精神"。1975年，毛主席在得知董必武同志去世时，满怀悲伤，将这首《贺新郎》词的录音，反复放听一整天，最后提笔收尾将"举大白，听金缕"，换为"君且去，休回顾"，以寄哀思，可见此词影响之远，感人之深。在张元幹的《芦川词》现存的一百八十五首之中，这两首《贺新郎》词算是压卷之作。他坚持真理、坚持抗敌、不怕迫害、不怕丢官削籍的爱国主义精神，永远激励后人。

十、一诺千金救友人

金缕曲二首

清·顾贞观

寄吴汉槎宁古塔，以词代书。丙辰冬，寓京师千佛寺，冰雪中作。

其一

季子平安否？便归来、平生万事，那堪回首？行路悠悠谁慰藉？母老家贫子幼。记不起、从前杯酒。魑魅搏人应见惯，总输他、覆雨翻云手。冰与雪，周旋久。

泪痕莫滴牛衣透。数天涯、依然骨肉，几家能够？比似红颜多命薄，更不如今还有。只绝塞、苦寒难受。廿载包胥承一诺，盼乌头、马角终相救。置此札，君怀袖。

其二

我亦飘零久。十年来，深恩负尽、死生师友。宿昔齐名非忝窃，试看杜陵消瘦。曾不减、夜郎僝僽。薄命长辞知己别，问人生到此凄凉否？千万恨，从君剖。

兄生辛未吾丁丑。共些时、冰霜摧折，早衰蒲柳。词赋从今须少作，留取心魂相守。但愿得、河清人寿。归日急翻行戍稿，把空名、料理传身后。言不尽，观顿首。

这两首代表书信的词，是清朝顾贞观写给他的好友吴兆骞的。当时吴兆骞被放逐宁古塔（今黑龙江省）。对这两首词，陈廷焯在《白雨斋词话》中评说:"华峰《贺新郎》两阕,只如家常说话,而痛快淋漓,宛转反复,两人心并,一一如见,虽非正声,亦千秋绝调也。"又说:"二词纯以性情结撰而成,悲之深,慰之至,丁宁告诫,无一字不从肺腑流出,可以泣鬼神矣。"从内容看,第一首主要对吴的遭遇表示同情,给予劝慰,要他不要因自己受打击被流放而伤心落泪,比他不如的大有人在,并表示决心要救他回来。第二首则强调两人都应保重,要健健康康地活下去,认为自己虽然长期在外飘零,身体早衰,但还是"留取心魂相守",并希望对方珍重,以便健康归来后,继续展现文才。

顾贞观,字华峰,号梁汾,无锡(今属江苏)人。出身名门望族,曾祖父顾宪成,是晚明东林党领袖,前朝大儒。顾贞观于康熙五年(1666)考中举人,被任为国史院典籍,因受排挤,两年后借丁忧之名辞职还家。五年后,再度入京,这次进京,完全是为了营救好友吴兆骞而来。经友人徐学乾、严绳孙介绍认识当朝纳兰明珠太傅的长子纳兰性德,并馆于纳兰明珠太傅家与纳兰性德交好。顾贞观工诗词,其词善抒情、委婉,有《弹指词》及《积书岩集》传世。

吴兆骞,字汉槎,吴江(今属江苏)人,顺治十四年(丁酉)(1657)本来已考取举人,因有人参奏说这次科场考试有人舞弊,即著名的"丁酉科场案",吴兆骞被人诬告也给牵连进去。第二年被命令赴京接受检查复试,考场戒备森严,令考生恐惧,吴兆骞为人高傲、脾气执拗,居然在复试中负气交了白卷。这下子不但被革掉举人名号,而且要将本人及父母兄弟妻子流放到冰天雪地的宁古塔。后由于友人斡旋,吴的父母兄弟幸而得免流徙。吴的妻子曾在宁古塔与他同居十余年,生一子三女,吴兆骞在流放期间仍坚持写作,其作品多咏关外景物和抒发怀乡之情,也有指斥沙俄侵略暴行和反映宁古塔军民抗战斗争的篇章,表达爱国情怀。有《秋笳集》传世。

吴兆骞到宁古塔后,曾给顾贞观写过一封信说:"塞外苦寒,四时冰雪,鸣镝呼风,哀笳带血,一身飘寄,双鬓渐星。妇复多病,一男两女,藜藿不充,回念老母,莹然在堂,迢递关河,归省无日……"顾贞观看信后，才知道好友的深重苦难，回想当初自己发誓要解救好友的诺言，便马不停蹄地赶往京城，四处奔走，设法营救。

顾贞观馆纳兰明珠太傅家时，曾托纳兰性德设法救吴兆骞，当时没有得到肯定答复。当纳兰性德见到顾贞观写给吴兆骞的《金缕曲》时，感动得流泪，并把这两首《金缕曲》与河梁、山阳二人作品等同看待说："河梁生别之诗，山阳死友之传，得此而三。"并向顾表示要设法营救吴兆骞，说："此事三千六百日中，弟当以身任之，不俟兄再嘱也。"顾当时认为时间太长说道："人寿几何？公子乃以十载为期耶？"并要求"请以五载为期"。纳兰性德的父亲纳兰明珠太傅听了这话，感到顾贞观的真诚，也爱惜吴兆骞之才，答应给予帮助。有次纳兰太傅请客，顾贞观也被邀参加，席上谈到救吴兆骞之事，太傅手上拿着大酒杯对顾说："若饮满，为救汉槎。"顾贞观从来不饮酒，但为救汉槎，当时将大杯酒一饮而尽。太傅笑说："余直戏耳，即不饮，余岂不救汉槎耶？虽然，何其壮也。"对此，袁枚在《随园诗话》（卷三，二十八）中赞叹说："呜呼！公子能文，良朋爱友，太傅怜才，真一时佳话。"

吴兆骞被流放宁古塔，是顺治丁酉年由皇帝亲自定的案子，顾贞观这次通过纳兰性德父子斡旋营救，获得康熙皇帝特赦，终于在康熙二十年（1681），得以从塞北苦寒之地回到京城。这时已是过去二十三个年头，吴兆骞早已不是当年意气风发的轻狂文人，他两鬓苍苍，形容憔悴，顾贞观见到历尽艰险的吴兆骞，潸然泪下。

纳兰性德虽未见过吴兆骞，因顾贞观是自己的朋友，自然把吴兆骞当作自己的朋友。吴兆骞还京后，某日拜会纳兰性德，纳兰领他到自己住所的书斋时，看见斋壁上挂着一幅大字，上写"顾梁汾为吴汉槎屈膝处"。这幅字本来是纳兰性德为了督促自己记住一定要救回吴兆骞而写的。吴兆骞看了，不禁感动得恸哭流涕。第二年正月上元之夜，纳兰性德邀请了一干好友，除顾贞观和刚返京的吴兆骞外，还邀有朱彝尊、陈维崧、严绳孙、姜宸英等名士，到自己新建的花间草堂集会，饮酒赋诗,走马灯转到纳兰性德面前停下来,正好是一幅文姬图。他想吴兆骞是当世名士,蔡文姬乃当时才女,时越千百年,命运再度轮回重现,因而即兴写了一首《水龙吟》:

须知名士倾城,一般易到伤心处。柯亭响绝,四弦才断,恶风吹去。万里他乡,非生非死,此身良苦。对黄沙白草,呜呜卷叶,平生恨、从头谱。

应是瑶台伴侣,只多了,毡裘夫妇。严寒膺篥,几行乡泪,应声如雨。尺幅重披,玉颜千载,依然无主。怪人间厚福,天公尽付,痴儿呆女。

此词用蔡文姬与吴兆骞类比。"柯亭"句,是当年蔡文姬父亲蔡邕曾用柯亭的竹子制作笛子,如今蔡邕已死,故"柯亭响绝"。"四弦"是指蔡文姬听她父亲弹琴时弦断了,断的是第二根或第四根她都听得出来,故她有"四弦才"的雅号,蔡文姬被匈奴掳去,故"四弦才断"。"瑶台伴侣"是说以蔡文姬才貌本可当皇帝后妃,但命运却使她到万里之外的严寒之地与匈奴王为夫妻,成为"毡裘夫妇",吴兆骞也被送到关外严寒之地,与蔡文姬相似。当年曹操用黄金把蔡文姬赎回,而今天吴兆骞被朋友顾贞观从千里之外营救回来,这种结局也有些相同。词中最后为吴兆骞和蔡文姬鸣不平:这些多才名士和倾城女子受尽坎坷苦难,而那些平庸的"痴儿呆女"却被天公赐以"厚福",多么不公平呀!

一年后即康熙二十一年(1682),吴兆骞被纳兰家聘为纳兰弟弟揆叙的授课老师,由于在塞北严寒的宁古塔折磨太久,身体虚弱,不两年,至康熙二十三年(1684)一病不起,在京师病故,享年五十三岁。好友顾贞观在营救吴兆骞的愿望实现之后,就辞别纳兰明珠太傅和纳兰性德,返回故里,构造"积书岩",读书终老,享年七十七岁。吴兆骞从宁古塔回到关内,终老京师,没有挚友顾贞观不断地屈膝求人和纳兰性德的侠骨丹心，吴兆骞是不可能回京的。正如当时诗人顾永咏其事说："金兰倘使无良友，关塞终当老健儿。"由此看来，古人重视友谊，把朋友与父子、兄弟、夫妇等并列，当作人生不可缺少的伦常之一，是有道理的。

后 记

  今年是我的父亲辞世六十周年，母亲辞世三十八周年，又是二位老人冥寿一百一十周岁。谨以此书纪念父亲陈定悦（心怡）、母亲葛宏发。

陈以滨

2015年4月